HEYNE BÜCHER

SCIENCE FICTION

Herausgegeben
von Wolfgang Jeschke

Ein Verzeichnis weiterer Bände dieser Serie
finden Sie am Schluß des Bandes.

DAVID DVORKIN

DIE ZEITFALLE

Ein STAR TREK-Roman

Deutsche Erstausgabe

WILHELM HEYNE VERLAG
MÜNCHEN

HEYNE SCIENCE FICTION & FANTASY
Band 06/4996

Titel der amerikanischen Originalausgabe
TIMETRAP
Deutsche Übersetzung von Andreas Brandhorst

Redaktion: Rainer Michael Rahn

Die Originalausgabe erschien bei POCKET BOOKS,
a division of Simon & Schuster, Inc., New York

Printed in Germany 1993
Umschlagbild: Pocket Books/Simon & Schuster
Umschlaggestaltung: Atelier Ingrid Schütz, München
Technische Betreuung: Manfred Spinola
Satz: Schaber Satz- und Datentechnik, Wels
Druck und Bindung: Ebner Ulm

ISBN 3-453-06223-X

Für Daniel:
den rechtzeitigen Titelschmied
den Boten des Phantastischen

Was geschieht, das ist schon längst gewesen, und was sein wird, ist auch schon längst gewesen.

Der Prediger Salomo 3,15

KAPITEL 1

Konnten Raumschiffe hinken, so wie Menschen? James Kirk blickte sich im Kontrollraum der USS *Enterprise* um. Ein unaufmerksamer Beobachter hätte nur einige tüchtige Männer und Frauen gesehen, die ihren verschiedenen Pflichten nachgingen und dabei einen Komplex aus Hardware- und Software-Systemen kontrollierten, durch den die *Enterprise* zu mehr wurde als nur einer Hülle aus Metall und Kunststoff. Der Captain hingegen bemerkte subtile Hinweise.

Wenn ein Raumschiff hinken kann, dann ist das bei diesem der Fall, dachte er.

Die gerade beendete Mission hatte mehr verlangt, als man selbst von einem Schiff wie der *Enterprise* erwarten durfte. Nur die Gestalt des wissenschaftlichen Offiziers, der sich über den Sichtschlitz des Scanners beugte, offenbarte keine Anzeichen von Müdigkeit. Nun, Spock wirkte immer wach und konzentriert. *Obwohl er bei jenem Außenposten größeren Belastungen ausgesetzt gewesen ist als wir.* Kirk schüttelte erstaunt und bewundernd den Kopf.

Dieser Crew unterliefen keine Fehler, wußte er — ganz gleich, wie erschöpft sie war. Und er neigte nicht dazu, seine Leute ohne triftigen Grund anzutreiben. *Zum Glück erreichen wir Starbase Siebzehn in wenigen Stunden,* überlegte Jim. *Dort kann sich die Besatzung von den Anstrengungen erholen.*

Was erwartet mich *dort?* Natürlich neue Befehle. Man würde das Schiff reparieren und neu ausrüsten, und wenn sich die Mannschaft ausgeruht hatte ... Dann begann eine andere Mission. Irgendein schwieriger Auftrag im Dienste der Föderation. Eine Aufgabe, für die kompetente Männer und Frauen notwendig waren. Und ein Kommandant, der oft genug sein Geschick in gefährlichen Situationen bewiesen hatte.

Es handelte sich um eine mühevolle Arbeit, und mit jedem verstreichenden Jahr wurde sie mühevoller für Kirk. Trotzdem konnte er sich keine Alternative vorstellen. Manchmal mußte er sich mit anderen Dingen befassen und Verwaltungsaufgaben wahrnehmen. Doch James Kirk gehörte nicht hinter einen Schreibtisch, sondern auf die Brücke der *Enterprise.*

Dennoch: Irgendwo gab es eine Grenze. Diese Furcht nagte dauernd in ihm. Wann gelangte jemand in der Starfleet-Hierarchie zu dem Schluß, daß Kirk zu alt war für den Dienst im Außeneinsatz, daß er sich nur noch für einen Schreibtischjob eignete — ein alternder Offizier, der nicht einmal mehr lesen konnte, ohne eine altertümliche Brille zu benutzen? Horatio Nelson oder John Paul Jones: Welchem dieser beiden berühmten Admiräle würde er nacheifern? Würde er auf dem Höhepunkt seiner Karriere sterben, während des größten Triumphs, so wie Nelson? Oder wie Jones an Land, von Intrigen und dem wechselnden Wind der Politik in den Ruhestand getrieben? In ein oder zwei Generationen, wenn ein anderes Schiff den ehrenvollen alten Namen *Enterprise* trug — welches Urteil fällte dann die Geschichte über James T. Kirk?

Die eigenen Gedanken erschienen ihm plötzlich lächerlich. *Hör auf, wie ein alter Mann zu denken, der bereits mit einem Bein im Grab steht!* »Mr. Sulu ...«, sagte er laut. »Geschätzte Zeit bis zum Ende unseres gegenwärtigen Warptransfers?«

Sulu lächelte. »Vierzehn Stunden und sechsunddreißig Minuten bis zum Landurlaub in Starbase Siebzehn, Captain.« Kirk beobachtete, wie die Brückenoffiziere munterer wurden, als sie diese Worte hörten — deshalb hatte er Sulu die Frage gestellt. Um die Loyalität der Besatzung zu gewinnen, mußte ein guter Kommandant nicht nur die Sicherheit des Schiffes gewährleisten, sondern auch die geistige Verfassung der Personen an Bord berücksichtigen.

»Ich empfange etwas, Captain«, sagte Uhura, die an der Kommunikationskonsole saß. Sie runzelte die Stirn und hob das Kom-Modul zum Ohr, als könnte sie dadurch den Empfang verbessern. »Ein klingonisches Notsignal, Sir. Von starken Interferenzen überlagert.«

Ginny Crandall wandte sich halb von ihrer Waffenkonsole ab. »Ich orte sie, Sir. Die Entfernung beträgt nur zwei Millionen Kilometer.«

Was machen Klingonen im Raumgebiet der Föderation? fuhr es Kirk durch den Sinn. »Hören wir uns an, was sie zu sagen haben, Uhura. Translator dazwischenschalten.«

»Ja, Sir.«

Das Zischen und Heulen von Subraum-Interferenzen drang aus den Brückenlautsprechern, gefolgt von lautem Knistern. Irgendwo hinter diesem akustischen Vorhang ertönte eine Stimme, aber die von ihr formulierte Botschaft blieb unverständlich. Kurz darauf wurde sie deutlicher, klang wie ein drohendes Knurren — die Stimme eines Klingonen.

»... Kommandant Klanth. Instabilität der Schiffsstruktur nimmt zu. Die Zerstörung der *Keule* steht unmittelbar bevor. Verhalten der Besatzung vorbildlich. Empfehle Belobigungen für die entsprechenden Clane. Mögen uns die Götter ihren Segen schenken. Überleben und Erfolg!«

Die letzten Worte verloren sich im Rauschen neuerlicher Interferenzen. Uhura reduzierte rasch die Lautstärke. »Ich bekomme kein klareres Signal, Sir.«

Kirk nickte. »Spock?«

Der Vulkanier blickte einmal mehr in den Sichtschlitz

des Scanners. »Offenbar befindet sich der klingonische Kreuzer in einem magnetisch-ionischen Sturm, Captain. Das Phänomen weist gewisse Ähnlichkeiten mit dem Sturm auf, in den damals die *Enterprise* geriet. Sie erinnern sich bestimmt daran.«

Kirk schnitt eine Grimasse. Wie hätte er das vergessen können? Stundenlang war er in einer anderen Dimension gefangen gewesen, Opfer von seltsamen Fluktuationen im Gefüge der Raum-Zeit. Er trug einen Raumanzug, und die Luft wurde allmählich knapp. Manchmal kehrte er halb in die vertraute Dimension zurück, und dann versuchte er verzweifelt, einen Kontakt mit seiner Crew herzustellen. Dem Vulkanier Spock gelang es schließlich, Zeit und Ort der nächsten Verbindung zwischen den beiden Existenzebenen zu berechnen, und er rettete Kirk im letzten Augenblick. Für ein anderes Starfleet-Schiff, die *Defiant*, kam jede Hilfe zu spät — es brach während des Sturms auseinander.

Jene Ereignisse hatten in einem Raumbereich stattgefunden, auf den die Tholianer Anspruch erhoben, ein unfreundliches und sehr reserviertes Volk, das die Mitgliedschaft in der Föderation ablehnte, obwohl es auf allen Seiten von ihr umgeben war. Seit den Erfahrungen der *Enterprise* mieden Starfleet-Schiffe den tholianischen Raum. »Mr. Spock, könnten die Tholianer für das verantwortlich sein, was nun mit dem klingonischen Schiff geschieht?«

»Vielleicht, Captain. Wir haben nur wenige Informationen über die Tholianer, aber wir wissen, daß sie in der Lage sind, eine Art Netz im All zu schaffen — damit haben sie die *Enterprise* eingefangen. In diesem Zusammenhang muß jedoch festgestellt werden, daß der Sturm erhebliche Energiemengen erfordert, falls er wirklich künstlicher Natur sein sollte. Wenn die Tholianer das klingonische Schiff neutralisieren wollen, so könnten sie ihr Ziel mit erheblich weniger Aufwand erreichen.«

»Also stecken sie nicht dahinter?«

»Ich bezweifle es, Captain. Außerdem ist uns bekannt, daß in diesem Raumsektor sonderbare Phänomene natürlichen Ursprungs möglich sind.« Spock zögerte kurz. »Der klingonische Kommandant scheint nicht übertrieben zu haben. Die Sensoren registrieren tatsächlich zunehmende Instabilität in der Schiffsstruktur.«

Das gab Antwort auf eine Frage, die bisher niemand laut ausgesprochen hatte: War das Notsignal der Klingonen authentisch oder nur ein Trick? Crandall bestätigte die kritische Lage der *Keule,* indem sie meldete: »Sir, die Schilde des Kreuzers verlieren immer mehr Energie. Ich glaube ...« Sie schwieg und blickte auf die Anzeigen der Konsole. »Ja, auch die Lebenserhaltungssysteme versagen.«

»Bringen Sie uns näher heran, Navigator. Bis auf Sicherheitsdistanz. Mr. Spock übermittelt Ihnen die notwendigen Daten. Deflektoren ein. Alarmstufe Gelb.« Kirk spürte, wie sein Herz schneller klopfte und Adrenalin durch die Adern pumpte. Gleichzeitig fühlte er, wie die Crew in allen Bordsektionen auf seine Stimme reagierte. Sirenen heulten, und Jim betätigte eine Taste in der Armlehne des Kommandosessels. »Transporterraum. Richten Sie den Transferfokus auf die Koordinaten des klingonischen Kreuzers.«

»Planen Sie ein Rettungsunternehmen, Captain?« fragte der Vulkanier. »Die Starfleet-Vorschriften verlangen nicht von uns, in einer derartigen Situation aktiv zu werden.«

»Hier geht es nicht nur um Nächstenliebe, Spock. Ich möchte wissen, was die Klingonen in unseren Raumbereich geführt hat. Visuelle Darstellung der *Keule* auf den Schirm.«

Auf dem großen Wandschirm wuchs der Sturm, darin ein klingonisches Raumschiff, das vergeblich versuchte, sich aus den energetischen Strudeln zu befreien. Es schien zu zappeln, wie die Fliege in einem Spinnennetz. Was den Sturm selbst betraf ... Er erwies sich als eine Kugel aus wogenden und gleißenden Farben. Gelegentlich verschwanden Teile davon, um wenige Sekunden später wieder blendend hell zu erstrahlen. Nur ab und zu wurde die *Keule* sichtbar, als ein Schatten im tödlichen Schimmern. Die schwingenartigen Ausleger des Schiffes zitterten, und Risse bildeten sich darin.

Funken stoben dort, wo sich der Sturm direkt auf die Schilde des Kreuzers auswirkte, aber jenes Glitzern verblaßte nach und nach — die Deflektoren der *Keule* konnten das Wabern nicht mehr lange vom Schiff fernhalten.

»Maximale Überlebenszeit weniger als zehn Minuten, Captain«, sagte Spock ruhig.

»Transporterraum?«

Die Antwort kam aus dem kleinen Kom-Lautsprecher in der Armlehne des Sessels. »Tut mir leid, Sir. Solange die Interferenzen so stark sind, können wir den Transferfokus nicht auf einzelne Personen richten. Wir brauchen die Signalverstärkung des klingonischen Transporters — und selbst dann wären mit dem Beamen große Risiken verbunden.«

Kirk überlegte kurz. »Öffnen Sie die Grußfrequenzen, Uhura.« Er holte tief Luft und sprach mit fester Stimme. »*Keule,* hier ist die USS *Enterprise,* kommandiert von Captain James Kirk. Wir sind bereit, Sie an Bord unseres Schiffes zu holen. Bitte übermitteln Sie uns genaue Transporterkoordinaten.«

Einige Sekunden lang rauschte und knackte es nur. Dann: »Hier ist Klanth, Kommandant der *Keule*«, ertönte die gleiche zornige Stimme wie vorher. »Verschwinden Sie, Kirk! Lassen Sie uns tapfer in den Tod gehen, wie Klingonen.«

»Ob tapfer oder nicht, Captain ...«, erwiderte Jim gelassen. »Ohne unsere Hilfe sterben Sie. Wäre es nicht besser, sich fürs Überleben zu entscheiden — damit Sie auch weiterhin Ihrem Imperator dienen können?«

»Wir wollen uns nicht von *Menschen* helfen lassen!« Das Grollen des Klingonen wich knisternder Subraum-Statik.

»Uhura?«

Sie schüttelte den Kopf. »Es hat keinen Zweck, Sir. Die *Keule* sendet nicht mehr.«

Kirk ballte verärgert die Fäuste. Er brauchte wenigstens *ein* Besatzungsmitglied des Kreuzers an Bord der *Enterprise!* Worin auch immer die Mission der Klingonen bestand — Starfleet mußte mehr darüber erfahren. »Könnte es eins unserer Shuttles durch den Sturm schaffen, Spock?«

»Negativ, Captain. Die Schilde der Raumfähren sind nicht stark genug.«

Das wußte Kirk natürlich, aber er hatte gehofft, daß der Vulkanier ein metaphorisches As aus dem Ärmel zog — das geschähe nicht zum erstenmal. Die Vorstellung amüsierte ihn trotz der ernsten Situation.

Spock enttäuschte ihn nicht. »Nun, wir haben einige der neuen Starfleet-Transponder an Bord: Kom-Geräte, die selbst unter den schlechtesten aller denkbaren Bedingungen einen Subraum-Kontakt ermöglichen sollen. Vielleicht funktionieren die Transponder auch während des Sturms.«

»Und was nützt uns das?«

»Die magnetisch-ionischen Interferenzen hindern uns daran, den Transferfokus auf einzelne Klingonen zu richten, Captain, aber wenn wir einen Transponder in die *Keule* beamen ... Ein Klingone braucht das Gerät nur in der Hand zu halten, um zur *Enterprise* transferiert zu werden.«

Kirk lachte. »Vorausgesetzt, jemand im klingonischen Schiff *möchte* sich von uns retten lassen. In dem Fall wäre alles viel einfacher.« Ihm fiel etwas ein. »Spock ... Wenn jemand den Transponder wie von Ihnen vorgeschlagen in der Hand hält und dabei einen anderen Mann berührt — könnten *beide* hierhergebeamt werden?«

Der Vulkanier dachte nach. »Ich glaube schon. Die Wahrscheinlichkeit beträgt etwa neunundneunzig Komma drei Prozent, doch das ist nur eine grobe Schätzung ...«

»Schon gut, Spock. Sieben Fehlschläge, denen neunhundertdreiundneunzig Erfolge gegenüberstehen — das genügt mir. Sorgen Sie dafür, daß einer der neuen Transponder für den Transfer vorbereitet wird. Sicherheitsabteilung, schicken Sie eine Einsatzgruppe zum Transporterraum. Ich erwarte die Leute dort.« Kirk stand auf. »Mr. Spock, Sie haben das Kommando.« Er ging zum Turbolift und fühlte sich mit jedem Schritt jünger.

Kirk nickte dem Techniker am Kontrollpult zu. »Energie.« Die Konturen des Transporterraums und der nahen Sicherheitswächter verflüchtigten sich. Einen subjektiven Sekundenbruchteil später erschienen die Uniformierten wieder, doch sie standen nun in einer ganz anderen Umgebung.

Jim sah die kleine, finstere Brücke eines klingonischen Kriegsschiffs, zu dunkel und heiß für Menschen. Schreie erklangen, das protestierende Knirschen von berstendem Metall. Kirk und die Sicherheitswächter traten sofort hinter den Kommandosessel; dort saß eine breitschultrige, kräftig gebaute Gestalt: Klanth.

Durch die Ankunft der Föderationsrepräsentanten gab es im Kontrollraum der *Keule* noch weniger Platz, doch die Klingonen begriffen nicht sofort, um wen es sich bei den Neuankömmlingen handelte — sie waren viel zu sehr darauf konzentriert, das Schiff vor der Vernichtung zu bewahren. Ein Klingone betrachtete das Display eines kleinen tragbaren Computers und stieß Kirk ungeduldig zur Seite, als er an ihm vorbeistapfte.

Die Gruppe von der *Enterprise* teilte sich, verharrte dann rechts und links neben dem Befehlsstand. Genau in diesem Augenblick hob einer der Klingonen vor Klanth den Kopf und blinzelte verwirrt, als er die Fremden sah. Es dauerte einige Sekunden, bis ihm klar wurde, was ihm die Augen zeigten, und daraufhin rief er eine Warnung. Klanth drehte sich um, starrte Kirk an und sprang auf.

Die Sicherheitswächter reagierten sofort, umringten den klingonischen Kommandanten und packten ihn an den Armen. Sie hielten sich gegenseitig und auch Kirk fest, bildeten eine Kette, einen undurchdringlichen Kreis mit Klanth in der Mitte. Jim klappte seinen Kommunikator auf — das Gerät war mit dem Transponder am Gürtel verbunden — und stellte eine Verbindung zur *Enterprise* her. »Transporterraum! Leiten Sie den Transfer ein. Sofort!«

Spock saß in Kirks Kommandosessel und hörte die Stimme des Captains, untermalt vom Tosen des energetischen Sturms. Auf dem Wandschirm schlingerte das klingonische Kriegsschiff in schillernden Wogen. Der Vulkanier erwartete die Meldung, daß Kirk, die Sicherheitsgruppe und der klingonische Kommandant an Bord eingetroffen waren.

Es schien ziemlich viel Zeit zu verstreichen, obwohl in Wirklichkeit nur wenige Sekunden vergingen. Wenn es irgendwelche Probleme gab, so versuchten die Transportertechniker sicher alles, um sie zu lösen. Der rationale Teil von Spock hielt es für besser, sie nicht bei ihrer Arbeit zu stören, doch ein anderer Selbstaspekt wollte sie zur Eile drängen oder gar die Brücke verlassen, um den Transporterraum aufzusuchen und dort nach dem Rechten zu sehen. Das hatte natürlich keinen Sinn. Ob Kirk die Rückkehr gelang oder er an Bord der *Keule* von den Klingonen überwältigt wurde: Es geschah, bevor Spock die Transferkammer erreichen konnte. Deshalb blieb er sitzen, äußerlich ruhig und entspannt. Aber hinter der Fassade aus nur scheinbarer Gelassenheit rang die menschliche Ichhälfte mit der vulkanischen.

Und dann verschwand der klingonische Kreuzer.

Hinter Spock gab jemand einen kurzen, erstickten Schrei von sich — Uhura. Er drehte sich um und sah, daß die dunkelhäutige Frau halb über ihrer Konsole lag.

Der Vulkanier betätigte eine Taste. »Brücke an Krankenstation. Wir benötigen medizinische Hilfe — dringend.« Und nach einer kurzen Pause. »Was zeigen die Sensoren?«

»N-nichts, Sir.«

»Danke für die unverzügliche Antwort, Mr. Hilg.« Mit ruhiger Objektivität nahm Spock zur Kenntnis, auf welche Weise der junge Ktorraner seine Pflicht erfüllte. Dies war Hilgs erster Einsatz — eine Feuertaufe.

Der Vulkanier bemerkte das Blinken einer Kontrolllampe in der Armlehne des Kommandosessels und drückte eine weitere Taste. »Hier Spock.«

»Transporterraum.« Die Stimme klang erregt. »Wir haben das Transpondersignal verloren! Es ist unmöglich, den Transferfokus auf Captain Kirk und seine Begleiter zu richten.«

»Was mich kaum überrascht«, kommentierte Spock. »Sie sind nicht mehr da.«

»Der Sturm!« rief Ginny Crandall von der Waffenstation.

Spocks Blick glitt zum Wandschirm, und dort sah er, daß sich der Sturm ausdehnte. *Wie eine lebende Entität,* dachte er. »Volle Energie in die Schilde!« ordnete er an.

»Das Phänomen hält direkt auf uns zu, Sir«, berichtete Hilg.

»Navigation!« sagte Spock scharf. »Ausweichmanöver. Maximaler Warpfaktor.«

Seine Anweisung kam zu spät. Das Wabern des Sturms umhüllte die *Enterprise,* bevor der Steuermann de Broek das Schiff auf einen neuen Kurs bringen und beschleunigen konnte.

Irisierende Farben verbannten die Sterne vom Wandschirm; das Licht der Brückenlampen flackerte und trübte sich. Der seltsame Glanz des magnetisch-ionischen Sturms kroch in den Kontrollraum, tauchte alles in mattes, geisterhaftes Glühen. Starke Vibrationen erfaßten das Schiff. Spock bebte am ganzen Leib, und seine Zähne klapperten. Er preßte die Lippen zusammen und hielt sich am Kommandosessel fest. »Kommunikation ...«, brachte er hervor. »Geben Sie Starbase Siebzehn Bescheid. Koordinaten und Statusbericht.«

»Unsere Schilde verlieren Energie, Sir!« meldete Crandall. »Erste Strukturlücken entstehen in ihnen!«

»Navigation, Ausweichmanöver«, wiederholte Spock. »Maximaler Warpfaktor.«

»Die Kontrollen reagieren nicht, Sir«, erwiderte de Broek. »Wir sind manövrierunfähig.«

Plötzlich bekam ›unten‹ eine neue Bedeutung, als sich das künstliche Schwerkraftfeld an Bord verlagerte. Einige Brückenoffiziere fielen seitlich aus den Sitzen, und Spocks Hände schlossen sich noch fester um die Armlehnen. Mit dem Ellenbogen betätigte er einen Kippschalter. »Maschinenraum!«

»Hier Maschinenraum, Sir!« ertönte eine Stimme, die Spock nicht kannte. »Galaym spricht.«

»Wo ist Mr. Scott?«

»Er wurde verletzt, Sir. Die Erschütterungen und Gravitationsveränderungen haben uns hin und her geschleudert.« Im Hintergrund krachte es. »Etwas überlastet die Bordsysteme. Wir ...« Die Stimme verklang.

»Mr. Galaym? Mr. Galaym!« Spock drückte Tasten, doch es gelang ihm nicht, einen neuen Interkom-Kanal zum Maschinenraum zu öffnen.

Das Licht der Brückenlampen trübte sich noch mehr. »Die Lebenserhaltungssysteme fallen aus, Sir«, sagte jemand. Der Vulkanier achtete nicht darauf und ignorierte auch das schmerzerfüllte Stöhnen einiger Brückenoffiziere. Seine Aufmerksamkeit galt in erster Linie dem Schiff: dem verhaltenen Donnern von Vibrationen, einem dumpfen Knacken und Knistern in der Außenhülle. Er horchte so, wie Kirk gelauscht hätte. Die *Enterprise,* Jim Kirks Schiff, starb.

Und dann kehrte alles zu dem normalen Zustand zurück. Von einer Sekunde zur anderen existierte der Sturm nicht mehr, und der Wandschirm präsentierte das ruhige, gleichmäßige Leuchten zahlloser Sterne.

Zunächst konzentrierte Spock seine vulkanischen Sinne auf die abrupte Stille, auf das Fehlen von unheilverkündenden Geräuschen aus dem Leib der *Enterprise.* Kurz darauf drangen Dutzende von Stimmen gleichzeitig aus den Kom-Lautsprechern: Besatzungsmitglieder, die Schäden meldeten oder Hilfe anforderten. Spock beugte sich vor und sah zum großen Projektionsfeld. Doch ganz gleich, wie sehr er starrte: Nicht nur der Sturm war verschwunden, sondern auch die *Keule.* Und mit ihr James Kirk.

KAPITEL 2

Ein gespenstischer grünblauer Glanz umgab den Apparat.

»Nein«, sagte Elliot. »Tut mir leid. Das gleiche Ergebnis. Ein energetisches Leck. Wir verschwenden nur Energie. Ganz offensichtlich hat es keinen Sinn.« Seine Hand tastete nach dem Aus-Schalter.

»Bitte nicht, Sir!« entfuhr es einer jungen Frau. Sie stand auf der anderen Seite der Vorrichtung. »Ich glaube, diesmal bin ich nahe dran! Geben Sie mir noch einige Stunden, Sir. Oder wenigstens ein paar Minuten. Bitte!«

Elliot zögerte, die Finger über dem Schalter. Schließlich traf er eine Entscheidung. »Es war eine gute Idee, Brashoff. Und das ist sie noch immer. Aber ich halte noch ein ganzes Stück mehr theoretische Arbeit für angebracht.« Er betätigte den Schalter, und das Glühen der entweichenden Energie verblaßte. Ein leises Summen wechselte die Frequenz, und nach einigen Sekunden konnte es auch Brashoff hören — Elliot hatte es die ganze Zeit über vernommen. Es wurde dumpfer und wich Stille.

»Großartig«, murmelte Brashoff. »Wenn Sie mir nicht erlauben, die Anlage zu modifizieren, werde ich früher oder später versetzt. Und dann habe ich nicht einmal mehr Gelegenheit, die Theorie weiterzuentwickeln.«

Elliots Züge verhärteten sich. »Ich habe bereits betont, daß es mir leid tut, und nicht einmal dazu bin ich verpflichtet. Seien Sie froh, daß Sie überhaupt die Möglichkeit hatten, sich so lange mit Ihrer Lieblingsidee zu befassen.«

Brashoff errötete. »Entschuldigung, Sir. Ich erledige jetzt den Papierkram, um diese Sache zu beenden.« Sie grüßte und verließ das Zimmer mit hoch erhobenem Kopf. Elliot sah ihr nach und runzelte die Stirn. Brachte Brashoffs Gebaren Ärger auf ihn oder Verlegenheit über ihre eigene Reaktion zum Ausdruck?

»Ts, ts«, ließ sich die alte Admiral Kim vernehmen. Sie saß einige Meter entfernt. »Die Jugend von heute. Will immer alles.«

Elliot lachte — Kim hatte die Fähigkeit, ihn selbst mit völlig harmlosen Bemerkungen zum Lachen zu bringen. »Es war *wirklich* eine gute Idee«, sagte er.

»Ja.« Kim nickte. »Und wenn sie erfolgreich gewesen wäre, hätten wir eine nützliche Waffe gegen die Klingonen bekommen. Wie dem auch sei: Habe ich eine Ermutigung in Ihren Worten gehört? Wenn die junge Frau ihre Theorie weiterentwickelt hat ...«

Elliot schüttelte den Kopf. Er vergewisserte sich, daß Brashoff das Zimmer tatsächlich verlassen hatte und nicht mehr in Hörweite war, bevor er leise erwiderte: »Ich wollte sie nur nicht zu sehr *ent*mutigen. Brashoff ist sehr vielversprechend. Aber ihre bisherige Arbeit führte zu nichts; sie geriet damit in eine Sackgasse. Ich helfe ihrer Karriere, indem ich sie zwinge, sich mit anderen Dingen zu beschäftigen. Ihre Idee basiert einzig und allein auf Hirngespinsten.«

Admiral Kim seufzte. »Schade. Eine *interessante* Idee ... Aber natürlich kommt es in erster Linie auf Ihr Urteil an. Das ist nicht nur meine Ansicht, sondern die der ganzen wissenschaftlichen Abteilung.«

Elliot wirkte verlegen. »Ich fürchte, man setzt zu großes Vertrauen in mich.«

»Unsinn!« schnaufte Kim und wechselte das Thema, um ihm noch mehr Verlegenheit zu ersparen. »Sollten Sie jetzt nicht aufbrechen? Oder haben Sie es sich anders überlegt? Wenn Sie mir keine Wahl lassen, *befehle* ich Ihnen, Urlaub zu nehmen!«

Elliot schmunzelte. »Nun, in dem Fall mache ich mich jetzt gleich auf den Weg.«

»Und Ihr Ziel?«

»Luisa möchte nach England.« Elliot zuckte hilflos mit den Schultern.

»England? Schon wieder? Ihre Frau scheint von dem Loch regelrecht besessen zu sein.«

»Allerdings! Seit der Katastrophe verabscheue ich den Ort. Ich war natürlich nicht zugegen, und jetzt liegt mir kaum etwas an einer Rückkehr. Alles hat sich ... verändert.«

Kim nickte verständnisvoll. »Ich kann mir vorstellen, wie Sie sich fühlen. Sind Sie nicht in der Lage, Luisa umzustimmen?«

»Das ist völlig unmöglich. England fasziniert sie sehr — insbesondere Devon. Man könnte glauben, sie sei dort geboren. Aber sie wuchs ganz woanders auf, und ich war der erste Engländer, den sie kennenlernte.« Elliot zögerte nachdenklich. »Angeblich liegt meine Vergangenheit im Loch begraben, und Luisa möchte sie dort finden.«

»Klingt unheimlich.«

Elliot lächelte erneut. »Außerdem sind damit erhebliche Kosten verbunden.«

»Vergessen Sie nicht Ihre Medizin.«

»Nein, Mutter.« Damit entlockte er Kim ein Lachen, was recht selten geschah.

Zufrieden verließ er den Raum. Vielleicht verdiente er den Urlaub — für seinen Erfolg mit Brashoff.

»Ich habe schon mehrmals betont, daß wir zur Starbase Siebzehn fliegen, Doktor«, sagte Spock. »Wir erreichen sie in weniger als zwanzig Stunden. Um ganz genau zu sein ...«

»Bitte *verzichten* Sie darauf, ganz genau zu sein,

Spock!« unterbrach McCoy den Vulkanier. »Die dritte Stelle hinterm Komma interessiert mich nicht. Statt dessen möchte ich wissen: Warum dauert es so lange, obgleich jemand anders noch *vor* dem Sturm meinte, wir seien nur *sechzehn* Stunden von der Starbase entfernt?«

»Der Grund lautet: Ich habe Warpfaktor zwei angeordnet, Doktor. Um zu große Belastungen für die Bordsysteme und Schiffsstruktur zu vermeiden.«

»Spock ...!« McCoy ruderte mir den Armen, wandte sich vom Ersten Offizier ab und atmete mehrmals tief durch. »Spock«, begann er erneut und sprach jetzt etwas ruhiger, »aufgrund der Mission beim Außenposten fehlen mir Leute und Material. Während des Sturms wurden eine Krankenschwester und ein Arzt so schwer verletzt, daß der Heilungsprozeß ein künstliches Koma erfordert. Damit noch nicht genug: Hier in der Krankenstation werden zwei Dutzend weitere Patienten behandelt, und einigen von ihnen geht es ziemlich schlecht. Ich brauche zusätzliches Pflegepersonal. Und ich brauche zusätzliche Ausrüstungen: Arzneien und so weiter. Einige Besatzungsmitglieder mit leichten Verletzungen haben wir inzwischen zusammengeflickt und in ihre Quartiere geschickt, weil es uns hier so sehr an Platz mangelt. In zwei Fällen blieb den entsprechenden Personen nichts anderes übrig, als wieder den Dienst anzutreten — weil Sie darauf bestanden«, fügte der Arzt bitter hinzu. »Trotzdem: In meiner Abteilung gibt es noch immer fast dreißig Patienten, deren Zustand mehr oder weniger kritisch ist. Ohne die notwendigen Geräte und Medikamente — und die gibt es in Starbase Siebzehn — kann ich ihr Überleben nicht garantieren.«

»Ich verstehe Ihre Situation durchaus, Doktor«, erwiderte der Vulkanier. Er wußte um den emotionalen Dämon, der in Leonard McCoy lauerte, und Spock wünschte sich, den richtigen Tonfall und die richtigen Worte wählen zu können, um dem Arzt bei seiner schwierigen Aufgabe zu helfen. Doch diese Fähigkeit fehlte ihm leider. Dafür war Empathie nötig, Einblick in die emotionalen Erfahrungen anderer Personen. In diesem Zusammenhang hatte James Kirk mehrmals außerordentliches Geschick bewiesen — eine der Eigenschaften, die ihn zu einem ausgezeichneten Captain machten. Einmal mehr bedauerte Spock, daß es ihm an solchen Talenten mangelte.

»Ich muß einen Kompromiß schließen zwischen den Interessen der einzelnen Abteilungen und der Sicherheit des Schiffes«, fuhr der Erste Offizier fort. Da es keinen Sinn hatte, an die Gefühle des Arztes zu appellieren ... Vielleicht konnte er McCoys Unterstützung gewinnen, indem er kostbare Zeit darauf verwendete, ihm in allen Details den Status der *Enterprise* zu schildern.

»Der Sturm blieb nicht ohne Folgen für unsere Lebenserhaltungssysteme und die Triebwerkskontrollen, Doktor. Wenn jene Anlagen versagen, droht nicht nur Ihren Patienten der Tod, sondern auch allen anderen Besatzungsmitgliedern. Ich darf auf keinen Fall eine noch größere Instabilität der Schiffsstruktur riskieren — leider stehen mir nicht genügend einsatzfähige Techniker für Reparaturen zur Verfügung, falls es zu weiteren Schäden kommt. Nach meinen Berechnungen bleiben wir mit Warp zwei unter der aktuellen Belastungsgrenze, woraus sich ein ausreichender Sicherheitsfaktor ergibt. Die gegenwärtige Geschwindigkeit ermöglicht es uns, zur Starbase zu gelangen, ohne daß eine zu große Wahrscheinlichkeit für den Tod wichtiger Crewmitglieder besteht. Auch in dieser Hinsicht existiert ein ausreichender Sicherheitsfaktor.«

»Mein Gott«, ächzte McCoy leise. »Ich habe mich die ganze Zeit über geirrt. Trotz meiner Scherze über Ihr grünes Blut und eine computerähnliche Denkweise wird mir erst *jetzt* klar, daß Sie völlig ohne Gefühl sind. Das Problem betrifft nicht die Farbe Ihres Bluts, sondern die Temperatur. Sie kaltblütiger, gefühlloser ...«

»Sie wissen genau, daß meine Bluttemperatur höher

ist als Ihre«, sagte Spock ruhig. »Ich erwarte stündliche Berichte über den Status Ihrer Patienten. Es genügen Zusammenfassungen; Sie brauchen dabei nicht auf Individuen einzugehen. Die einzige Ausnahme sind Todesfälle — dann muß ich Beileidsschreiben für die Familien verfassen.«

»Lieber Himmel, ich kann mir die Formulierung solcher Briefe gut vorstellen! Schon gut, Spock. Überlassen Sie es mir, trauernden Hinterbliebenen gegenüber Anteilnahme zum Ausdruck zu bringen. Jim ist verschwunden und Scott bewußtlos, was bedeutet: Derzeit bin ich das ranghöchste Geschöpf mit Gefühl an Bord.«

Spock gab keine Antwort und schritt zur Tür. Bevor er die Krankenstation verlassen konnte, rief ihm McCoy nach: »Jim hätte sich anders verhalten!«

Der Vulkanier zögerte und drehte sich noch einmal zu dem Arzt um. »Ganz im Gegenteil, Doktor. Der Captain hätte genau die gleichen Entscheidungen getroffen. Was auch immer die Grundlage dafür bildet, ob Logik, wie in meinem Fall, oder Intuition wie bei Kirk — am Ergebnis ändert sich nichts.« Er trat in den Korridor und gab McCoy dadurch keine Chance zu einem neuerlichen Kommentar. Der Vulkanier beschloß, während der nächsten Stunden die Kontakte zum Bordarzt auf ein Minimum zu beschränken, um nicht von seiner Emotionalität angesteckt zu werden.

Spock hielt es für unangebracht, McCoy auf folgendes hinzuweisen: Er hatte Starfleet Command um Erlaubnis gebeten, mit der *Enterprise* in der Nähe des Raumbereichs bleiben zu dürfen, in dem die *Keule* verschwunden war — um die Suche nach James Kirk fortzusetzen. Ganz deutlich erinnerte er sich an eine ähnliche Suche vor einigen Jahren, als der Captain fast an der gleichen Stelle in eine andere Dimension geriet. Starfleet Command lehnte Spocks Anliegen mit den Argumenten ab, die der Vulkanier dem Bordarzt vorgetragen hatte, und die Antwort endete mit einem unmißverständlichen Befehl: Bringen Sie das Schiff zur Starbase Siebzehn und erstatten Sie dort Bericht.

Der Erste Offizier erreichte die Brücke und nahm im Kommandosessel Platz. »Mr. Sulu, geschätzte Zeit bis zum Ende unseres gegenwärtigen Warptransfers?«

Sulu hatte ein Déjà-vu-Erlebnis und zuckte zusammen. »Neunzehn Stunden und zehn Minuten, Mr. Spock.«

Dem Vulkanier fiel plötzlich etwas ein: Er war zur Krankenstation gegangen, um sich nach Uhuras Zustand zu erkundigen. Sie hatte geschrien, *bevor* der Sturm auch die *Enterprise* erfaßte — aus welchem Grund? Doch während der unangenehmen Konfrontation mit dem Arzt rückte diese Frage in den Hintergrund. Es beunruhigte Spock, daß McCoy eine derartige Wirkung auf ihn entfaltete; er empfand es als entwürdigend.

Einige Sekunden später wurde ihm bewußt, erneut abgelenkt gewesen zu sein, und ein Hauch von Ärger regte sich in ihm. Gespräche mit Leonard McCoy verstärkten die menschliche Hälfte seines Wesens und schwächten die vulkanische. »Bitte wiederholen Sie das, Crandall.«

»Sir, wie ich hörte, ist Captain Kirk schon einmal an jenem Ort verschwunden.«

Spock musterte die junge Frau. Ihm fehlten James Kirks Empathie und Mitgefühl, aber er konnte die Körpersprache interpretieren und Gefühle aufgrund von subtilen Veränderungen im Tonfall erkennen. In Crandalls Stimme nahm er nun eine Feindseligkeit wahr, die auch einige der übrigen Brückenoffiziere teilten. Das menschliche Verhalten erstaunte Spock immer wieder: Im Gegensatz zu den Vulkaniern beschritten die Terraner nach wie vor einen Pfad, der es ihren Gefühlen gestattete, über die Logik zu triumphieren. »Ich erinnere mich an den Zwischenfall, Crandall. Möchten Sie mir eine Frage stellen, die sich darauf bezieht?«

»Ja, Sir.« In der Stimme der jungen Frau hielten sich Nervosität und Mut die Waage. »Damals haben Sie den entsprechenden Raumsektor nicht verlassen. Sie warteten dort, bis Captain Kirk erschien, um ihn dann zu retten!«

Crandall brauchte dieser Bemerkung nichts hinzuzufügen. Die unausgesprochenen Worte klebten auf den Lippen aller Anwesenden: *Warum versuchen Sie diesmal nicht, James Kirk zurückzuholen?*

»Ich habe nicht nur ›gewartet‹«, antwortete Spock sanft. »Ich konnte vielmehr berechnen, wann eine neue Verbindung zwischen den beiden Dimensionen entstand, und dadurch bekam der Rettungsversuch eine hohe Erfolgswahrscheinlichkeit. Diesmal ist die Situation anders. Darüber hinaus reagieren die Tholianer seit damals sehr empfindlich auf alles, das sie als Verletzung ihrer Souveränität erachten. Deshalb meiden Föderationsschiffe den Raumbereich, den die Tholianer für ihr Hoheitsgebiet halten. Es gibt also kaum etwas dagegen einzuwenden, daß wir von Starfleet Command die Anweisung erhalten haben, zur nächsten Starbase zu fliegen.«

»Aber Sie hätten darauf bestehen können, zu bleiben und nach dem Captain zu suchen, Mr. Spock!«

Ginny Crandall war viel zu emotional; sie schien die Stimme der Vernunft überhaupt nicht hören zu *wollen.* »Eine solche Entscheidung meinerseits wäre alles andere als sinnvoll gewesen«, erwiderte der Vulkanier. »Die Tholianer sind nicht zu unterschätzende Gegner. Uns ist noch immer unbekannt, wie sie das energetische Netz schufen, mit dem die *Enterprise* eingefangen wurde. Eins unserer Schiffe — die *Defiant* — verschwand auf eine ähnliche Weise wie der klingonische Kreuzer *Keule.* Was nützt es, uns ebenfalls der Vernichtung preiszugeben? Hunderte von Personen würden sterben, und ihr Tod bliebe ohne Einfluß auf das Schicksal von Captain Kirk und der ihn begleitenden Sicherheitswächter.«

Daraufhin schwiegen die Brückenoffiziere und kamen nicht noch einmal auf dieses Thema zurück. Doch während der nächsten langen Stunden herrschte eine gedrückte Stimmung im Kontrollraum, als die *Enterprise* zur Starbase Siebzehn zurückkehrte.

KAPITEL 3

Eine Zeitlang träumte James Kirk, noch immer in einen Kampf verwickelt zu sein.

Er sah, wie sich Klanth gegen die lebende Mauer aus Starfleet-Sicherheitswächtern warf und sie fast durchbrach. Dann wurden der Captain, seine Gefährten, Klanth und mehrere Klingonen durch die Brücke geschleudert. Es krachte und donnerte in der *Keule,* und Kirk gelang es irgendwie, sich am Kommandosessel festzuhalten. Körper flogen an ihm vorbei; Klingonen knurrten, und Menschen schrien. Für mehrere Sekunden herrschte Schwerelosigkeit, und Jim verlor den Halt. Kurz darauf zerrte Gravitation an ihm — er stürzte zu Boden und rutschte, als befände sich ›unten‹ plötzlich irgendwo neben ihm.

Übelkeit quoll in Kirk empor, und sie ging nicht nur auf ein sich immer wieder verlagerndes Schwerkraftfeld zurück. Um ihn herum schien sich das Schiff zu dehnen und zu strecken, und die Übelkeit erfaßte den ganzen Leib des Captains, prickelte in Fingern und Zehen, in Kopf, Armen und Beinen. Und sie *verdichtete* sich, wie etwas, das Substanz gewann und zunehmenden Druck ausübte. Sie beanspruchte die ganze Aufmerksamkeit — Jim konnte an nichts anderes mehr denken. Die letzte Kraft wich aus ihm, und seine Finger lösten sich vom Geländer. Eine neue Erschütterung warf ihn durch den halbdunklen Raum, schmetterte ihn an eine geborstene Konsole. Kirk spürte den Aufprall nicht: Er hatte bereits das Bewußtsein verloren.

Er erwachte langsam.

Stille umgab Jim, und die Übelkeit war aus ihm verschwunden. Er lag auf dem Rücken, hob vorsichtig die Lider. Licht flutete ihm entgegen, so hell, daß er die Augen sofort wieder schloß. Stimmen murmelten.

Kirk versuchte, sich aufzusetzen, aber behutsame Hände drückten ihn zurück. Er fühlte sich viel zu schwach, um ihnen Widerstand zu leisten, sank auf ein angenehm weiches Polster.

»So ist es besser, James Kirk.« Eine Frau. Und sie sprach in einem ruhigen, besänftigenden Tonfall. »Sie brauchen noch viel Ruhe, um sich zu erholen.«

Jim hörte einen Akzent, der ihm zunächst seltsam erschien. Doch dann erkannte er ihn und identifizierte die Frau als — Klingonin!

Er öffnete die Augen zum zweiten Mal, und sofort füllten sie sich mit Tränen. Seine Wahrnehmung beschränkte sich auf vage Schemen. Er stieß die Hände beiseite, und sie wichen zurück, gaben Kirk die Möglichkeit, sich in die Höhe zu stemmen. Die Bewegung verursachte einen Schwindelanfall. Kirk würgte, und seine Finger schlossen sich krampfhaft fest um ein Laken.

»Ihr Verhalten ist alles andere als klug, Captain Kirk«, erklang die gleiche klingonische Stimme, die er zuvor gehört hatte.

Allmählich gewöhnten sich Jims Augen ans Licht. Er kniff sie zu, preßte die Tränen fort, hob die Lider einmal mehr — und sah seine Befürchtungen bestätigt. Klingonen umgaben ihn.

Also hatte Klanth gewonnen. Kirk ahnte, was geschehen sein mußte. Vermutlich hatten einige der Sicherheitswächter auf die gleiche Weise das Bewußtsein verloren wie er selbst, und daraufhin gelang es den Klingonen, die anderen zu überwältigen. Anschließend entkam die *Keule* sowohl dem Sturm als auch der *Enterprise.* Jim preßte die Lippen zusammen — trotz seiner

Schwäche hielt er an der Entschlossenheit fest, sich so gut wie möglich zur Wehr zu setzen.

Die erneut in ihm erwachte Übelkeit ließ allmählich nach. Er sah zu den Klingonen: Sie beobachteten ihn nur, und in ihrem Verhalten zeigte sich keine Feindseligkeit. Ganz im Gegenteil — sie wirkten irgendwie nervös. Kirk saß auf einem Bett und trug eine Art knöchellangen weißen Kittel. Er schwang die Beine über den Rand der Liege und bemerkte nahe Apparaturen, die ihn an bestimmte Geräte in Leonard McCoys Krankenstation erinnerten. Sofort wußte er, was es damit auf sich hatte. *Man hat mir Drogen verabreicht und mich verhört.* »Was ...« Die eigene Stimme klang fremd, war kaum mehr als ein Krächzen. Jim räusperte sich. »Was geht hier vor? Sie haben kein Recht, mich gefangenzuhalten. Wo sind meine Leute?«

»Sie sind kein Gefangener, Captain, sondern unser Gast«, erwiderte die Klingonin.

Kirk schnaubte abfällig und stand auf. Er taumelte und wäre sicher gefallen, wenn ihn nicht ein Klingone gestützt hätte. Jim versuchte vergeblich, sich aus dem Griff des Mannes zu befreien. Eine zweite Hand schloß sich um den anderen Arm des Captains. Klingonen waren kräftiger als Menschen, und angesichts seiner derzeitigen Schwäche hatte Kirk nicht die geringste Chance.

»Hören Sie auf damit, bevor Sie sich verletzen!« Eine feste, scharfe Stimme, daran gewöhnt, Befehle zu erteilen. Sie gehörte einem älteren Mann, der nun vortrat.

Jim verharrte erschöpft und wartete, starrte den Neuankömmling an: ebenfalls ein Klingone, hochgewachsen, die Haut bronzefarben, das Gesicht finster, ein Spitzbart am Kinn.

»Ich heiße Morith und leite diese Basis«, stellte sich der Mann vor. »Als ich hörte, daß Sie das Bewußtsein wiedererlangt haben, bin ich sofort hierhergekommen. Bitte entschuldigen Sie, daß ich erst jetzt eintreffe. Kehren Sie ins Bett zurück. Ihre Rekonvaleszenzphase ist keineswegs beendet.«

Kirk setzte sich unsicher. »Ich weiß nicht, worauf Sie aus sind, Morith, aber ich verlange, daß Sie mich und meine Leute sofort freilassen. Ich habe versucht, Klanth zu retten, als ich in Gefangenschaft geriet. Aggressionen irgendeiner Art lagen uns fern.«

»Sie sind kein Gefangener«, entgegnete Morith sanft, und Kirk hörte so etwas wie Kummer in seiner Stimme.

»Oh, natürlich nicht«, sagte er ironisch. »Ich bin Ihr Gast.«

»Ein *Ehren*gast. Sehen Sie sich um, Captain. Halten Sie das hier für eine Arrestzelle?«

Einen derartigen Eindruck erweckte der Raum tatsächlich nicht. Das Zimmer war groß und komfortabel eingerichtet. Hier und dort standen andere Betten — leer. Zwischen den einzelnen Liegen gab es viel Platz, und an ihrem Kopfende befanden sich Diagnose-Schirme. *Eine Krankenstation,* dachte Kirk. *Und zwar eine ziemlich großzügig angelegte.*

Dieser Ort hatte nicht die geringste Ähnlichkeit mit dem engen, dunklen Innern eines imperialen Kreuzers. Jim empfand das Licht noch immer als ein wenig zu hell — für Klingonen mußte es eigentlich unerträglich sein.

Insgesamt sieben von ihnen umringten Kirks Bett: drei Männer, drei Frauen, und Morith, der direkt vor dem Captain stand, etwas abseits von den anderen. Im großen und ganzen boten sie ein vertrautes Erscheinungsbild: dunkelbraune Haut, schwarzes Haar, schwarze Augen, stark vorgewölbte Brauenhöcker, hohe Wangenknochen, markante Züge, kräftige Statur. Doch als Jim genauer hinsah, bemerkte er etwas, an das er nicht gewöhnt war.

Die ihm bekannten Klingonen hatten alle drohend gewirkt, aber bei diesen Gestalten fehlte eine unheilvolle Aura. Ganz offensichtlich gaben sie sich alle Mühe, freundlich zu sein, und ihr bisheriges Gebaren legte dabei sogar Aufrichtigkeit nahe. In diesen klingonischen Gesichtern suchte Kirk vergeblich nach Haß.

Und dann die Kleidung ... Sie lieferte den deutlichsten Hinweis und unterschied sich völlig von den Uniformen, die Klingonen normalerweise trugen. Außerdem gab es individuelle Variationen in Hinsicht auf Farbe und Schnitt. Der Captain sah sowohl Togen als auch weite Umhänge, in einem Fall sogar eine Kombination aus Hemd und kurzer Hose. Das farbliche Spektrum reichte von scharlachroten Tönen bis hin zu schlichtem Weiß. Eine Toga wies bunte diagonale Streifen auf. Diese Abweichung von der Norm verblüffte Kirk und kam fast einem Schock gleich.

»Nun, Captain?« Morith trug einen einfachen beigefarbenen Umhang, dem griechischen Stil nachempfunden. In den unbedeckten Armen, Schultern und Beinen zeichneten sich dicke Muskelstränge ab.

»Ihr Englisch ist ausgezeichnet.«

Morith lächelte — ein seltsamer Anblick. Kirk hatte Klingonen gesehen, die grimmig oder voller Stolz lächelten, aber in Moriths Gesicht manifestierte sich nun ein entspanntes Schmunzeln, wie er es von Menschen her kannte. Dadurch verwandelte sich die düstere klingonische Miene, gewann Wärme und Herzlichkeit. Dieses Lächeln überzeugte Jim davon, daß er tatsächlich kein Gefangener war.

»Gut«, sagte Morith. »Anscheinend sind Sie jetzt wenigstens bereit, mir zuzuhören. Ich muß Ihnen etwas mitteilen, das sowohl erstaunlich als auch beunruhigend ist. Mehr als nur beunruhigend, um ganz ehrlich zu sein. Und vielleicht habe ich bald noch weitere Nachrichten für Sie — wenn Sie sich physisch und psychisch gut genug erholt haben, um alles zu verkraften.«

»Ich bin ganz Ohr.« Kirk war auch nicht an Klingonen gewöhnt, die um etwas herumredeten.

»Später. Zuerst brauchen Sie noch mehr Ruhe.« Morith winkte. Einer der anderen Klingonen trat vor und preßte ein Objekt an den Arm des Captains.

Jim bekam keine Gelegenheit, etwas dagegen zu unternehmen. Praktisch von einem Augenblick zum anderen floß die Kraft aus ihm heraus, und das Bett empfing seinen erschlaffenden Leib. Er spürte noch, wie ihm jemand die Beine aufs Polster legte, bevor er einschlief.

Als Kirk zum zweiten Mal erwachte, war er allein im Zimmer. Er fühlte sich herrlich frisch und energiegeladen. Als er aufstand, blieb der befürchtete Schwindelanfall aus.

Seine Uniform lag ordentlich zusammengefaltet auf einem nahen Stuhl. Jim streifte den Patientenkittel ab, zog Hose und Pulli an. Nur wenige Sekunden später kam Morith herein, und diesmal trug er einen hellblauen Umhang.

»Willkommen in der Wirklichkeit, Captain«, sagte der Klingone und lächelte. Er sah die stumme Frage auf Kirks Lippen und fügte hinzu: »Ja, ich bin jetzt bereit, Ihnen alles zu erklären. Inzwischen müßten Sie eigentlich in der Lage sein, mit einigen Überraschungen fertig zu werden — vorher waren Sie zu schwach.

Begleiten Sie mich bei einem Spaziergang?«

Sie verließen das Zimmer, schritten Seite an Seite durch einen Korridor. »Sie sind jetzt aus der Krankenstation entlassen«, sagte Morith. »Von Förmlichkeiten halten wir hier nicht viel. Die Bürokratie haben wir auf Klinzhai zurückgelassen.«

Kirk versteifte sich unwillkürlich, als er den Namen des klingonischen Heimatplaneten hörte, doch dann seufzte er lautlos und entspannte sich wieder. Er hatte ganz vergessen, wer ihm an diesem Ort Gesellschaft leistete: Morith und die anderen unterschieden sich so von den ihm bekannten Klingonen, daß er keine Gegner mehr in ihnen sah. Mit diesem Gedanken war er eingeschlafen, und während der Ruhephase wurde er zum mentalen Fundament einer neuen inneren Einstellung. Jetzt gelang es ihm nicht mehr, auch weiterhin mißtrauisch und argwöhnisch zu sein. Neben Jim ging kein imperialer Krieger, der die Föderation haßte, sondern ein anderer Mann, der ihm nicht nur sehr intelligent erschien, sondern auch sympathisch.

Eine Zeitlang schlenderten sie schweigend. Unterwegs begegneten sie anderen Klingonen, die ebenfalls zivile Kleidung trugen. Sie lächelten und grüßten auf englisch.

»Beherrschen viele Klingonen in dieser Basis meine Sprache?« fragte Kirk.

»Heutzutage sprechen fast alle Klingonen Englisch«, lautete die Antwort.

Jim musterte ihn verwundert, faßte sich jedoch in Geduld. Was auch immer Morith dem Captain mitteilen wollte — offenbar fiel es ihm schwer, die richtigen Worte dafür zu finden, und Kirk wollte ihn nicht unter Druck setzen.

Schließlich betraten sie ein Zimmer, in dem mehrere Tische und Synthetisierer standen — es hätte sich um den Aufenthaltsraum an Bord eines Starfleet-Schiffes handeln können. *Funktion bestimmt die Form,* dachte Kirk. Er nahm Platz, und Morith ging zu den Geräten an der Wand, kehrte kurz darauf mit zwei dampfenden Tassen zurück. Eine reichte er dem Captain. »Probieren Sie's. Bisher ist uns keine bessere Imitation gelungen.«

Jim trank einen vorsichtigen Schluck. Die Flüssigkeit roch und schmeckte einigermaßen wie Kaffee. »Nicht übel«, lobte er. »Nun, Sie haben die versprochenen Erklärungen lange genug hinausgezögert ...«

Morith nickte langsam. »Ja, das stimmt.« Stimme und Gesicht verrieten Nervosität. »Ich habe Ihnen gesagt, daß Sie kein Gefangener sind — was der Wahrheit entspricht. Allerdings dürfen Sie nicht damit rechnen, jemals Ihre Heimat wiederzusehen.«

Kirks Hand schloß sich fester um die Tasse, aber er blieb stumm.

»Wissen Sie, Captain ... Darf ich Sie Jim nennen?«

Kirk nickte ungeduldig.

»Wissen Sie, Jim ...«, begann Morith erneut. »Jener Sturm, dem die *Keule* fast zum Opfer gefallen wäre — er bestand nicht nur aus magnetisch-ionischen Entladungen. Es kam dabei auch zu temporalen Phänomenen. Der klingonische Kreuzer wurde nicht etwa zerstört, sondern mit allen Personen an Bord durch die Zeit geschleudert.« Er richtete einen ernsten Blick auf Kirk. »Sie befinden sich hundert Jahre in der Zukunft.«

KAPITEL 4

Kirk starrte Morith wortlos an. »Jim ...«, sagte der Klingone langsam. »Ich kann mir vorstellen, daß es ein enormer Schock für Sie sein muß, alles zu verlieren, Ihr ganzes Universum.«

Wie wollen Sie sich so etwas vorstellen können? dachte der Captain. Es geschah nicht zum erstenmal, daß er durch die Zeit reiste. Er war schon einmal in einer anderen Epoche verschollen gewesen, aber sie gehörte zur Vergangenheit. Seltsamerweise schien jetzt alles viel schlimmer zu sein: Die Zukunft bot ihm keine vertraute Welt, und er mußte sich an den Gedanken gewöhnen, daß alle seine Freunde längst tot waren.

»Was ist mit meinen Leuten? Mit den Sicherheitswächtern, die mich zur *Keule* begleiteten?«

Morith schüttelte den Kopf. »Sie wurden zu schwer verletzt. Bestimmt erinnern Sie sich an die Heftigkeit des Sturms, oder?«

Kirk nickte. »Die Erschütterungen und Gravitationsverlagerungen schleuderten uns durch den Kontrollraum der *Keule.* Eine Zeitlang konnte ich mich irgendwo festhalten.«

»Was Ihren Männern vermutlich nicht gelang. Und das gilt auch für die Besatzung. Mehrere von der *Enterprise* stammende Sicherheitswächter und auch einige ... Klingonen starben schon zu jenem Zeitpunkt. Erinnern Sie sich auch an die physischen Belastungen während des temporalen Transfers?«

»Extreme Übelkeit. Ein Druck, der den Körper zusammenpreßte.«

»Ja. Ein Druck, den nur jemand aushalten konnte, der noch kräftig genug war. Bei den Autopsien stellte sich folgendes heraus: Die überlebenden Sicherheitswächter fanden den Tod, als der Zeitsprung erfolgte.«

»Existiert der Kreuzer noch?« Kirk fragte nur, um Zeit zu gewinnen und sein inneres Gleichgewicht wiederzufinden.

Morith nickte. »Er ist kaum mehr als ein Wrack. Captain Klanth und einige Mitglieder der Crew überlebten. Was sie betrifft ...«

»Ich bin in der Zukunft«, sagte Kirk leise und mehr zu sich selbst. »Ich bin hundert Jahre in der Zukunft ...«

»Auch Sie erlitten ernste Verletzungen«, fuhr Morith hastig fort. »Aber dank unserer fortgeschrittenen Medizin konnten wir Sie heilen. Vielleicht fühlen Sie dann und wann Schwäche, doch die Ärzte meinen, das sei kein großes Problem. Unsere Medo-Experten vertreten die Ansicht ...«

»Ich verstehe nicht, was Sie sind und warum Sie sich so sehr von den mir bekannten Klingonen unterscheiden.« Eine Mischung aus Verzweiflung und Verwirrung vibrierte in Kirks Stimme. Er schien Moriths bisherige Erläuterungen einfach vergessen zu haben, wirkte nun wie ein Mann, dessen konzentrierte Aufmerksamkeit sich als Maske entpuppte, als eine mimische Fassade.

»Während der letzten hundert Jahre ist viel passiert, Jim«, erwiderte Morith und sprach betont ruhig. »Ich glaube, es gibt keine ereignisreichere Ära in der Geschichte von Imperium und Föderation. Aber das soll Ihnen jemand anders erklären.« Er stand auf.

Kirk hielt ihn am Arm fest. »Warten Sie! Wie verfährt man in diesem Jahrhundert mit Kriegsgefangenen?«

Morith seufzte. »Ich habe schon mehrmals darauf hingewiesen, daß Sie ein Gast sind, Jim. Ein Ehrengast. Allem Anschein nach ist es mir noch nicht gelungen, Sie zu überzeugen. Hat man Sie hier so behandelt wie einen Kriegsgefangenen in Ihrer Epoche?«

»In meiner Epoche ...«, murmelte Kirk. »Lieber Himmel, es wird mir sehr schwerfallen, mich an diese Ausdrucksweise zu gewöhnen. Nein, ich bin anders behandelt worden, wie ein ... Freund.«

»In der Tat!« Morith lächelte. »Das richtige Wort. Sie *sind* ein Freund, und ich will Ihnen auch den Grund dafür nennen. Sie haben sicher bemerkt, wie gut ich Ihre Sprache beherrsche, nicht wahr?« Offensichtlicher Stolz leuchtete in seinen Zügen.

Kirk schmunzelte unwillkürlich. »Und ob. Sie könnten es mit Spock aufnehmen.« Sofort fiel ein Schatten auf seine Miene: Er hatte Spock in der Vergangenheit zurückgelassen. Wie die *Enterprise* und alles, das er liebte und schätzte. »Ja, Ihre guten Englischkenntnisse sind mir aufgefallen.«

»Sie kommen nicht von ungefähr«, sagte Morith. »Die Föderation und das Imperium haben Frieden geschlossen. Klingonen arbeiten an Bord von Starfleet-Raumschiffen, und Ihre Wissenschaftler sind in unseren Laboratorien tätig. Die vor langer Zeit von den Organianern prophezeite Freundschaft zwischen unseren Völkern hat sich endlich in Realität verwandelt. Mein Englisch ist deshalb so gut, weil es sich dabei um die offizielle Sprache unseres wichtigsten Verbündeten handelt.«

Kirk schüttelte benommen den Kopf.

Morith lächelte erneut. »Sie haben sicher viele Fragen — typisch für einen Menschen. Vielleicht kann ich dafür sorgen, daß sie alle beantwortet werden. Doch vorher möchte ich ein Anliegen an Sie herantragen.

Sie sind ein lebendes Artefakt aus der turbulentesten Phase sowohl unserer Geschichte als auch der des interstellaren Völkerbunds namens Föderation der Vereinten Planeten. Zweifellos ist es ein schwerer Schlag für Sie, sich plötzlich in der Zukunft wiederzufinden, aber unsere Historiker können es gar nicht abwarten, Sie mit Fragen zu überschütten. Und ich hoffe, Sie sind bereit, wenigstens einige von ihnen zu beantworten. Wissen Sie, es steckt nicht nur Neugier dahinter, sondern auch eine weitaus bedeutsamere Angelegenheit, über die ich jedoch erst später mit Ihnen sprechen möchte.«

»Sie verstehen es gut, meine Neugier zu wecken. Warum legen Sie die Karten nicht sofort auf den Tisch?« Kirk hatte noch immer Mühe, einen klaren Gedanken zu fassen. *Alles Vertraute — für immer fort,* fuhr es ihm durch den Sinn. Die Föderation existierte offenbar noch, aber was war James T. Kirk ohne die *Enterprise* und seine Gefährten? *Wieviel von mir ist in der Vergangenheit geblieben, bei Spock, McCoy, Scotty und den anderen?*

»Die Ärzte sind zwar der Meinung, daß Sie sich gut erholt haben, aber wir sollten trotzdem vermeiden, Sie zu vielen psychischen Schocks auszusetzen«, sagte Morith. »Ich halte es für besser, Schritt für Schritt vorzugehen. Bevor wir Sie mit gewissen Fakten der Vergangenheit konfrontieren, müssen Sie mehr über Ihre jetzige Gegenwart erfahren.« Er winkte jemandem hinter Kirk zu.

Jim drehte sich um und sah eine der Klingoninnen, die beim ersten Erwachen an seinem Bett gestanden hatten. Sie kam jetzt näher.

»Das ist Kalrind«, stellte Morith die Frau vor. »Ich habe sie beauftragt, Ihnen alle notwendigen Informationen zu geben. Ich schätze, es dauert nur einige Tage, bis Sie Bescheid wissen. Länger *darf* es nicht dauern.« Er erhob sich. »Auf mich wartet viel Arbeit, Jim. Und sicher bietet Ihnen Kalrind angenehmere Gesellschaft als ich. In einigen Tagen sehen wir uns wieder.« Morith ging mit langen Schritten fort.

Kalrind setzte sich an den Tisch und musterte den Mann ihr gegenüber. »Das ist also der berühmte Captain James T. Kirk. Für die klingonische Jugend sind Sie ein Idol.«

»Eine solche Vorstellung fällt mir nicht leicht«, erwiderte Jim. Es geschah nur selten, daß er mit Verlegenheit auf die unverhohlene Bewunderung im Gesicht einer jungen Frau reagierte, aber dies war eine *klingonische* Frau. Ein klingonischer Mann hätte sie sicher für sehr attraktiv gehalten, und als sich Kirk einen entsprechenden Blickwinkel zu eigen machte, gelang es ihm sogar, ihre Attraktivität zu erkennen. Gleichzeitig bewahrte er sich die menschliche Perspektive und beobachtete: buschige Brauen, grobe Züge, Kraft und die Aura von Gefahr. »Vielleicht ist Ihnen nicht ganz klar, wie sehr Sie sich von den Klingonen in meiner Zeit unterscheiden.«

»Dessen bin ich mir durchaus bewußt, Captain. Ich weiß es aus drei Quellen. Erstens: unsere eigenen historischen Aufzeichnungen. Zweitens: Es gibt nach wie vor *alte* Klingonen im Imperium. Und drittens: die Überlebenden der *Keule,* Klanth und einige Besatzungsmitglieder.«

»Ah, ja. Klanth.« Sonderbar: Klanth und seine Leute waren hier die einzigen anderen Wesen aus Jims Zeit — vielleicht konnten nur sie voll und ganz verstehen, wie Kirk dachte und was er von Dingen wie Politik hielt.

»Captain ...«

»Bitte nennen Sie mich Jim.«

Kalrind lächelte erfreut, und daraufhin zeigte sich in ihrem Gesicht die gleiche warme Herzlichkeit wie zuvor bei Morith. Wenn Kirk ein derartiges Lächeln sah, hatte er das Gefühl, es nicht mehr mit Klingonen zu tun zu haben. Bei Kalrind kam noch etwas anderes hinzu: Das Lächeln ließ ihre Züge nicht nur freundlich erscheinen, sondern verlieh ihnen menschliche Schönheit.

»Jim. Es klingt gut. Die terranischen Namen gefielen mir immer besser als unsere eigenen. Nun, wie ich eben sagen wollte: Die Veränderung in uns selbst ermöglichte das *Roj tIn,* den Großen Frieden. Einige unserer Historiker haben behauptet, der Wandel in unserem Wesen sei von den Organianern hervorgerufen worden. Angeblich wollten sie nicht länger darauf warten, daß sich ihre Prophezeiung erfüllte, und deshalb beschlossen sie, ein wenig nachzuhelfen. Allerdings sind sie nie bereit gewesen, diese Vermutung zu bestätigen, und somit fehlt ein Beweis. Wie dem auch sei: Nach dem tholianischen Zwischenfall wurden wir das, was wir heute sind: *menschliche* Klingonen.«

»Ihre Vorfahren hätten Sie als verweichlicht und verachtenswert bezeichnet.«

Kalrind lachte. »Mag sein. Wir nennen uns ›Neue Klingonen‹ — *ThlIngan chu.*«

»Ich möchte mir nicht die Zunge verrenken und bleibe bei dem Begriff ›Neue Klingonen‹.«

»Aber bitte nicht mir gegenüber. Nennen Sie mich Kalrind.«

Kirk lachte unsicher und wandte den Blick ab. Es beunruhigte ihn, daß er Kalrind auch physisch reizvoll fand — die klingonischen Aspekte ihres Gesichts schienen immer unwichtiger zu werden. Entschlossen wandte er seine Aufmerksamkeit von Kalrinds körperlicher Präsenz ab und konzentrierte sich statt dessen auf ihre Worte. »Neue Klingonen, tholianischer Zwischenfall«, wiederholte er langsam. »Für Sie sind diese Begriffe selbstverständlich, weil Sie damit aufgewachsen sind, doch ich kenne sie nicht und bin ziemlich durcheinander.«

Die Frau nickte. »Natürlich. Ich sollte Ihnen eins nach dem anderen erklären. Bitte entschuldigen Sie: Es lag nicht in meiner Absicht, Sie mit vagen Hinweisen zu verwirren.«

»Trotzdem: Ich *bin* verwirrt.«

Kalrind lachte. »Früher oder später verstehen Sie. Übrigens: Wie fühlen Sie sich? In körperlicher Hinsicht, meine ich.«

Kirk lehnte sich zurück und fokussierte die Wahrnehmung auf sich selbst. Zunächst bemerkte er die Abwesenheit von Schmerz. »Bemerkenswert gut. Seltsam:

Durch die Erschütterungen und Gravitationsverlagerungen wurde ich durch den Kontrollraum der *Keule* geschleudert und prallte gegen Konsolen. Ich müßte eigentlich in einer wesentlich schlechteren Verfassung sein: gebrochene Knochen, zerfetzte Muskeln, sogar innere Verletzungen. Statt dessen fühle ich mich normal. Nein, sogar besser als normal: Ich spüre eine so starke innere Energie wie schon seit Jahren nicht mehr.«

Kalrind lächelte erneut.

»Das überrascht mich nicht, Jim. Es ist ein Nebenprodukt des Großen Friedens. Seit vielen Jahren tauschen die Wissenschaftler der Föderation und des Imperiums ihre Daten aus, zum großen Nutzen insbesondere der komparativen Biologie. Woraus folgt: Während des vergangenen Jahrhunderts hat die medizinische Technik enorme Fortschritte erzielt. Deshalb konnten unsere Ärzte Sie so schnell und so gründlich heilen.«

Sie beugte sich vor und griff nach Kirks Hand. »Verstehen Sie, Jim?« fragte sie, und diesmal ließ sich in ihrer Stimme ein gewisser Nachdruck vernehmen. »Das ist nur eine von vielen wundervollen Konsequenzen des Großen Friedens. Er hat die Zivilisation meiner Heimat vollkommen verändert und war das wichtigste Ereignis in der imperialen Geschichte. Wir müssen ihn bewahren, um jeden Preis.«

Unbehagen entstand in Kirk, als sich klingonische Finger um seine Hand schlossen. »Soll das heißen, dem Frieden droht Gefahr?«

Kalrind zögerte und lehnte sich wieder zurück. »Später. Dazu kommen wir später.« Sie wirkte jetzt fast niedergeschlagen und kummervoll. »Morith wird es Ihnen erläutern.« Erneut kam es zu einem plötzlichen Stimmungswandel, und die Klingonin sprang auf. »Später, später«, wiederholte sie, jetzt wieder fröhlich. »Zuerst möchte ich Ihnen Ihre neue Welt zeigen. Kommen Sie!« Kalrind griff einmal mehr nach Kirks Hand und zog ihn vom Stuhl.

»Sie sind so ungestüm wie Ihre Vorfahren.«

Die Frau schmunzelte. »Das Universum zerstört den Faulpelz — altes klingonisches Sprichwort. Nicht allen meinen Ahnen mangelte es an Klugheit.«

»Bei uns heißt es: ›Das Rad der Zeit hält niemand auf.‹ Doch die Klingonen sprechen von ›zerstören‹.«

Kalrind nickte. »Ein erbarmungsloses Volk — und deshalb hielten sie auch das Universum für erbarmungslos. Kommen Sie jetzt! Auch ich mag keine Faulpelze.«

Es war eine sehr große Basis, und für Kirk gab es viel zu entdecken. Ihm fielen zwei Unterschiede zwischen dieser klingonischen Station und einer Starbase aus seiner Zeit auf: Der zweite erwies sich als angenehm, der erste hingegen als deprimierend.

In bestimmten Bereichen begegnete er völlig ungewohnten Dingen. Als Kalrind ihm Sektionen zeigte, in denen man mit komplexer Technik arbeitete, fühlte er sich von neuerlicher Verwirrung erfaßt, und die eigene Reaktion bedrückte ihn.

Sie sahen einigen Klingonen zu, die einer für Kirk rätselhaften Aufgabe nachgingen, und anschließend wandte er sich an seine Begleiterin. »Ich habe damit gerechnet, daß alles weiterentwickelt und hundert Jahre moderner ist, und deshalb verstehe ich zumindest den *Grund* für meine Verwunderung. Aber offenbar sind seit meiner Zeit einige ganze neue Technologien entstanden: Ich habe keine Ahnung, womit sich jene Leute befaßten. Kann ich jemals genug lernen, um einen Platz in Ihrer Gegenwart zu finden? Wenn ich zu meinem Volk zurückkehre ... Vielleicht bin ich dann gar nicht mehr imstande, ein Raumschiff zu kommandieren. Vielleicht reduziert sich meine Bedeutung auf die einer historischen Kuriosität, einer Informationsquelle für Historiker.«

»Einige Dinge ändern sich nie, Jim«, erwiderte Kalrind. »Zum Beispiel die Verwaltung. Und das gilt auch für Leute.« Sie lachte kurz. »Wenigstens für Menschen. Wir Klingonen *haben* uns verändert. Bestimmt sind Sie nach wie vor von großem Nutzen für Starfleet.«

Kirk verzog das Gesicht. »Ein Schreibtischjob. Nach hundert Jahren erwischt sie mich schließlich doch noch — die Bürokratie.«

Der angenehme Unterschied bezog sich auf ihre Bewegungsfreiheit: Sie durften alle Abteilungen der Basis aufsuchen. Ausnahmen bildeten nur die Krankenstation und jene Bereiche, wo ein unwissender Besucher Schaden anrichten konnte.

»In meiner Zeit war es anders«, staunte Kirk. »Einem Klingonen hätte man sicher nicht gestattet, durch eine Starbase zu wandern, aber auch für mich selbst hätte es Beschränkungen gegeben: Der Aufenthalt in einigen Sektionen wäre sogar für Captain Kirk verboten gewesen.«

»Nun, danken Sie dem Großen Frieden dafür, daß Sie diese ›Wunder der Zukunft‹ sehen«, entgegnete Kalrind. »Und vergessen Sie nicht: Dies ist nur eine eher unwichtige Außenstation! Auf Klinzhai oder den anderen zentralen Welten könnten Sie noch weitaus bessere Anlagen bewundern. Hier draußen erhalten wir nur die Überbleibsel. Wir sind noch immer nicht so reich wie die Föderation, und deshalb müssen wir uns mit dem begnügen, was wir bekommen können. Das Beste bleibt für Klinzhai reserviert. Irgendwann einmal zeige ich Ihnen das Herz des Imperiums — Sie wären bestimmt begeistert.«

»Klinzhai«, murmelte Kirk. Zentrum der feindlichen Nation, Quell des Unheils — ein Name, mit dem man Kinder erschreckte. Manchmal war es sehr schwer, alte Vorstellungen zu überwinden. »Sie sprechen noch immer von ›Imperium‹«, stellte er fest und wechselte damit das Thema.

»Ja. Der alte Autoritarismus existiert nicht mehr, aber wir halten an den ursprünglichen Bezeichnungen fest.

Wir sind jetzt eine parlamentarische Demokratie, eine konstitutionelle Monarchie. Das ist eine ehrenhafte Tradition in der terranischen Geschichte, nicht wahr?« fügte Kalrind mit einem Hauch Besorgnis hinzu.

Kirk lächelte offen. »Ja. Sehr ehrenhaft. Einige meiner Vorfahren ... Nun, lassen wir das.«

»Oh, nein, ich möchte mehr davon erfahren, Jim! Von Ihrer Familie und so weiter. Ich finde alles so faszinierend! Bitte erzählen Sie mir von Ihren Ahnen, Jim.«

Kirks Lächeln verblaßte. »Meine Familie ... Ich hatte einen Bruder, dem ich sehr nahestand.« Er schnitt eine schmerzerfüllte Grimasse, als er sich erinnerte.

Kalrind legte ihm sanft die Hand auf die Schulter. »Ist ihm etwas zugestoßen?«

Einige Sekunden lang starrte Kirk ins Leere. »Ja, vor vielen Jahren.« Er wandte sich halb von der Klingonin ab und mied ihren Blick, doch Kalrinds Hand tastete nach seiner Wange und übte Druck aus, bis ihm nichts anderes übrigblieb, als sie anzusehen.

»Mein Bruder hieß Sam. George Samuel, um ganz genau zu sein, aber alle nannten ihn Sam. Ein guter, anständiger Mann. Und ein ausgezeichneter Wissenschaftler. Er heiratete eine wundervolle Frau namens Aurelan. Beide starben auf einem Kolonialplaneten.«

»Das tut mir sehr leid. Bitte entschuldigen Sie, daß ich danach gefragt habe.«

Kirk atmete tief durch. »Nein, ich *danke* Ihnen dafür.« Er lachte. »Für eine Klingonin verstehen Sie viel von menschlicher Psychologie!«

»Hatten Sam und Aurelan Kinder?« erkundigte sich Kalrind.

Kirk nickte. »Einen Sohn, Peter.« Er schmunzelte, als er an seinen Neffen dachte. »Pete ist ein guter Junge. Er arbeitet jetzt als Biologe in der Forschung und tritt damit in die Fußstapfen seines Vaters. Wie ich hörte, soll er noch besser sein als Sam.« Dann kehrte die Niedergeschlagenheit zurück. »Was sage ich da? Hundert Jahre sind seitdem vergangen! Wahrscheinlich ist Pete längst tot. Ich habe auch ihn verloren, meinen letzten Verwandten.« *Ebenso wie die* Enterprise *und ihre Besatzung, meine Ersatzfamilie.*

»Ich lasse weder Kummer noch Schweigen zu«, verkündete Kalrind in einem energischen Tonfall. »Als ich von parlamentarischer Demokratie sprach, erwähnten Sie einige Ihrer Vorfahren. Ich will mehr über sie hören, Captain. Berichten Sie mir davon!«

Kirk rang sich ein Lächeln ab und begann mit seinen Schilderungen. Er erzählte von Abernathy Kirk, der unter John Pym zum Langen Parlament gehörte, später unter dem großen Cromwell für seinen Glauben und seine republikanischen Überzeugungen kämpfte. Schließlich mußte er in die Kolonien nach Amerika flüchten, als im Jahre 1660 die Stuarts an die Macht zurückkehrten.

Während Kirk sprach, erwachte in ihm die alte Faszination in Hinsicht auf die Geschichte der eigenen Familie. Es dauerte nicht lange, bis die Trauer aus ihm wich, und er hielt den historischen Vortrag mit wachsender Begeisterung. Eine sehr interessierte Kalrind hörte ihm stumm und hingerissen zu.

KAPITEL 5

»Nun, Spock, meine Patienten haben überlebt«, sagte McCoy gereizt. Alles in ihm sträubte sich dagegen, dem Vulkanier einen solchen Triumph zu gönnen.

Der Erste Offizier nickte und wandte sich der Tür zu.

»He, warten Sie!« rief McCoy. »Wollen Sie nicht darauf hinweisen, daß Sie von Anfang an recht hatten? Wie wär's mit ein bißchen hämischer Freude?«

Spock wölbte eine Braue. »Das halte ich kaum für sinnvoll, Doktor. So etwas gäbe mir weitaus weniger Befriedigung als einem Menschen, und außerdem würde es Sie nicht daran hindern, in Zukunft noch einmal den gleichen dummen Starrsinn zu offenbaren.« Er verließ das kleine Büro, in dem McCoy arbeitete, seit die *Enterprise* Starbase Siebzehn erreicht hatte.

Der Arzt sah ihm nach und brummte: »Nun, *mir* gäbe es jede Menge Befriedigung, mich hämisch über *Ihre* Fehler zu freuen — wenn ich jemals einen entdecke.«

Unterdessen schritt Spock durch den Korridor, um den vereinbarten Termin mit Commodore Hellenhase wahrzunehmen, dem Kommandanten der Starbase. Stundenlang hatte er über die Entscheidung nachgedacht, nur mit Warp zwei zu fliegen. Als er McCoy an Bord der *Enterprise* die Gründe dafür erklärte, verbarg sich hinter der unerschütterlichen Gelassenheit des Vulkaniers viel mehr, als Leonard ahnte. Die ganze Zeit über war sich Spock der Möglichkeit bewußt, daß einige verletzte Besatzungsmitglieder während des langen Warptransfers sterben mochten, und ihr Tod hätte schwer auf seinem Gewissen gelastet. Immer wieder fragte er sich, ob Kirk mit seiner Intuition in der Lage gewesen wäre, einen besseren Weg zu finden, einen Kompromiß zwischen zwei gräßlichen Alternativen.

Das Überleben der Patienten erleichterte Spock — eine moralische Bürde wich dadurch von seinen Schultern. Außerdem konnte er sich jetzt wieder darauf konzentrieren, zur inneren Ruhe eines Vulkaniers zurückzufinden und erneut zu jenem von kühler Logik bestimmten Mann zu werden, den McCoy in ihm sah.

Hellenhase wartete bereits auf den Ersten Offizier der *Enterprise.* Der Commodore war mittelgroß und schlank, sein Haar so blond, daß es fast weiß wirkte. Normalerweise blieb er immer ernst und zurückhaltend, doch heute entdeckte Spock Anzeichen von Kummer und Nervosität.

Er winkte den Besucher ins Büro. »Kommen Sie herein. Und schließen Sie die Tür. Nun, Spock, ich habe Ihren Bericht mehrmals gelesen, aber ich verstehe noch immer nicht, was geschehen ist. Oh, Ihre Beschreibungen sind deutlich genug«, fuhr er hastig fort und hob die Hand, um Spock daran zu hindern, die nach Kirks Verschwinden gesendete Subraum-Botschaft zu wiederholen. »Aber ihre *Bedeutung* bleibt mir unklar. Was halten Sie von der Sache?«

»Leider stehen mir nicht genug Informationen für eine exakte Situationsbeurteilung zur Verfügung, Commodore. Wir wissen nur eins: Die Tholianer lehnen jede Verantwortung für den Zwischenfall ab, und unsere Sensoren ermittelten völlig andere Daten als während des Zwischenfalls, dem die *Defiant* am gleichen Ort zum Opfer fiel. Ich glaube, wir haben es mit einem neuen Phänomen zu tun.«

»Soll das heißen, es gibt keine Möglichkeit, Kirk zu retten?«

Spock zögerte. »Das scheint derzeit der Fall zu sein. Allerdings möchte ich noch einmal unseren Mangel an

Informationen betonen. Meiner Ansicht nach ist es dringend erforderlich, im betreffenden Raumbereich zusätzliche Daten zu sammeln, und in diesem Zusammenhang bitte ich Sie ...«

»Ja, ja, Spock«, unterbrach Hellenhase den Vulkanier. »Ich weiß. Und ich widerspreche Ihnen nicht, obgleich Starfleet Command eine andere Meinung vertritt. Sie möchten mehrere Schiffe damit beauftragen, Nachforschungen anzustellen. Aber wonach sollen sie Ausschau halten? Wir könnten das Problem lösen, indem wir eine allgemeine Warnung herausgeben und alle Föderationsschiffe auffordern, den entsprechenden Raumsektor zu meiden.«

»In der Tat, Commodore. Was jedoch nichts daran ändert, daß ein Starfleet-Captain und mehrere erstklassige Sicherheitswächter vermißt werden. Vielleicht stecken natürliche Ursachen dahinter. Vielleicht auch nicht. Wir würden unserer Pflicht der Föderation gegenüber kaum gerecht, wenn wir nicht jedes Mittel nutzen, um die Verschwundenen zu finden.«

Hellenhase richtete einen durchdringenden Blick auf Spock. »Hm. Ich verstehe natürlich, worauf Sie hinauswollen. Die Tholianer. Hm. Keine sehr freundlichen Zeitgenossen. Aber wir machen Fortschritte mit ihnen. Und jetzt müssen wir unsere verbesserten Beziehungen auf die Probe stellen — weitaus früher, als es uns und der Föderation lieb ist. Ich schätze, Sie möchten zu einem der Schiffe versetzt werden, um selbst an der Suche teilzunehmen, wie?«

»Ja, Sir. Gleichzeitig halte ich es für erforderlich, bei der *Enterprise* zu bleiben, während sie repariert wird. Und bei der Besatzung, die viel hinter sich hat. Captain Kirk hat mir das Kommando gegeben.«

»Das vulkanische Pflichtbewußtsein. Es ist nicht immer nur logisch, oder?«

Spock schwieg.

Hellenhase wartete einige Sekunden lang auf eine

Antwort. »Na schön, na schön«, sagte er schließlich. »Ich setze mich sofort mit Starfleet Command in Verbindung. Vielleicht kann ich etwas arrangieren.« Er winkte den Ersten Offizier fort, sah Spock nach und dachte erneut ans vulkanische Pflichtbewußtsein. *Wie sollte Starfleet ohne Vulkanier zurechtkommen?* überlegte er.

Der Commodore aktivierte den Tischkommunikator. »Verbinde mich mit Chung«, wies er den Computer an. »In San Francisco.«

Eine Sprachprozessorstimme erklang. »Nach den gegenwärtigen Berechnungen des zu erwartenden Energieverbrauchs sollte das von Ihnen gewünschte Kom-Gespräch in fünf Komma zwei Stunden geführt werden.«

Hellenhase schüttelte den Kopf. Vulkanier und Computer! Mit Argumenten ließ sich nichts gegen sie ausrichten, und deshalb mußte man versuchen, sie einzuschüchtern. »Da ich den Rang eines Commodore bekleide und du nur ein Computer bist, bestimme *ich* den Zeitpunkt für irgendwelche Kom-Gespräche!«

»Ja, Commodore.« In der künstlich modulierten Stimme kam so etwas wie Selbstgefälligkeit zum Ausdruck, als der Computer hinzufügte:

»Allerdings ist es in San Francisco jetzt erst zwei Uhr morgens ...«

Hellenhase seufzte. *Die verdammte Maschine hat natürlich recht. Ich hätte selbst daran denken sollen.* »In Ordnung«, brummte er. »Stell den Kontakt in neun Stunden her.« Der Commodore stöhnte leise. »Und weck mich in meinem Quartier, wenn du Chung erreicht hast.«

Der offizielle Name lautete ›Devonshire-Auskolkung‹. Die Einheimischen sprachen vom ›Devon-Graben‹ oder der ›Devon-Tiefe‹, und damit deuteten sie absichtlich auf etwas Dunkles und Unheilvolles hin, auf ein Tor zur dämonischen Unterwelt. Touristen aus anderen Ländern — es kamen auch Besucher von anderen Planeten — kannten diesen Ort als ›Loch‹. Das genügte. Es waren keine Verwechslungen mit zwei ähnlich beschaffenen Touristenattraktionen möglich, dem Großen Loch von Kimberly oder dem Schwarzen Loch von Kalkutta — beide ebenfalls vom Menschen geschaffen.

Im Gegensatz zu natürlichen Auskolkungen — Grand Canyon, Fish River Canyon oder Mariner Valley — reichten die Seiten des Lochs nicht senkrecht hinab. Zwar gab es jenseits der Beobachtungsplattform einen hohen Zaun, der Touristen daran hindern sollte, ins Loch zu klettern, aber die Wände neigten sich sanft nach unten. Niemand lief dort Gefahr, den Halt zu verlieren und in die Tiefe zu stürzen. Andererseits: Derartige Wanderungen hätten die allgemeine düstere Atmosphäre beeinträchtigt und dem Tourismus geschadet, und deshalb waren sie verboten. Zum großen Bedauern von Luisa Tindall.

»Kein Problem«, sagte sie. »Überhaupt kein Problem. Wir könnten in zwei Stunden unten sein und zurückkehren, bevor's dunkel wird. Erinnerst du dich an unseren Urlaub in den Rockies? Die dortigen Kletterpartien waren weitaus schwieriger und anstrengender. Hinzu kam die große Höhe.«

»Ach, ihr leidenschaftlichen, ungestümen Südländer«, erwiderte Elliot.

Luisa rechtfertigte die Verwendung des ersten Adjektivs, indem sie zornig mit dem Fuß stampfte. »Im *Ernst*, Elliot! Warum mußt du alles ins Lächerliche ziehen? Weil du Engländer bist?«

Elliot dachte über die Frage nach. »Ich schätze, wir Engländer sind nur dann ernst, wenn es um Untermenschen geht. Zum Beispiel um Panamesen.« Luisa holte aus, und er duckte sich rechtzeitig.

»Ich habe gesagt, daß ich es ernst meine!«

»Ich weiß, mein kleiner spanischer Hitzkopf. Entschuldige: meine kleine panamesische *pimienta*.«

Luisa lachte. »Verdammt, Elliot ... So redest du immer, wenn es mir um etwas ernst ist.«

»Ich mag keine ernsten Gefühle«, sagte Elliot, und diesmal meinte *er* es ernst. »Sie machen mich nervös.«

»Das habe ich bemerkt.« Luisa war klein und mußte den Hals recken, um zu ihrem Mann aufzusehen. Das dichte schwarze Haar trug sie in einem langen, bis zum verlängerten Rücken reichenden Zopf — um Elliot zu gefallen. Vor zwei Jahren hatten sie geheiratet, und es überraschte Luisa noch immer, daß sie diesem rätselhaften Engländer so intensive Gefühle entgegenbrachte. Sie wollte alles über ihn erfahren, mit Elliots Leben, Interessen und seiner Arbeit vertraut werden.

Doch manchmal verlieren Rätsel im Lauf der Zeit ihren exotischen Reiz: Sie verlangen danach, erforscht und verstanden zu werden. »Sieh nur ins Loch«, drängte Luisa. »Da unten liegt deine Vergangenheit. Verspürst du nicht den Wunsch, dort nach Vertrautem zu suchen?«

»Nein«, entgegnete Elliot, und seine Stimme klang ungewöhnlich scharf. »Dort unten gibt es nichts mehr, Luisa. Alles verdampfte, als die *Golden Hind* abstürzte. Oh, du hast recht, wir könnten ganz einfach und problemlos an den Hängen hinabklettern — wenn es erlaubt wäre. Aber was erhoffst du dir? Glaubst du vielleicht, den Ort zu sehen, in dem ich meine Kindheit verbrachte?« Er schüttelte den Kopf. »Er ist verschwunden. *Nichts* existiert mehr dort unten. Nichts. Schule, Kirche, Rathaus und alles andere — verschwunden, für immer. Nur ein Loch im Boden, die Devon-Tiefe. Das ist alles.«

Luisa akzeptierte widerstrebend die Wahrheit dieser Bemerkungen — zumindest für den Augenblick —, drehte sich um und blickte erneut ins Loch. Sie schmiegte sich an ihren Mann, der daraufhin die Arme um sie schlang. Vor ihnen gähnte Leere.

Nach inzwischen acht Jahren hatten der fruchtbare englische Boden und Regen dafür gesorgt, daß die Hänge grün wurden. *Wenn ich es nicht besser wüßte …,* dachte Luisa. *Man könnte fast glauben, diese Senke sei natürlichen Ursprungs.* Gras bedeckte die einladend wirkenden Hänge des berühmten Devon-Lochs. Bäume wuchsen dort: Es waren erst Schößlinge, aber Luisa stellte sich vor, wie sie höher aufragten, breite Wipfel entfalteten und die Ursache des Lochs vor den Augen zukünftiger Beobachter verbargen. Tief unten erstreckte sich der nackte, kahle Boden des Lochs. Erneut glaubte Luisa, daß sie dort die Wahrheit finden konnte, den Kern von Elliots Wesen. Wo die Katastrophe das felsige Fundament Englands entblößt hatte … An jener Stelle kam auch Elliots Seele zum Vorschein. Und Luisa sehnte sich nach der Möglichkeit, jene Seele zu betrachten.

Abrupt wandte sie den Blick ab.

»Sieh dir die Leute an«, flüsterte Luisa ihrem Mann zu und gluckste. Elliot bemerkte ein älteres Ehepaar: Beide trugen bunte Hemden und richteten teure Kameras auf das Loch. »Typische Amerikaner, nicht wahr? Wir sind so anders!«

Elliot lächelte und schwieg.

»Ich habe auch Sie für Amerikaner gehalten«, sagte jemand hinter ihnen.

Luisa drehte sich um und sah sich einem Mann gegenüber, der in Elliots Alter sein mochte. Ein dunkelgrauer Overall umhüllte seine Gestalt, und er lächelte, schien auf eine Reaktion zu warten.

»Wir sind Touristen«, erwiderte Elliot.

»Aber keine Amerikaner?« Der Mann war schlank, hatte bereits schütter werdendes braunes Haar und ein offenes, freundliches Gesicht.

»Ihr erster Eindruck hat Sie nicht getäuscht«, behauptete Elliot und hoffte vermutlich, daß der Fremde fortging.

Statt dessen nickte er. »Ich wohne hier. Besser gesagt: Ich *habe* hier einmal gewohnt.« Er deutete ins Loch. Die Sonne hing dicht über dem Horizont, und in der Tiefe begann bereits die Nacht. »Dort unten. In einem Dorf namens Berton. Ich war gerade erst zwanzig und nicht zu Hause, als es passierte. Meine ganze Familie starb. Meine ganze Familie ... Und alle Freunde und Bekannten. Und natürlich die Besatzung des Schiffes. Ich kehrte sofort hierher zurück, als ich in den Nachrichten davon hörte, aber ...« Erneut deutete er zum Loch. »Mehr fand ich nicht. Nur Qualm und Krankenwagen, für die es keine Arbeit gab.« Er schien die beiden ›Amerikaner‹ vergessen zu haben, starrte ins finstere Loch und dachte an die Vergangenheit.

In Luisa regte sich Mitgefühl, und sie streckte die Hand nach dem Mann aus. Elliot griff rasch nach ihrem Arm und hinderte sie daran, den Namenlosen zu berühren. »Wir müssen nach San Francisco zurückkehren, Schatz. Ich bin schon spät dran.« Er setzte sich in Bewegung, eilte fort und zog Luisa mit sich. Der Mann schenkte ihnen überhaupt keine Beachtung mehr, blickte auch weiterhin in die dunkle Tiefe.

»Dein Verhalten ist mir völlig unverständlich«, sagte Luisa hilflos. »Du hast immer wieder darauf hingewiesen, wie klein der Ort gewesen sei. Vielleicht kennst du jenen Mann aus deiner Kindheit. Es sollte dich freuen, ihm zu begegnen. Außerdem weißt du, daß wir nicht so bald zurückkehren müssen.«

Elliot seufzte und ging langsamer. »Ich kannte ihn tatsächlich. Und ich habe ihn verabscheut, als ich ein Kind war. Schon damals fand ich seine unverschämte Aufdringlichkeit unausstehlich, und offenbar ist er noch unsympathischer geworden. Ich dachte, alle seien tot. Bei einigen habe ich es sogar gehofft. Wie dem auch sei: Jetzt sind wir Fremde. Meine Freunde befinden sich nicht mehr hier, sondern in San Francisco.«

Eine Zeitlang wanderten sie schweigend. »Wie du meinst«, erwiderte Luisa schließlich.

Elliot stöhnte. »Bitte, Schatz. Ich möchte mich nicht mit dir streiten.« Seine Worte klangen besänftigend, doch Luisa fühlte dumpfen Zorn in ihm. »Laß uns zur Pension zurückkehren«, schlug er vor.

An jenem Abend sprachen sie kaum miteinander.

Elliot ging früh zu Bett, und das Licht brannte noch, als Luisa später ins Schlafzimmer kam. Ihr Mann lag angekleidet auf dem Bett, schlief mit offenem Mund und schnarchte leise. Der Computer — Elliot hatte ihn trotz ihrer Einwände mitgenommen — ruhte eingeschaltet auf seiner Brust.

Luisa griff danach und betrachtete gleichgültig das Display. Im kleinen Projektionsfeld zeigte sich ein Artikel mit vielen technischen Fachausdrücken, und der Autor hieß Spock. Sie schnitt eine Grimasse und desaktivierte das Gerät. Dann begann sie damit, Elliot zu entkleiden und ihn unter die Decke zu stopfen. Sie brachte ihn recht häufig auf diese Weise zu Bett, und ihr mütterlicher Instinkt fand durchaus Gefallen daran. Aber ein anderer Teil ihres Ichs ärgerte sich darüber, daß er so schwer war und ihr viel Mühe bereitete.

Nach einer Weile sank sie neben ihm aufs Polster. »Ach, Elliot«, murmelte sie. »Ich schätze, ohne mich wärst du aufgeschmissen.« Zärtlich strich sie ihm das Haar aus der Stirn und ertastete mit den Fingerkuppen jene Narbe, die an eine Verletzung in seiner Jugend erinnerte.

Es war einige Kilometer von dem Ort entfernt geschehen, wo ein abstürzendes Raumschiff ein ganzes Dorf ausgelöscht und alle Bewohner getötet hatte. Jahre vor der Katastrophe, die das Loch schuf, stieß Elliot mit der Stirn an einen Felsen. Das große Unglück erschütterte eine ganze Nation; das kleinere hinterließ nur Narben, die sich heute unter dem Haar eines Mannes verbargen. Doch der kleine Unfall war es, der in Luisa Furcht zittern ließ, als ihre Gedanken die Kluft der Zeit überwanden und in die Vergangenheit glitten: Fast hätte Elliot keine Möglichkeit bekommen, erwachsen zu werden, ihr zu begegnen und sie zu heiraten! Seit einer Weile neigte er zu ausgeprägter Launenhaftigkeit, aber das spielte auch keine Rolle mehr, wenn Luisa an den beinah erlittenen Verlust dachte. Erneut berührte sie die Narbe.

KAPITEL 6

In Funktion und Form unterschied sich die klingonische Basis kaum von einer Starbase. Kirk stellte überrascht fest, daß sie sogar einen Freizeitbereich aufwies, der einen Wald simulierte. So etwas war ihm natürlich nicht völlig neu — in der *Enterprise* gab es einen ähnlich beschaffenen Raum. Aber mit so etwas hatte er nicht in einer klingonischen Raumstation gerechnet, trotz der vielen Überraschungen während der vergangenen Tage.

Kalrind und er lagen nebeneinander im Gras, und hinter den Zweigen über ihnen erstreckte sich ein blauer Himmel mit weißen Wolkenfetzen. »Wirklich nicht übel«, lobte Kirk. »Mit dem Summen von Insekten wäre die Illusion perfekt. Ach, ich könnte die Augen schließen und hier einschlafen — gegen ein Nickerchen hätte ich nichts einzuwenden.«

Kalrind lachte. »Aufgrund der Berichte über Ihre Kämpfe gegen meine Vorfahren habe ich mir einen Mann mit mehr Tatendrang vorgestellt.« Sie stützte sich auf einen Ellenbogen und musterte den Terraner. »Ich dachte immer an eine unnahbare mythologische Gestalt, an einen übermenschlichen Helden.«

»Es erstaunt mich, daß Ihre Ahnen kein anderes und wesentlich negativeres Bild von mir hinterließen.« Kirk schmunzelte.

»Oh, das haben sie, wenn man die Sache aus ihrer Perspektive sieht. In den Aufzeichnungen werden Sie — nach den Maßstäben der Alten Klingonen — so wenig schmeichelhaft wie möglich beschrieben. Man wirft Ihnen einen eklatanten Mangel an Kriegstugend vor, doch das macht Sie in den Augen der Neuen Klingonen nur noch interessanter. Wir haben gelernt, die Vorurteile und falschen Werte unserer Vorfahren zu berücksichtigen, wenn wir uns mit historischen Dokumenten befassen. Um es anders auszudrücken: Wir übersetzen nicht die Worte, sondern die Moral.«

»Sie scheinen Ihre Ahnen gut zu kennen. Zumindest besser als wir Menschen.«

»Die Gründe dafür erkläre ich Ihnen später. Derzeit bin ich viel mehr an Ihnen interessiert.« Sie beugte sich über Jim, blickte stumm auf ihn hinab.

Als Kirk das dunkle und grobknochige klingonische Gesicht so dicht über sich sah, erwachte Panik in ihm, das entsetzliche Gefühl, Beute für ein Raubtier zu sein. Doch dieses Empfinden verflüchtigte sich nach einigen Sekunden, und Kalrind wurde erneut zu Kalrind; daraufhin war sie kein Symbol unmittelbarer Gefahr mehr, sondern einzig und allein sie selbst.

Sie beugte sich noch tiefer und küßte ihn.

»Wie zärtlich du bist!« entfuhr es Kirk. Das förmliche Sie erschien ihm plötzlich unangebracht. »Küssen alle Klingonen so sanft?«

»Gefällt es dir nicht?«

»O doch. Sehr sogar.« Er hob die Hand und strich Kalrinds dunkles Haar zurück. *Während der letzten hundert Jahre haben sich die klingonischen Frisuren kaum verändert,* dachte er.

»In physischer Hinsicht sind wir nach wie vor stärker als Menschen. Allerdings fühlen wir uns nicht mehr verpflichtet, dauernd unsere Kraft zu beweisen. Außerdem bin ich mir nicht sicher, wie gut du dich erholt hast, Jim.«

Kirk lächelte. »Es geht mir großartig«, versicherte er.

Kalrind küßte ihn erneut, mit mehr Leidenschaft als vorher. Diesmal spürte der Captain ihre Kraft — und außerdem auch so etwas wie gebändigte Wildheit. *Ich habe mich tatsächlich noch nicht ganz erholt,* überlegte er. *Sie* ist *viel stärker als ich.* Und diesem Gedanken folgte neuerliche Furcht.

Später, als sie entspannt unter den Bäumen lagen, fürchtete sich Kirk nicht mehr vor Kalrinds Kraft. Statt dessen beunruhigte ihn die Intensität der eigenen Empfindungen. Mit der einen Hand strich er über den Kopf der Klingonin, der mit angenehmem Gewicht an seiner Schulter lehnte. Nach einer Weile streckte sich Kalrind und seufzte.

»Offenbar wagt es niemand, die Neuen Klingonen zu stören, wenn sie mit wichtigen Angelegenheiten beschäftigt sind«, sagte Kirk.

Kalrind kicherte wie ein kleines Mädchen. »Ich habe Anweisungen erteilt. Dieser Bereich steht uns den ganzen Tag zur Verfügung.«

Sie erhob sich ruckartig, wanderte auf und ab. Praktisch von einem Augenblick zum anderen wirkte sie ernst und nachdenklich. »Als ich zur Schule ging, habe ich während des Geschichtsunterrichts von dir gelesen. Damals träumte ich mit offenen Augen vom tapferen und edlen James T. Kirk, aber es wäre mir nie in den Sinn gekommen, mir ... *so etwas* vorzustellen.« Sie richtete den Blick kurz auf Kirk, wandte ihn dann ab. »Ich bin ... verwirrt.«

»Mir ergeht es nicht anders.« Jim stand ebenfalls auf, trat neben die Klingonin und stützte den Kopf an ihre Schulter. *Basieren meine Gefühle Kalrind gegenüber nur auf dem Wunsch nach Trost, nach einem Ausgleich für den Verlust der* Enterprise? dachte er. Und: *Stelle ich mir diese Frage, weil ich eine Klingonin liebe und deshalb Gewissensbisse habe?* Die Verbindungen zwischen ihm und der neuen Realität verfestigten sich nicht etwa, sondern wurden schwächer, obgleich er diese Welt jetzt etwas besser kannte. Er glaubte sich in einem Nebel, der ihm die Orientierung raubte ...

Nach einigen Sekunden merkte er: Nur Kalrind bewahrte ihn davor, zu Boden zu sinken. Seine Beine schienen aus Gummi zu bestehen.

»Jim! Jim!«

»Was? Oh ...« Er wandte sich von der klingonischen Frau ab, taumelte und hielt sich an einem niedrigen Ast fest.

»Du wärst fast zusammengebrochen!« entfuhr es Kalrind besorgt.

Kirk schüttelte benommen den Kopf. »Entschuldige bitte. Ist alles in Ordnung mit dir?«

»Natürlich ist mit *mir* alles in Ordnung!« erwiderte Kalrind scharf. »Aber bei *dir* scheint das nicht der Fall zu sein.«

Das richtige Heilmittel wäre eine Reise in die Vergangenheit, in meine *Gegenwart.* »Ich fühle mich schon wieder besser. Nur ein kurzer Schwächeanfall.«

In Kalrinds Augen blitzte es. »Die Ärzte sollen dich noch einmal untersuchen.«

»Im Ernst: Es geht mir gut.«

»Unsinn! Ich spreche mit Morith darüber.«

»Du hast den Kommandoton gut drauf.«

»Auch mit Scherzen kannst du mich nicht umstimmen, Jim. Ich bringe dich jetzt in dein Quartier zurück, um dir Gelegenheit zu geben, dich auszuruhen.«

Kirk spielte zunächst mit dem Gedanken, ihr zu widersprechen — irgend etwas in ihm ahnte etwas Wichtiges, das eine neue Perspektive versprach, einen veränderten Blickwinkel in bezug auf sich selbst. Doch dann gelangte er zu dem Schluß, daß Kalrind recht hatte: Er brauchte Ruhe.

Kirk öffnete die Augen und fühlte sich herrlich frisch. Mit einem Satz sprang er aus dem breiten Bett und schlug die Decke so energisch zurück, daß sie zu Boden fiel. Er duschte und streifte den schlichten blauen Umhang über, den er auf einem Stuhl fand. Mit enormem Appetit verließ er das Zimmer und eilte zum Speisesaal.

Kalrind saß dort an einem kleinen Tisch und unterhielt sich ernst mit Morith. Kirk trat von hinten an sie heran, um die Klingonin zu überraschen, doch ihr Gesprächspartner sah ihn und sprach einige Worte, die Kalrind veranlaßten, sich umzudrehen. »Jim! Offenbar geht es dir besser.«

»Ja, *viel* besser. Und ich bin halb verhungert.« Er ging zu einem Synthetisierer an der Rückwand des Raums und kehrte mit einem beladenen Tablett zurück.

Morith lächelte. »Übertreiben Sie's nicht, Jim. Ich fürchte, die hiesige Krankenstation hat keine Ersatzmägen für Menschen vorrätig.«

Kirk klopfte sich auf den Bauch. »Hier drin ist eine Menge Platz. Übrigens: Ich möchte die Entdeckungsreise durch Ihre Basis fortsetzen. Auch ein Abstecher zur Sporthalle wäre nicht schlecht. Ich stecke plötzlich so voller Kraft ... Irgendwo muß ich sie loswerden.«

»Einige Dinge erfordern meine Aufmerksamkeit«, sagte Morith und erhob sich. »Nun, ich schätze, die Ärzte würden Ihnen derzeit keinen Sport empfehlen, Jim.«

Kirk erinnerte sich an die seltsame Schwäche vor einigen Stunden und nickte. »Ja, Sie haben sicher recht, Morith. Bleiben wir also bei den Entdeckungen. Begleitest du mich, Kalrind?«

»Tut mir leid.« Die Klingonin stand ebenfalls auf. »Morith braucht meine Hilfe. Außerdem: Ich bin müde und möchte früh zu Bett gehen. Sieh dich allein in der Basis um.«

Kirk hatte bereits den Mund voll und winkte zum Abschied. Sein Hunger war überwältigend. Er schluckte einen Bissen nach dem anderen, und trotzdem dauerte es eine Weile, bis sich ein Gefühl der Sättigung einstellte. *Seltsam,* dachte er. *Vielleicht geht der Schwächeanfall auf eine Art physische Anpassungskrise zurück. Nach dem Nicker-*

chen ist mein Körper nun bereit, den Sprung in die Zukunft zu akzeptieren und in dieser neuen Welt aktiv zu werden — dafür braucht er Energie. Ob das einen Sinn ergibt? Ich sollte Pille danach fragen …

Er rief sich rechtzeitig genug zur Ordnung und verbannte den Kummer sofort. McCoy, Spock, die *Enterprise* und alles andere — ein abgeschlossenes Kapitel in seinem Leben. Es kam darauf an, den Blick nach vorn zu richten. Er durfte keiner unwiederbringlich verlorenen Vergangenheit nachtrauern, sondern mußte sich anpassen. Kirk war immer stolz auf seine besondere Anpassungsfähigkeit gewesen: Mehr als einmal hatte sie ihm selbst und auch anderen Personen das Leben gerettet. *Jetzt geht es nur um meinen eigenen Seelenfrieden — kein allzu großes Problem, oder?*

Die ihm vertraute Realität — mit allem, was dazugehörte — existierte nicht mehr. *Dies* war jetzt die Wirklichkeit, eine neue Welt, ein neues Universum. *Ich kann gar nichts daran ändern, und deshalb werde ich mich anpassen.*

Der erste Schritt bestand darin, einen besseren Eindruck von der klingonischen Basis zu gewinnen.

Kirk leerte den letzten Teller, brachte Geschirr und Besteck zum Recycler und verließ den Speisesaal.

Etwa eine Stunde später wurde Kirks Forschungsdrang belohnt.

Er befand sich in einem langen Korridor mit einigen wenigen Türen und erhoffte sich etwas Interessantes, als ein Schott vor ihm beiseite glitt. Helles Licht flutete ihm entgegen. *Mal sehen, was das Zimmer enthält,* dachte er, schirmte sich die Augen ab und trat langsam näher.

Eine Kugel glühte im Flur. »Ich grüße Sie, James Kirk«, erklang die laute, volltönende Stimme des Wesens. »Willkommen in der Zukunft.«

»Ein Organianer!« entfuhr es Jim.

»Das stimmt, Captain.« Die Kugel schimmerte und

schwebte auf ihn zu. »Ich bin Organianer. Und wir sind uns schon einmal begegnet.«

»Nur ein einziges Mal habe ich Organianer gesehen — auf einem Planeten namens Organia.«

»Ja, James Kirk. Mein Name lautet Ayleborne, und Sie lernten mich als Vorsitzenden des Ältestenrates kennen. Damals sprach ich mit Ihnen und Kor, dem Alten Klingonen. Kor hielt sich für den Gouverneur meiner Welt, die er als neue Kolonie des Imperiums erachtete. Sie und Mr. Spock glaubten, in die Rolle von Freiheitskämpfern schlüpfen zu müssen, um uns dabei zu helfen, das klingonische Joch abzustreifen.« Die Erheiterung in der Stimme des Organianers war unüberhörbar.

Kirk lächelte. »Ich dachte immer, die Organianer seien völlig humorlos, ohne einen Hang zum Sarkastischen.«

»Während des vergangenen Jahrhunderts mußten wir uns ändern, um die Kontakte mit Ihrem Volk und den Klingonen zu erleichtern. Ein kurzer Besuch führte mich hierher; bald setze ich die Reise zur Erde fort, und dort erwarten mich die Repräsentanten des Föderationsrates. Durch den Großen Frieden brauchen wir Organianer keine polizeiartigen Pflichten mehr wahrzunehmen; unsere heutige Aufgabe könnte man mit der Funktion von Verbindungsoffizieren vergleichen. Wissen Sie noch, wie Sie reagierten, als ich den Großen Frieden prophezeite, Captain Kirk?«

»Ja. Ich habe Ihnen nicht geglaubt.«

»In der Tat. Sie waren mindestens ebenso skeptisch wie Kor. Der Klingone und Sie gingen von der Annahme aus, es gäbe kein Ende der Gewalt und des Hasses zwischen Ihren beiden Völkern.«

»Nun ...«, erwiderte Jim verlegen. »Ich hielt den Frieden nicht für völlig unmöglich, nur für sehr unwahrscheinlich.«

»Und jetzt?«

»Ganz offensichtlich habe ich mich geirrt.«

»Es freut mich, ein solches Eingeständnis von Ihnen zu hören, Kirk. Nun, ich muß jetzt aufbrechen. Aber ich kehre zu dieser Basis zurück, und vielleicht bekommen wir dann Gelegenheit, unser Gespräch fortzusetzen.« Die schillernde Kugel flog durch die Tür.

»Warten Sie!« Kirk lief los, doch das Schott glitt zu, bevor er es erreichte. Er klopfte mehrmals, aber der Stahl vor ihm rührte sich nicht von der Stelle.

Über viele Jahre hinweg hatte er auf die Chance gewartet, einem Organianer bestimmte Fragen zu stellen — wie lange mußten sie noch unbeantwortet bleiben? Er erinnerte sich an eine ironische Bemerkung, die von ihm selbst stammte: »Nie ist ein Organianer da, wenn man einen braucht.« Diese neue Situation empfand Kirk als noch frustrierender. Enttäuscht drehte er sich um und ging in Richtung seines Quartiers.

In jener Nacht träumte er von Verfolgung und Gefangennahme, von finsteren Kerkerzellen und Folter. Alte Klingonen umgaben ihn, und einige der Gesichter kannte er: grimmige, haßerfüllte Mienen, die auf ihn herabstarrten, als er auf einem Operationstisch lag und klingonische Messer in seinen Leib schnitten.

Er erwachte schweißgebadet und zitterte. Kalrind drückte ihn an sich. »Jim! Du hast dein Schiff um Hilfe gerufen. Was ist los?«

»Nichts«, murmelte er. »Nur ein Alptraum.« Die Präsenz der Frau an seiner Seite vertrieb zumindest einen Teil des Entsetzens aus ihm, und er sank in einen unruhigen Schlaf.

Am nächsten Morgen fühlte sich Kirk ausgelaugt und leer. Er hatte alles andere als gut geschlafen, doch das allein konnte nicht der Grund für seine Schwäche sein — es mußte eine andere, tiefere Ursache dafür geben. Es fiel ihm schwer, einen Fuß vor den anderen zu setzen; so ähnlich hatte er sich gefühlt, als er nach dem Zeitsprung zum erstenmal erwachte, in der Gesellschaft von Klingonen.

Kalrind gegenüber versuchte er, den gleichen vitalen Eindruck wie am Vortag zu erwecken, aber er konnte sie nicht so leicht täuschen. Am Abend, im Speisesaal, setzte sich Morith zu ihnen an den Tisch. »Wie ich von Kalrind hörte, haben Sie einige physische Probleme«, sagte er.

»Ich? Nein, ganz und gar nicht.« Kirk sah die Klingonin unschuldig an. »Wie kommst du darauf?«

»Derzeit hast du sogar Mühe, deine Gabel zum Mund zu heben und die Augen offenzuhalten.«

»In der vergangenen Nacht habe ich ziemlich schlecht geschlafen«, erwiderte Kirk.

»Die Alpträume geben mir zu denken«, warf Morith ein. »Und das gilt auch für Ihre Schwäche.«

Jim wandte sich erneut an Kalrind. »Erzählst du Morith alles?«

»Nein, nicht *alles*.«

»Herzlichen Dank.«

»Ich schlage vor, Sie suchen noch einmal die Krankenstation auf«, beharrte Morith. »Eine weitere Untersuchung durch unsere Ärzte kann sicher nicht schaden.«

Kirk fehlte die Kraft, Einwände zu erheben.

Eine Stunde nach dem Abendessen begleitete er Morith zur medizinischen Sektion der Basis. Dort führte man ihn in das gleiche Zimmer, in dem er vor einigen Tagen erwacht war, und anschließend forderte man ihn auf, sich zu entkleiden und ins Bett zu legen. Ein vage vertraut wirkender Klingone nickte kurz und hielt ihm ein Objekt an den Arm. *Ein Injektor,* dachte Jim. *Manche Medo-Instrumente hat man in den letzten hundert Jahren nicht weiterentwickelt. Pille wäre sicher amüsiert gewesen …* Dann wirkte die Arznei, und Kirks Gedanken verloren sich in einem traumlosen Schlaf.

»Die Ärzte haben nichts gefunden«, teilte ihm Morith am nächsten Tag mit. »Was den Körper betrifft, ist mit Ihnen alles in bester Ordnung. Offenbar handelt es sich um ein psychisches Phänomen. Unglücklicherweise gibt es hier keine Experten für die menschliche Psyche, und deshalb sind kaum genaue Analysen möglich. Heute scheint es Ihnen wieder recht gut zu gehen.«

»Bin erneut energiegeladen«, bestätigte Kirk. »Am besten vergessen wir den seltsamen Schwächeanfall einfach — bis er sich wiederholt.«

Morith schmunzelte. »Eine optimistische Einstellung, die Medizinern sehr gefällt.«

Kalrind war besorgter als Jim, obwohl sie danach trachtete, sich nichts anmerken zu lassen. Ihr Mitgefühl rührte Kirk, aber seine Gedanken galten anderen Dingen, zum Beispiel der Möglichkeit, daß die in ihm vibrierende Vitalität nur von kurzer Dauer blieb. Er beschloß, sie zu nutzen, solange er darüber verfügte. Als Jim seine Entscheidung in die Tat umsetzte — er gab sich Mühe, mehr über eine Zukunft herauszufinden, die nun zur Gegenwart geworden war —, kam es zu einem Zwischenfall, der ihn nachdenklich stimmte.

Einige Stunden nach seinem erneuten Aufenthalt in der Krankenstation stand er zusammen mit Kalrind am Fenster der Sporthalle und beobachtete junge Klingonen. Die Frau wollte weitergehen und ihm einen anderen Teil der Basis zeigen, aber Jim blieb stehen und beobachtete das Geschehen fasziniert.

Dutzende von Linien unterteilten den Boden der Sporthalle in zahlreiche bunte Dreiecke. Die Klingonen — sie trugen nur Hosen und schwitzten — wechselten zwischen ihnen und mußten dabei offenbar sehr komplizierte Regeln beachten. Immer wieder kam es zu Auseinandersetzungen, die Kirk an Ringkämpfe erinnerten; manchmal traten und schlugen die Konkurrenten.

»Ein ziemlich aggressives Spiel«, sagte er und deutete

zu einer abseits stehenden Gruppe aus Personen, die entweder ausgeschieden waren oder eine Pause einlegten — er wußte es nicht genau. »Sieht nach *Klin zha* aus.«

Kalrind musterte ihn nervös. »Du kennst das *Klin zha?* Ich dachte, vor hundert Jahren wußten die Menschen nichts davon.«

»Die meisten hatten tatsächlich keine Ahnung«, pflichtete Kirk ihr bei. »Nun, ich habe ein Buch gelesen, in dem das Spiel beschrieben wurde. Es überrascht mich, daß es auch bei den Neuen Klingonen gebräuchlich ist.«

»Ja.« Kalrind nickte. »Ich nehme an, hier wäre kaum jemand bereit, offen darüber zu reden, und ich muß gestehen, daß dieses Thema auch mir Unbehagen bereitet. Allem Anschein nach gibt es einige Dinge aus unserer Vergangenheit, die wir nicht ohne weiteres überwinden können. Jener Teil der klingonischen Natur hat irgendwo tief in uns überlebt. Oh, wir glauben, uns geläutert zu haben — so wie die Vulkanier, die vor Jahrtausenden einen Schlußstrich unter Gewalt und Krieg zogen. Aber vielleicht belügen wir uns dabei ein wenig.«

Kirk lachte. »Das ist auch bei den Vulkaniern der Fall. Obgleich mein Freund Mr. Spock einen Anfall bekäme, wenn er solche Worte von mir hörte.« Er blickte wieder durchs Fenster. »Nun, das *Klin zha* erfüllt ganz offensichtlich seinen Zweck. Es ist schwer, die Besatzungsmitglieder einer Außenstation in Form zu halten, ohne ihnen einen Grund zu geben, täglich Sport zu treiben. Wenn das Spiel eine ausreichende Motivation für diese Klingonen darstellt, so gibt es daran nichts auszusetzen.«

»Natürlich gibt es nichts daran auszusetzen!« fauchte es hinter dem Captain.

Kirk drehte sich um und blickte in das dunkle, zornige Gesicht Klanths. Er trug jetzt nicht mehr die Uniform eines klingonischen Offiziers, sondern einen Umhang, so wie Kalrind, Morith und die anderen Neuen Klingonen. Doch bei ihm wirkte diese Kleidung fehl am Platz. Er strahlte Feindseligkeit und mühsam beherrschten Zorn aus. Klanth hatte sich nicht verändert, war nach wie vor ein Klingone, der alles Terranische haßte. Kalrind schob sich näher an Kirk heran — weil sie sich plötzlich fürchtete? Oder bot sie ihm Schutz an?

»Gefällt Ihnen dieses Jahrhundert nicht, Klanth?« fragte Kirk und bereitete sich innerlich darauf vor, angegriffen zu werden.

Klanth schnaufte leise, stapfte an Kirk und Kalrind vorbei zum Fenster. »Wie könnte ein wahrer Klingone an einer derzeitigen Situation Gefallen finden?« erwiderte er. Seine Stimme klang jetzt ruhiger und nachdenklich. »Sehen Sie nur.« Er deutete in die Sporthalle. »*Das* verdient nicht den ehrenvollen Namen *Klin zha*. Ein Kind aus meiner Zeit hätte solche Gegner leicht besiegen können. Dazu wären selbst Sie imstande, Kirk. Dies sind die Erben des Imperiums? Dafür haben meine Gefährten und ich gekämpft — damit solche Schwächlinge unsere Macht erben?« Er schüttelte den Kopf. »Mit Ihnen habe ich mehr gemeinsam als mit solchen Feiglingen.«

»Verdient es unsere Vergangenheit, daß wir ihr nachtrauern?« fragte Kirk. »Wir waren Krieger, Captain, doch jetzt braucht man uns nicht mehr. Frieden herrscht in der Galaxis. Leute wie wir ...«

»Unsinn!« donnerte Klanth, und seine Miene verfinsterte sich noch mehr. Die Nachdenklichkeit verschwand daraus, und er wurde wieder zum grimmigen Alten Klingonen. »Glauben Sie etwa, ich finde mich damit ab? Man hat meine Crew umgebracht, Kirk!«

Kalrind trat vor Jim. »Die Besatzung Ihres Schiffes kam durch den Sturm und die Folgen des Zeitsprungs ums Leben. Auch Captain Kirks Begleiter starben. Wenigstens haben *einige* Ihrer Kameraden überlebt, Captain Klanth. Sie sollten sich darüber freuen, anstatt zornig zu sein. Wir können Ihnen helfen, um ...«

Klanth brüllte und sprang auf Kalrind zu. Aus einem Reflex heraus stieß Kirk sie beiseite, und dadurch prallte der Klingone gegen ihn. Beide Männer fielen zu Boden, und Jim fand sich unter Klanth wieder.

Eine Sekunde später fühlte er kräftige Hände am Hals. Er versuchte, die Arme zu heben, sich aus dem tödlichen Griff zu befreien, aber jähe Schwäche erfaßte Kirk, und Klanths Gewicht hinderte ihn daran, sich zu bewegen.

Dann erschlaffte der Klingone.

Jemand zog ihn fort, und der zermalmende Druck auf Kirks Brust ließ nach. »Jim!« Dieser Ausruf stammte von Kalrind, und Sorge glänzte in ihren Augen, als sie sich über ihn beugte.

»Ich bin soweit in Ordnung«, behauptete er. »Hilf mir auf ...«

Sie zog ihn behutsam auf die Beine. »Bin nur außer Atem geraten«, sagte Kirk und lächelte beruhigend. Es war eine Lüge, aber er spürte nun, wie die Kraft langsam zurückkehrte.

Er bemerkte zehn oder mehr Klingonen im Korridor, unter ihnen auch Morith, und einige von ihnen hielten Waffen in den Händen, richteten sie auf Klanth und drei andere Gestalten. Als Kirk sie musterte, fielen ihm die typischen Anzeichen der Alten Klingonen auf: blitzende Pupillen, Zorn in den dunklen Gesichtern. Die Unterschiede zwischen den alten und neuen Repräsentanten des Imperiums waren unübersehbar.

»Bewachen Sie diese ... Tiere«, wandte sich Morith an die Bewaffneten. Und zu Kirk: »Es scheint Ihnen nicht sehr gut zu gehen, Jim. Vielleicht sollte ich die Ärzte bitten, Sie noch einmal zu untersuchen.«

Kirk winkte ab und wiederholte die Lüge. »Ich bekam nur keine Luft mehr, als Klanth auf mir lag. Bestimmt habe ich mich in einigen Minuten erholt. Was ist los mit diesen Männern?«

Morith schnitt eine Grimasse. »Die überlebenden Besatzungsmitglieder der *Keule.* Sie sind genau wie Klanth — als sie den Beginn eines Kampfes sahen, wollten sie sofort daran teilnehmen. Tiere.« Seine Züge brachten Abscheu zum Ausdruck. »Wir haben gehofft, daß es ihnen mit unserer Hilfe gelingt, über ihre Primitivität hinauszuwachsen, aber ...« Er zuckte mit den Schultern.

»Ich nehme an, Klanth und seine Leute stellen eine Gefahr für Sie dar, oder?«

Morith nickte ernst. »Sie werden nie einen Platz in unserer neuen Gesellschaft finden. Und wir wissen nicht, was wir mit ihnen anstellen sollen. Auf so etwas hat uns unsere Geschichte nicht vorbereitet.« Er lächelte schief. »Für unsere Vorfahren wären solche Leute kaum ein Problem gewesen. Damit meine ich natürlich nicht Klanth und seine Kameraden, sondern Personen, die Alte Klingonen für gefährlich hielten. Sie hätten kurzen Prozeß mit ihnen gemacht. Unsere höhere Moral zwingt uns zu komplizierteren Lösungen.«

Inzwischen fühlte sich Kirk besser. Er konnte wieder stehen, ohne daß ihn Kalrind stützen mußte. »Was haben Sie mit ihnen vor?«

»Wir schicken Klanth und seine Leute mit dem nächsten Transporter nach Klinzhai. Vielleicht finden die dortigen Medo-Experten eine Möglichkeit, ihnen zu helfen. Wir haben große Fortschritte bei der Drogentherapie erzielt und wenden sie bei Patienten mit Hirnschäden an — in diese Kategorie ordne ich auch Klanth und seine Kameraden ein. Wenn derartige Behandlungen erfolglos bleiben ...« Morith beendete den Satz nicht.

»Komm, Jim.« Kalrind griff nach Kirks Hand. »Kehren wir zu deinem Quartier zurück.«

Nach dem Zwischenfall begegnete Kirk dem klingonischen Captain nicht noch einmal. Ein Teil von ihm war erleichtert, doch ein anderer begann zu grübeln. *Klanth hat Gemeinsamkeiten zwischen uns erwähnt,* dachte er. *Und ich kann ihm nicht widersprechen: Wir sind Krieger und damit einzigartig in dieser Epoche.*

Vor einigen Jahren hatte Kirk persönliche Erlebnisberichte über einen Krieg auf der Erde gelesen, der vor dem Raumfahrt-Zeitalter stattgefunden hatte. Der Verfasser meinte, er und die anderen Soldaten seiner Truppe hätten mit den feindlichen Kämpfern mehr gemeinsam als mit den Zivilisten der eigenen Nation. Nur jene Männer konnten ihn verstehen, die mit ihm marschiert seien — und die Gegner. Allein sie kannten das harte Leben, das er während des Krieges geführt hatte; die Zivilisten auf beiden Seiten ahnten nicht, was es bedeutete, als Soldat ständig mit dem Tod konfrontiert zu sein.

Die Schilderungen beeindruckten Kirk sehr, und er suchte nach weiteren Büchern dieser Art — um festzustellen, ob auch Soldaten aus anderen Ländern ähnliche Erfahrungen gesammelt hatten. Er selbst empfand ebenso, und offenbar teilte Klanth seine Gefühle.

Die Bruderschaft der Krieger, überlegte Kirk. *Nur Soldaten wissen davon. Nur Soldaten verstehen sie.* Vielleicht waren Klanth und seine Gefährten tatsächlich die Tiere, die Morith in ihnen sah. Sie mochten unberechenbar und gefährlich sein, aber Jim hätte gern mit dem Alten Klingonen darüber gesprochen. Klanth — ein Produkt seines eigenen Jahrhunderts, ein stolzer und einsamer Krieger aus einer Epoche, die Jims wahre Heimat blieb.

KAPITEL 7

Spock hatte gewiß nicht gelogen, als er Commodore Hellenhase gegenüber den Wunsch äußerte, in der Starbase Siebzehn zu verweilen, während die *Enterprise* repariert wurde. Kirk hatte ihm tatsächlich das Kommando gegeben, und deshalb fühlte sich der Vulkanier verpflichtet, beim Schiff zu bleiben. Als ranghöchster Offizier hielt er es darüber hinaus für seine Aufgabe, der Besatzung Gesellschaft zu leisten, während ihre psychologischen Wunden angesichts des Verlusts des Captains heilten. In einigen Fällen — zum Beispiel bei Uhura — kamen auch physische Verletzungen hinzu.

Während des Gesprächs mit Hellenhase enthielten Spocks Bemerkungen einzig und allein Wahrheit, doch sein späteres Verhalten verlieh jenen Worten die Bedeutung von Lügen. Als er versuchte, mit der Crew Kontakt zu pflegen, ergaben sich dabei noch größere Schwierigkeiten als sonst. Er begegnete allgemeiner Feindseligkeit und kannte auch den Grund dafür: seine Entscheidung, nach Kirks Verschwinden zur Starbase zu fliegen.

Spock konnte die Gefühle der Besatzung nicht ignorieren und kam zu folgendem Schluß: Unter den gegenwärtigen Bedingungen nützte ihr seine Präsenz nichts. Hinzu kam, daß Ermittlungen und Nachforschungen lockten, jener intellektuelle Eifer, der zu den wenigen auf Vulkan akzeptierten Emotionen gehörte. Spock stellte die sinnlosen Bemühungen ein, seine Beziehungen zur Crew zu verbessern, begab sich statt dessen zum nächsten freien Computerterminal.

Dort fand ihn Chefingenieur Scott.

»Guten Tag, Mr. Spock«, sagte der Schotte fröhlich. »Ich habe überall nach Ihnen gesucht. Meine Triebwerke müssen gründlich überholt werden, und in diesem Zusammenhang brauche ich Ihren Rat.«

»*Ihre* Triebwerke, Mr. Scott?« erwiderte der Vulkanier, ohne den Blick vom Bildschirm abzuwenden.

»Es ist mir völlig gleich, wie Sie die Sache sehen«, brummte der Chefingenieur verärgert. »Ich erachte die Triebwerke als meinen persönlichen Besitz.«

Spock seufzte resigniert und wandte sich von der komplexen Grafik im Projektionsfeld ab. »Wie Sie meinen. Nun, ich stehe Ihnen zur Verfügung. Was möchten Sie mich fragen?«

Der Verdruß verschwand aus Scotts Gesicht und wich neuerlichem Enthusiasmus. »Es geht um folgendes, Mr. Spock. Es sind umfangreiche Instandsetzungsarbeiten in Hinsicht auf den Materie-Antimaterie-Wandler notwendig, und das gibt uns Gelegenheit, einige Innovationen zu berücksichtigen. Wir haben zwei Möglichkeiten: Entweder rekonstruieren wir die alte technische Struktur, oder wir modifizieren sie, um kurzfristig ein höheres energetisches Niveau zu erreichen. Zum Beispiel während der Warpbeschleunigung. Das hätte sicher große Vorteile.«

»Ich nehme an, es gibt auch Nachteile. Andernfalls wären Sie kaum hier, um meinen Rat einzuholen.«

»Aye«, bestätigte Scott kummervoll. »Wissen Sie, die neuen Anlagen verbrauchen mehr Energie, was zu einer Reduzierung der Deflektorenkapazität und der Reserve für die Lebenserhaltungssysteme führt. Einige Schiffe haben auch geringere Impulskraft gemeldet — obgleich die Modifikationen eigentlich ohne Einfluß auf das Impulstriebwerk bleiben sollten.«

»Dann scheint die Entscheidung klar zu sein. Ganz offensichtlich können wir uns derartige Verbesserungen nicht leisten.«

»Aber sie sind wundervoll, Mr. Spock! Man könnte sogar von einem regelrechten Durchbruch sprechen. Ich würde mich sehr freuen, solche Vorrichtungen an Bord zu installieren.«

»Trotzdem halte ich die von Ihnen beschriebenen Innovationen für ausgesprochen unpraktisch. Nach meinen Erfahrungen braucht die *Enterprise* hohe Deflektorkapazität, Impulskraft und Reserveenergie für die Lebenserhaltungssysteme weitaus häufiger als ein größeres Potential für die Warpbeschleunigung.«

»Aye.« Scott nickte niedergeschlagen. »Ich bin der gleichen Ansicht. Aber ich habe gehofft, daß Sie mir dennoch einen guten Grund für den Umbau nennen.«

Der Vulkanier hob eine Braue. »Ich verstehe nicht, warum Menschen manchmal von etwas überzeugt werden möchten, das sie bereits als unvernünftig erkannt haben.«

Scott nickte erneut. »Es überrascht mich kaum, daß es Ihnen schwerfällt, so etwas zu verstehen, Mr. Spock. Wie dem auch sei: Ich bin nicht nur deshalb gekommen. Die Zugangscodes und Paßwörter — zum Teufel damit!«

»Könnten Sie sich etwas deutlicher ausdrücken, Mr. Scott?«

»Ich spreche von den Computern der *Enterprise,* Mr. Spock.«

»Das ist mir klar«, erwiderte der Vulkanier geduldig. »Es bleibt mir allerdings ein Rätsel, wieso Sie es für erforderlich halten, Zugangscodes und Paßwörter zum Teufel zu wünschen.« Unter anderen Umständen hätte er vielleicht gefragt, ob es angebracht war, immaterielle Dinge zu verfluchen. Aber inzwischen kannte Spock die Redewendungen der Menschen und wußte auch, daß es sie verärgerte, wenn man sich nach dem Sinn solcher Bemerkungen erkundigte.

»Ich muß sie alle ändern!« entfuhr es Scott. »Was viele Stunden Arbeit bedeutet. Ich brauche eine Ewigkeit dazu, und es wäre viel besser, die Zeit den Triebwerken und der Schiffsstruktur zu widmen. Sie sind Computerexperte, Mr. Spock. Vielleicht wissen Sie, wie man damit schneller fertig werden kann.«

»Mr. Scott, die aktuelle Änderungsprozedur ist von Starfleet-Fachleuten entwickelt worden und so beschaffen, daß sie möglichst wenig Zeit in Anspruch nimmt. Bitten Sie mich etwa um die Erlaubnis, einige Zugangscodes und Paßwörter einfach zu ignorieren?«

Der Chefingenieur senkte verlegen den Kopf und mied den Blick des Ersten Offiziers. »Dämliche Vorschriften«, kommentierte er halblaut.

»Ganz im Gegenteil, Mr. Scott«, widersprach der Vulkanier, und seine Stimme klang nun etwas schärfer als sonst. »Wenn ein Offizier mit dem Rang und Status von Captain Kirk verschwindet, müssen die Codes in der ganzen Flotte geändert werden. Diese Maßnahme hat durchaus einen Sinn.«

Scott seufzte. »Aye, Mr. Spock. Sie *hat* einen Sinn — wenn der betreffende Offizier in die Gewalt des Feindes geriet. Doch das ist hier nicht der Fall! Wir wissen, was mit dem Captain geschah: Ein energetischer Sturm versetzte ihn in eine andere Dimension, und dort befindet er sich nach wie vor.«

»Ich neige dazu, Ihnen beizupflichten«, sagte Spock. »Aber wir können nicht sicher sein. Solange Beweise fehlen, müssen wir vom Schlimmsten ausgehen und vermuten, daß Captain Kirk von einem Feind — ob bekannt oder unbekannt — gefangengenommen wurde. Vielleicht hat man ihn verhört. Vielleicht hat er unter dem Einfluß von Drogen sein Wissen über Starfleet preisgegeben.«

Scott schüttelte den Kopf. »Der Captain würde bestimmt nichts verraten.«

Spock wechselte abrupt das Thema. »Wie kommen die Reparaturen voran?«

»Dem Zeitplan gemäß — trotz des Unsinns mit den

Zugangscodes und Paßwörtern. In zwei Wochen ist die *Enterprise* wieder wie neu. In mancher Beziehung sogar noch besser.«

»Gut. Und Commander Uhuras Konsole?«

Scott gestikulierte vage und wanderte unruhig durchs kleine Zimmer. Der analytische Blick des Vulkaniers folgte ihm. »Die Sache ist mir schleierhaft, Mr. Spock. Alle Konsolen sind bestens isoliert. Sie leiten nur dann Elektrizität weiter, wenn sie stark beschädigt sind, und beim Kom-Pult ließen sich keine Defekte feststellen.«

»Dr. McCoy hat bei Commander Uhura Bewußtlosigkeit aufgrund eines starken elektrischen Schlags diagnostiziert. Ihre Verletzungen gehen nicht auf die vom Sturm verursachten Erschütterungen zurück.«

Scott verzog das Gesicht, als er sich daran erinnerte. Seine rechte Hand tastete zum Kopf. »Autsch. Wir sind so sehr durchgeschüttelt worden, daß einige von uns Monate brauchen werden, um sich ganz zu erholen. Ach, Schiffe sind viel einfacher in Ordnung zu bringen als Menschen — weil sie logischer konstruiert sind.«

»Es überrascht mich, so etwas von einem Menschen zu hören«, sagte Spock anerkennend. »Bei Commander Uhura blieb der elektrische Schlag ohne negative Folgen, aber wenn so etwas noch einmal geschieht ... Vielleicht hat das nächste Besatzungsmitglied nicht soviel Glück.«

»Ich *weiß*, Mr. Spock! Lieber Himmel, ich kann keine Wunder vollbringen! Die Ursache ist mir *unbekannt!*« Der Chefingenieur atmete mehrmals tief durch und beruhigte sich. »Bei den Tests und Simulationen ergaben sich völlig normale Werte. Auch die von den internen Konsolensensoren aufgezeichneten Daten zeigen nichts Ungewöhnliches.«

»Ich kenne die Aufzeichnungen und stimme Ihnen zu, Mr. Scott. Aber ich habe auch jene Subraum-Signale analysiert, die Commander Uhura zum entsprechenden Zeitpunkt empfing.« Spock deutete auf den Bildschirm.

Scott beugte sich vor und bemerkte dabei einen technischen Starfleet-Bericht neben der Tastatur. Er griff danach. »Elliot Tindall«, las er. »Ich habe von ihm gehört. Soll ein ausgezeichneter Wissenschaftler sein. Leider verstehe ich kaum etwas von seinem Fachgebiet.«

»Im Gegensatz zu mir«, entgegnete Spock. Er nahm den Bericht und legte ihn beiseite. »Wenn Sie Ihre Aufmerksamkeit jetzt auf den Monitor richten würden ...«

Scott starrte zum Projektionsfeld. »Wie soll uns das weiterbringen, Mr. Spock? Die Signale bieten uns keinen Aufschluß über die Fehlfunktion der Kom-Konsole.«

»In der Tat, Mr. Scott. Ich habe nach Anhaltspunkten Ausschau gehalten, die eine andere Ursache betreffen. Und ich glaube, meine Suche hatte Erfolg.«

Der Vulkanier zögerte, und Scott argwöhnte, daß die Pause nur dazu diente, sein Interesse zu stimulieren. Schon nach zwei oder drei Sekunden verlor er die Geduld. »Heraus damit!«

»Es gibt Anzeichen dafür, daß der elektrische Schlag von einem sehr kurzen und starken Signal bewirkt wurde, das sowohl den Absorptionsschaltkreis als auch die Subsysteme überlagerte. Es erreichte das Kom-Pult auf der Frequenz des Transponders, den Captain Kirk mitnahm, als er sich zur *Keule* beamte.«

Der Chefingenieur runzelte die Stirn. »Aye«, murmelte er nachdenklich. »Klingt plausibel. Aber welchen Ursprung hatte das Signal? Es muß mit ziemlich viel Energie gesendet worden sein.«

»Von dieser Annahme gehe ich ebenfalls aus«, sagte Spock. »Doch für Schlußfolgerungen sind mehr Daten notwendig. Und um mehr Daten zu gewinnen, benötige ich als geheim eingestufte Starfleet-Geräte, die mir normalerweise nicht zur Verfügung stehen.«

»Ah! Deshalb sind Sie hier in der Starbase, anstatt im Dock die Reparaturen zu beaufsichtigen.«

»Ja«, bestätigte der Vulkanier. »Hier kann ich größere Computerkapazität verwenden. Meinen Bericht an Starfleet Command habe ich per Subraum-Kommunikation übermittelt.«

»Das hat die Leute im Hauptquartier sicher gefreut.« Der Chefingenieur lachte leise.

»Ganz und gar nicht, Mr. Scott. Sie waren alles andere als glücklich darüber. Allerdings beugten sie sich meiner Logik, als ich darauf hinwies, daß ich hier mit leistungsstarken Computern arbeiten kann und gleichzeitig in der Nähe des Schiffes bin, falls man mich braucht.«

»Eine Entscheidung, für die ich Ihnen sehr dankbar bin«, sagte Scott und lächelte. »Sie haben mir sehr geholfen!«

»Nun, um meine Analysen fortzusetzen, bin ich auf die bereits erwähnten geheimen Geräte angewiesen. Wie ich hörte, befinden sie sich im Starfleet-Hauptquartier.«

»Die Erde!« sagte Scott. »Tja, gegen einen Urlaub in der alten Heimat hätte ich nichts einzuwenden, doch die Vorstellung, dort zu arbeiten ...«

»Ich teile Ihre Bedenken«, verkündete Spock ernst. »Aber mir bleibt keine Wahl. Heute abend verlasse ich Starbase Siebzehn und fliege zur Erde. Ich kehre hierher zurück, bevor Sie die *Enterprise* wieder in einen raumtüchtigen Zustand versetzt haben.«

»Sie ist immer raumtüchtig, Mr. Spock«, betonte der Chefingenieur. »Manchmal mehr und manchmal weniger.«

»Dann lassen Sie es mich folgendermaßen ausdrükken: Ich kehre zurück, bevor die *Enterprise* Ihren hohen technischen Ansprüchen gerecht wird, Mr. Scott.«

Der Schotte strahlte. »Aye, *das* klingt schon besser!« Er verabschiedete sich und pfiff leise vor sich hin, als er nach draußen ging.

Spock sah ihm mit ausdrucksloser Miene nach. *Die Menschen sind eine sonderbare Spezies,* dachte er. Vielleicht verstand er sie nicht einmal dann, wenn er sich viele Jahre lang mit ihnen befaßte. Der Vulkanier seufzte lautlos und wandte sich wieder dem Bildschirm zu.

KAPITEL 8

Geht es dir besser, Jim? Können wir den Unterricht fortsetzen?«

Kirk sah Kalrind fragend an. Sie befanden sich wieder im Park der Basis — an diesem Ort fiel es ihnen beiden leicht, sich zu entspannen und in aller Ruhe miteinander zu reden. Der Captain hatte sich lang ausgestreckt und kaute auf einem Grashalm. Neben ihm saß die Klingonin im Schneidersitz.

»Hast du dich nie gefragt, welcher Arbeit ich nachgehe?« fragte Kalrind.

»Ich dachte, deine Pflicht besteht nur darin, für mein Wohlbefinden zu sorgen.«

Kalrind schmunzelte. »Habe ich Erfolg damit?«

»Und ob. Ich werde dich für eine offizielle Belobigung vorschlagen. Vielleicht gibt man dir eine Medaille.«

»Ich bin aus einem sehr wichtigen Grund hier.«

»Weißt du, zumindest in einem Punkt unterscheiden sich die Neuen Klingonen kaum von ihren Vorfahren.«

Kalrind versteifte sich unwillkürlich. Falten bildeten sich in ihrer Stirn, und die dichten Brauen formten ein V. Plötzlich spürte Jim wieder die Aura der Gefahr — ein unangenehmes Echo aus der Vergangenheit.

»Tatsächlich?« fragte die Frau. Es klang wie ein Grollen.

Kirk lachte. »Ja. Ihr habt keinen sehr ausgeprägten Sinn für Humor.«

Die Anspannung wich von Kalrind. »Vielleicht hast du recht«, erwiderte sie mit einem Ernst, der den Hinweis des Captains bestätigte. »Eine Schwäche von uns.

Wir sollten versuchen, humorvoller zu sein. Ich glaube, das ist eine sehr wichtige Eigenschaft.«

Kirk schüttelte den Kopf, beschloß jedoch, das Thema zu wechseln. »Du hast einen wichtigen Grund für deine Präsenz in der Basis erwähnt.«

»Ja. Nun, ich befasse mich mit historischen Studien. Als wir herausfanden, wer du bist, kam ich sofort hierher. Zu jenem Zeitpunkt warst du noch bewußtlos.«

»Oh, ich kann verstehen, daß du es sehr eilig hattest, diese Basis zu erreichen«, sagte Kirk. »Klanth und die anderen Überlebenden der *Keule* müssen ein Geschenk des Himmels für dich sein. Bestimmt konntest du es gar nicht abwarten, ihnen Fragen zu stellen.«

»Klanth!« zischte Kalrind verächtlich. »Ebensowenig Sinn hätte es, mit *Qatlh pubs* oder anderen wilden Tieren zu reden. Nein, Jim, die Alten Klingonen sind völlig wertlos für mich. Wahrscheinlich denken sie nicht einmal wie ich. *Du persönlich* bist der Grund für meine Reise hierher. Du hast enorme historische Bedeutung.«

»Bestimmt habt ihr von der Föderation genug Informationen über meine Epoche bekommen. Wozu braucht ihr mich?«

Kalrind lächelte sanft. »Ich bitte dich, Jim. Du weißt genau, worauf ich hinauswill. Wir sind nicht in erster Linie an der Zeit interessiert, aus der du kommst, sondern an dir selbst.«

»Oh, natürlich. Du meinst den tapferen legendären Helden.«

Das erwartete Lachen von Kalrind blieb aus. Stattdessen antwortete sie schlicht: »Das stimmt, Jim.«

Kirk setzte sich auf. »Na schön, ich bin soweit. Die Lektion kann beginnen.«

»Laß uns gehen«, schlug Kalrind vor. »Es macht mich nervös, so lange tatenlos herumzusitzen.«

Sie schritten an Bäumen mit dicken Stämmen vorbei, und die Klingonin begann: »Vor einigen Tagen hast du dich darüber beklagt, immer wieder vom sogenannten tholianischen Zwischenfall zu hören, ohne zu wissen, was es damit auf sich hat. Jetzt erkläre ich dir die Hintergründe.

Vor hundert Jahren kam es zu einer Konfrontation zwischen zwei großen Raumflotten — auf der einen Seite Klingonen, auf der anderen Starfleet. Die Begegnung fand an der Grenze zwischen den beiden Einflußsphären statt, nicht weit entfernt von jenem Ort, wo ein energetischer Sturm den Kreuzer *Keule* in die Zukunft schleuderte. Zu den Ereignissen, von denen ich dir jetzt berichte, kam es nur vier Wochen nach dem Zeitsprung.«

»In der Nähe von Tholia«, murmelte Kirk.

»Genau. Daher der Name ›tholianischer Zwischenfall‹.«

»Und die Tholianer griffen nicht ein?« fragte Jim. »Sie reagierten immer recht empfindlich auf angebliche Verletzungen ihrer Souveränität.«

»Nun, angesichts der Größe der beiden Flotten hielten es die Tholianer vermutlich für besser, auf eine Intervention zu verzichten.«

»Sie verfügten über hochentwickelte Technik«, wandte Kirk ein. »Einmal gelang es ihnen, die *Enterprise* mit einer Art Netz einzufangen.«

»Mag sein«, sagte Kalrind. »Aber denk nur an das Energiepotential der beiden Flotten. Ich bezweifle, daß die Tholianer in der Lage gewesen wären, mit ihrem Netz etwas gegen eine so große Streitmacht auszurichten. Außerdem deutete alles auf eine unmittelbar bevorstehende Schlacht hin.«

»Dann hätten die Organianer einschreiten müssen. Damals wurden sie häufig aktiv.«

Kalrind verließ den Pfad, nahm Platz und lehnte sich an einen Baumstamm. Kirk folgte ihrem Beispiel. »Offenbar wußten die Organianer genau über die Absichten aller Beteiligten Bescheid. Bestimmt war ihnen klar, daß die Klingonen eine diplomatische Mission begonnen hatten und keinen Angriff planten. Es handelte sich um *Neue* Klingonen.«

»Davon haben wir in meiner Zeit nie etwas gehört«, warf Kirk ein. »Andernfalls hätten wir versucht, uns mit ihnen in Verbindung zu setzen.«

»Imperiale Politik, Jim. Damals waren noch die Alten Klingonen an der Macht, und wenn sie einen meiner Vorfahren entdeckten, so wurde er entweder verhaftet oder sofort erschossen. Die ersten Neuen Klingonen mußten im Untergrund tätig werden. Nun, offenbar gab es trotzdem genug von ihnen in wichtigen Positionen, um eine große Flotte zusammenzustellen und damit aufzubrechen — um Frieden zu schaffen zwischen Imperium und Föderation.«

»Und so kam es zum Großen Frieden?« fragte Kirk.

»Ganz so einfach war es nicht. Starfleet blieb mißtrauisch und glaubte nicht an die Existenz von Neuen Klingonen. Man hielt alles für einen Trick, für ein ausgeklügeltes Täuschungsmanöver.«

»Eine durchaus vernünftige Annahme.«

Kalrind nickte. »Wenn man eure Erfahrungen mit den Alten Klingonen berücksichtigt — ja. Deshalb wurde die Situation immer kritischer. Die Neuen Klingonen versuchten, ihren guten Willen unter Beweis zu stellen, doch Starfleet verharrte in Argwohn — an Bord der Föderationsschiffe wartete man mit wachsender Nervosität auf den Befehl, das Feuer zu eröffnen.« Kalrinds Hand schloß sich fest um Kirks Arm. »Die Klingonen kamen, um Frieden zu bringen, doch es drohte ein interstellarer Krieg!

Selbst die Neuen Klingonen waren bereit, sich zu verteidigen, falls die Starfleet-Schiffe angriffen. Und nach den ersten Salven hätte es für die Diplomatie keine Chance mehr gegeben. Es bestand die Gefahr, daß Dutzende von Welten der Vernichtung anheimfielen. Außerdem hätte der Krieg die Neuen Klingonen im Imperium um ihren Einfluß gebracht.«

»Das klingt nicht nach einer sehr gefestigten Position.«

»Nein«, erwiderte Kalrind. »Meine Vorfahren hofften, durch den Frieden mit der Föderation mehr Macht zu erringen, und genau das geschah: Der Friedensvertrag gab ihnen die Möglichkeit, das ganze Imperium unter ihre Kontrolle zu bringen. Ein Krieg hingegen hätte ihren Untergang bedeutet. Hinzu kam: Nichts deutete auf die Bereitschaft der Organianer hin, etwas zu unternehmen.«

»Das Ergebnis — ein Schachmatt zwischen den beiden Flotten. Wer beendete es?«

»Du!« antwortete Kalrind. »Aus unseren eigenen Aufzeichnungen und denen der Föderation geht hervor: Captain James Kirk befand sich *an Bord eines klingonischen Schiffes,* sprach mit dem Kommandeur der Starfleet-Streitmacht und bestätigte die Friedensabsichten der Klingonen.«

»Das ist unmöglich!« hauchte Kirk. Er starrte Kalrind mit einer Mischung aus Furcht und Hoffnung an.

»Ich zeig's dir. Komm.« Sie stand auf und zog ihn hoch. »Soweit zum Geschichtsunterricht. Jetzt steht ein Film auf dem Programm.«

Kirk zögerte und konnte es noch immer nicht fassen. »Es ist die Wahrheit, Jim!« fügte Kalrind hinzu. »Du kannst dich selbst davon überzeugen. Komm jetzt. Oder bist du nicht neugierig geworden?«

Der Wandschirm vor ihnen glühte rosarot, und dann formte sich ein Bild auf ihm. Kirk schnappte nach Luft, als er von oben in den Kontrollraum eines Föderationsschiffes blickte. Eine Brücke, ebenso vertraut wie die Personen an den Schaltpulten: Spock, Uhura, Sulu, Chekov ...

»Alte Aufzeichnungen«, erklärte Kalrind und schien Jims heftige emotionale Reaktion nicht zu bemerken. »Die Föderation hat uns Kopien gegeben, und wir haben sie mit unseren eigenen Daten kombiniert. Jene Offiziere sind von deiner Friedensbotschaft überrascht. Hör nur.«

Spock ließ sich in den Kommandosessel sinken und betätigte eine Taste. »Ihre Meinung, Doktor?«

Leonard McCoy klang verwirrt. »Keine Ahnung. Ich weiß nicht, was ich davon halten soll, aber eine gesunde Portion Mißtrauen erscheint mir angebracht.«

»Und Ihre Schlüsse, Doktor?« fragte Spock. Nur Kirk, der den Vulkanier gut kannte, vernahm die Ungeduld in seiner Stimme.

»Ich bin Arzt und kein Computer«, erwiderte McCoy sarkastisch. »Im Gegensatz zu gewissen Leuten, deren Namen ich jetzt nicht nennen möchte. Deshalb sehe ich mich außerstande, irgendwelche Schlüsse zu ziehen. Was meine *Gefühle* betrifft, insbesondere die Intuition ... Ich glaube kein Wort davon und schlage vor, wir warten ab. Vielleicht hören wir noch mehr, und dadurch bekommen wir zusätzliche Daten.«

Spock nickte. »Ein erstaunlich logischer Hinweis, Doktor.«

Kirk lächelte. Es war keine Stimmanalyse notwendig, um ihn davon zu überzeugen, daß es sich wirklich um seine Freunde handelte. *Armer Spock,* dachte er. *Er sieht sehr besorgt und erschöpft aus.* Jim verspürte den plötzlichen Wunsch, mit seinem Ersten Offizier zu reden, ihm Mut zuzusprechen, doch dann holte ihn die Realität ein. *Das alles geschah vor hundert Jahren!* Bitterkeit erfaßte ihn: Die Personen auf dem Schirm waren längst tot. *Ich habe sie für immer verloren.*

Das Bild wechselte und zeigte die Brücke eines anderen Föderationsschiffes. Dort empfing man gerade eine Nachricht, die McCoys Ansicht schilderte; Spock stimmte der Einschätzung des Arztes zu. Es folgten einige Szenen von imperialen Kreuzern. Klingonische Offiziere fragten sich: Würden die Starfleet-Kommandeure Kirk glauben oder das Feuer eröffnen?

Jim merkte erst, wie erschüttert er war, als das Grau auf den Schirm zurückkehrte.

»Der erste Tag«, sagte Kalrind begeistert. »Jetzt nehmen wir uns die Aufzeichnungen des zweiten Tages vor.«

»Kannst du mir zeigen, wie ich jene Rede halte? Sie interessiert mich sehr.«

Kalrind schüttelte den Kopf. »Tut mir leid, Jim. Die Informationen sind nicht vollständig, weder unsere noch die der Föderation. Ein großer Teil der von den Kreuzern gesammelten Daten ging bei den Unruhen verloren, die im Imperium dem tholianischen Zwischenfall folgten — als die Neuen Klingonen an die Macht drängten. Starfleet weiß nicht, warum in den Föderationsarchiven bestimmte Dinge fehlen. Vielleicht ist Inkompetenz die Ursache.«

»Das ist nicht ganz ausgeschlossen.« Kirk schmunzelte.

»Nun, leider gingen die Aufzeichnungen deiner Ansprache verloren — eine wahre Tragödie für die Historiker. Wir wissen im großen und ganzen, *was* du gesagt hast, aber es gibt keine entsprechenden Bilder.« Kalrind stand an der Konsole des Wandschirms und betätigte mehrere Tasten. »Jetzt der zweite Tag.«

Kirk sah Spock in der Krankenstation. »Doktor«, wandte sich der Vulkanier an Leonard McCoy, »inzwischen haben wir genug Daten. Zwar kenne ich durch die Zusammenarbeit mit Captain Kirk den Wert der menschlichen Intuition, aber jetzt muß ich in erster Linie der Computeranalyse vertrauen. Ich bin entschlossen, die Resultate zu akzeptieren und das auch dem Rest der Flotte zu empfehlen.«

»Verdammt, Spock!« entfuhr es McCoy zornig. »Was würde Jim dazu sagen?«

»Wir wissen es bereits, Doktor. Sie haben ihn selbst gehört.«

Szenenwechsel. Klingonen lächelten erleichtert, als sie von Starfleets Bereitschaft hörten, Captain James

Kirk zu glauben. Es kam zu einem regelrechten Triumphzug, als man die imperiale Flotte zur Erde eskortierte, und dort wurde der Große Frieden gefeiert. Ähnliche Feste fanden später auch auf allen anderen Föderationswelten statt.

Die Bilder auf dem Wandschirm verblaßten. »Du hast es selbst gesehen!« rief Kalrind und strahlte. »Seit damals ist der Große Frieden stabil — seit hundert Jahren hat ihn niemand bedroht!«

Tränen quollen Kirk in die Augen, aber sie gingen nicht auf Kalrinds Worte zurück, sondern auf den Anblick seiner toten Freunde. »Nur wenige von uns haben so etwas zu hoffen gewagt«, sagte er.

»Ich weiß«, fuhr die Klingonin in einem tröstenden Tonfall fort. »Nun, während des vergangenen Jahrhunderts hat das Mißtrauen zwischen unseren Völkern immer mehr nachgelassen und sich in echte Freundschaft verwandelt. Seit dem letzten Grenzzwischenfall sind fünfundsiebzig Jahre vergangen. Eigentlich existiert heute gar keine Grenze mehr. Klingonen und Föderationsbürger reisen frei in beiden stellaren Territorien. Wahrscheinlich dauert es nicht mehr lange bis zu einer echten politischen Einheit, der *jIjmoS,* wie es bei uns heißt. Vielleicht entscheiden irgendwann auch die Romulaner, mit uns Frieden zu schließen. Nein, nicht ›vielleicht‹. Ich bin *sicher,* daß sie sich früher oder später unserem Bündnis anschließen.«

Kirks Gedanken rasten. »Freut mich«, murmelte er geistesabwesend. »Aber was meine Rolle beim tholianischen Zwischenfall betrifft ... Es ist schlicht und einfach unmöglich! Ich kann damals nicht an Bord eines klingonischen Schiffes gewesen sein — weil der Zeitsprung in die Zukunft *vorher* erfolgte!«

Kalrind lächelte. »Damit hast du recht und gleichzeitig unrecht, Jim. Wir glauben zu wissen, was damals geschehen ist. Und ich möchte Morith bitten, es dir zu erklären.«

Sie fanden Morith im Laboratorium. Er saß an einem kleinen Tisch — umgeben von Instrumenten, die Kirk nicht kannte —, arbeitete an einem Terminal und sah mit offensichtlichem Ärger über die Störung auf. Doch seine Miene erhellte sich sofort, als er die beiden Besucher erkannte. »Jim! Freut mich, daß Sie gekommen sind.« Er musterte Kalrind, und einige Sekunden später glitt sein Blick wieder zu Kirk. »Oh, ich verstehe. Bitte haben Sie ein wenig Geduld.«

Seine Finger huschten über die Tastatur und tippten einige letzte Anweisungen. Dann stand er auf und streckte sich. »Was haben Sie erfahren?«

»Er kennt jetzt den tholianischen Zwischenfall und seine Folgen«, sagte die Frau an Jims Seite.

»Kalrind hat mir die Ereignisse in groben Zügen beschrieben«, fügte Kirk hinzu. »Sie scheint jedoch nicht alles zu wissen und meinte, die nächsten Informationen kämen von Ihnen. Nun, ich warte darauf.« Er sprach mit einer Schärfe, die ihn selbst erstaunte. Ärger brodelte in ihm: Er hatte es satt, dauernd dem Geheimnisvollen zu begegnen. Er hatte es satt, unter fremder Kontrolle zu stehen, von einem Klingonen an den nächsten weitergereicht zu werden, immer nur verlockende Häppchen der ganzen Geschichte zu bekommen und dann zu hören, daß ihm jemand anders das nächste Kapitel lieferte.

Morith ignorierte die Feindseligkeit in Kirks Stimme. »Was halten Sie davon, die größte Flotte in der Raumfahrtgeschichte zu sehen?«

Kirk starrte ihn mit wortloser Verblüffung an, und Morith schmunzelte. »Kommen Sie.«

Sie befanden sich jetzt in einem Zimmer, das Kirk noch nicht kannte. Kalrind war fortgegangen, hatte jedoch versprochen, so bald wie möglich zurückzukehren. »Eigentlich sollte ich mit dieser ganzen Angelegenheit überhaupt nichts zu tun haben«, sagte Morith. »Ich bin Spezialist auf dem Gebiet der theoretischen Physik, und es ist mir ein Rätsel, warum man mich mit Verwaltungsaufgaben betraute.«

»Technische Planung«, entgegnete Kirk unaufmerksam und näherte sich dem geradezu riesigen Bildschirm.

»Ja, das stimmt vermutlich.« Morith nickte. »Jemand auf Klinzhai hatte die dumme Idee, mich mit der technischen Planung zu beauftragen, *weil* ich Physiker bin. Meine Güte, manchmal frage ich mich, wie es meinen Vorfahren gelang, ein Imperium zu schaffen.«

»Ich schätze, solche Art von Verwirrung war den Alten Klingonen fremd.« *Aber von dieser Flotte wären sie zweifellos begeistert gewesen,* dachte Kirk.

Eine Wand des Zimmers bestand aus einem Projektionsfeld, das ihn an den Wandschirm auf der *Enterprise*-Brücke erinnerte. Morith hatte ihm erklärt, der Schirm diene in erster Linie wissenschaftlichen Zwekken, aber er sei ein geeignetes Mittel, um Kirk die Flotte zu zeigen; er fungierte nun als elektronisches Fenster, das Ausblick in den Weltraum gewährte. Die Wand erweckte den Eindruck, aus Glas zu bestehen. Weder Fels noch Beton schienen Jim von der Leere des Alls zu trennen — und von der gewaltigen Flotte im Orbit der Basis.

Viele Raumschiffe waren nur winzige Lichter zwischen den Sternen oder kleine, schemenhafte Silhouetten, die ab und zu das Glühen ferner Sonnen verdunkelten. Andere, nähere Kreuzer hingen in den Lichtkegeln starker Scheinwerfer, und Kirk beobachtete sie wie hypnotisiert.

Zahllose klingonische Schiffe. Und schwerbewaffnet, wie der Captain sofort erkannte. »Das sind Kriegsschiffe, Morith«, sagte er. »Aus meiner Zeit.«

Der Klingone wirkte verlegen. »Andere standen nicht zur Verfügung. Es handelt sich um ein Erbe aus unserer Vergangenheit, um ein Überbleibsel. Für diese Mission hätten wir den Umfang unserer Handelsflotte drastisch reduzieren müssen, und das konnten wir uns nicht leisten. Deshalb haben wir uns alle alten Kreuzer besorgt, die sich auftreiben ließen — um sie gründlich zu überholen und erneut in den Dienst zu stellen. Es sind *tatsächlich* Kriegsschiffe aus Ihrer Zeit, Jim. Damals haben Klingonen zum letzten Mal Schiffe für den Kampf gebaut. Sie befanden sich in Museen auf verschiedenen Welten des Imperiums. Dort zeigten wir sie klingonischen Kindern, damit sie Scham empfinden angesichts der langen blutigen Phase unserer Geschichte. Nun, wenigstens *gab* es sie noch. Andernfalls wäre es uns sehr schwer gefallen, diese Flotte zusammenzustellen.«

»Und worum geht es bei der Mission?« erkundigte sich Kirk erneut. Er hatte diese Frage schon mehrmals gestellt, ohne eine Antwort von Morith zu erhalten. Auch diesmal lehnte es der Physiker ab, die Neugier des Captains zu befriedigen. »Warten Sie, bis Kalrind zurückkehrt. Dann erfahren Sie auch den Rest.« Es erstaunte Jim, daß Morith offenbar die moralische Unterstützung der Klingonin benötigte.

Sie warteten schweigend und allein im Beobachtungszimmer, beide in Gedanken versunken. Moriths Aufmerksamkeit schien nach innen gerichtet zu sein, während Kirk auch weiterhin durchs Fenster sah, in die Leere des Weltraums, zu den Schiffen und Sternen.

Nach einer Weile hörte Jim eilige Schritte im Korridor, und Kalrind kam herein. Sofort wandte er sich an Morith. »Bitte halten Sie mich nicht länger hin.«

Morith nickte. Er trat an den Schirm heran, blieb neben Kirk stehen und starrte in die Schwärze. »Jene Kreuzer sollen zur Flotte der Neuen Klingonen werden, die in der Nähe von Tholia den Schiffen der Föderation begegnet. Wir reisen mit Ihnen hundert Jahre in die Vergangenheit, damit Sie Ihre historische Rolle beim tholianischen Zwischenfall spielen können.«

Sie waren wieder in Moriths Laboratorium. Kirk verstand nun, warum der klingonische Physiker gewartet hatte. *Er brauchte Kalrinds moralische Unterstützung nicht,* dachte Jim. *Ganz im Gegensatz zu mir.* Moriths Hinweise auf eine bevorstehende Zeitreise schufen neuerliche Verwirrung in Kirk. Während sie durch die Korridore schritten, gelang es ihm, ruhig zu bleiben, aber nun lagen ihm Dutzende von Fragen auf der Zunge.

Zunächst starrte er seine beiden Begleiter wortlos an. Es hatte ihm erhebliche emotionale Probleme bereitet, sich mit dem Verlust der vertrauten Welt und aller Freunde abzufinden, und jetzt sah er plötzlich eine Möglichkeit, zu ihnen zurückzukehren.

»Wir haben einen Plan, entwickelt von klingonischen Wissenschaftlern und Fachleuten der Föderation«, begann Morith. »Er wurde lange diskutiert, und jetzt sind sich die Experten einig. Wir müssen in die Vergangenheit reisen, um dort sicherzustellen, daß Sie zur richtigen Zeit am richtigen Ort sind. Anders ausgedrückt: Wir müssen gewährleisten, daß der Große Frieden möglich wird.«

Kirk schüttelte wie benommen den Kopf, und Kalrind hielt diese Geste für ein Zeichen der Ablehnung. »Eigentlich ist es ganz einfach, Jim«, sagte sie. »Damals versuchten die Neuen Klingonen, die Alten von der Macht zu verdrängen und das Imperium unter ihre Kontrolle zu bringen. Warum sollten wir das Ergebnis jener Auseinandersetzungen den Launen der Geschichte überlassen? Wir wissen, wie die Konfrontation endete, aber was gab den Ausschlag? Welche Umstände ermöglichten es uns, den Weg des Friedens zu beschreiten?«

»Ist das wichtig?« erwiderte Kirk verwundert. »Es geschah, und nur darauf kommt es an. Ganz gleich, wie kritisch die Situation wurde — ein Krieg blieb aus.«

»Das steht nicht fest.«

»Es steht nicht fest?« wiederholte Jim. »Sie kennen

die Ereignisse. Die Vergangenheit kann sich wohl kaum einfach so ändern.« Dann erinnerte er sich an New York im Jahr 1930, an Edith Keelers Tod. »Doch, sie *kann* sich ändern«, fügte er leise hinzu und schauderte. »Es ist sehr gefährlich, die Zeit zu manipulieren.«

»Wir haben nur die besten Absichten«, betonte Morith.

»Mag sein.« Kirk hatte Edith damals sterben lassen, um die Zukunft vor Unheil zu bewahren, und jene Entscheidung belastete ihn nach wie vor.

»Wir schicken die Kreuzer hundert Jahre in die Vergangenheit«, sagte Kalrind. »Damit der tholianische Zwischenfall stattfindet und zum Großen Frieden führt. Du wirst an Bord des Flaggschiffs sein, und ich ebenfalls. Welcher Historiker würde eine solche Gelegenheit versäumen?«

»Du ahnst nicht, wie gefährlich so etwas sein kann«, entgegnete Kirk.

»Nein, es sind keine Gefahren damit verbunden«, widersprach Morith scharf. »Wir haben alles bis ins letzte Detail vorbereitet.«

»Warum eine Flotte?« fragte Kirk. »Warum nicht ein oder zwei Schiffe?«

»Stellen Sie sich die Reaktion der Alten Klingonen vor, wenn sie ein oder zwei Schiffe orten, die zur Grenze fliegen, Jim. Man würde die beiden Kreuzer daran hindern, ihr Ziel zu erreichen. Aber gegen eine große Flotte unternehmen sie bestimmt nichts. Sie werden glauben, daß die Schiffe im Auftrag des Imperators zur Föderation unterwegs sind. Und wenn sie die Wahrheit herausfinden, ist es bereits zu spät. Dann haben sie keine Möglichkeit mehr, den Großen Frieden zu verhindern.«

Morith zögerte kurz. »Außerdem konnten wir uns diese Schiffe sofort besorgen. Es hätte viel länger gedauert, andere zu beschaffen, und die Zeit ist sehr knapp.«

»Die Zeit ist knapp?« entfuhr es Kirk. »Was soll das heißen? Wir kehren an eine ganz bestimmte Stelle der Vergangenheit zurück. Es ist völlig gleich, ob wir den temporalen Transfer jetzt einleiten oder später.«

Morith verzog das Gesicht. »Ich habe bisher darauf verzichtet, Ihnen Einzelheiten zu nennen, weil mir die Erklärungen zu kompliziert erscheinen. Sie sind schon einmal in die Vergangenheit gereist, mit Hilfe des Gravitationsfelds einer Sonne, nicht wahr?«

»Ja«, bestätigte Kirk verblüfft. »Woher wissen Sie davon? Es handelt sich um streng geheime Informationen!«

Morith lachte. »Es *waren* streng geheime Informationen, Jim! Heute haben wir freien Zugang zu den Föderationsarchiven, und umgekehrt verhält es sich ebenso. Jene Mission war eins der berühmtesten Abenteuer von Captain Kirk. In unseren Schulen berichtet man den Kindern davon!«

Kirk gestikulierte vage. »Ich bin mir nicht sicher, ob ich mich jemals an ... diese neue Perspektive gewöhnen kann.«

»Das brauchen Sie auch gar nicht, wenn die Mission Erfolg hat. Nun, wir wollen eine ähnliche Methode benutzen, um in die Vergangenheit zu gelangen. Vor kurzer Zeit haben unsere Astronomen ein supermassives Objekt entdeckt, nicht sehr weit von der Föderationsgrenze und Tholia entfernt — die eine Hälfte eines Doppelsterns. Die andere ist ein weißer Zwerg. Bei Ihrer Zeitreise verwendeten Sie eine gewöhnliche Sonne, aber der supermassive Himmelskörper gibt uns bessere Kontrolle und ermöglicht es, die ganze Flotte zu transferieren.«

»Von einem solchen Stern höre ich jetzt zum erstenmal.«

»Kein Wunder. Wie ich schon sagte: Er wurde erst vor kurzem entdeckt. Wir nennen ihn *Hov tInqu.*«

»Und das bedeutet?«

Morith lachte. »Die wörtliche Übersetzung lautet: ›sehr schwerer Stern‹. Nun, ich habe eben die Wichtigkeit des Zeitfaktors erwähnt. Wo — beziehungsweise *wann* — wir die Vergangenheit erreichen, hängt nicht nur davon ab, an welcher Stelle wir ins Gravitationsfeld von *Hov tInqu* vorstoßen, sondern auch von Eintrittswinkel und Geschwindigkeit. Hinzu kommt eine Quantelung. Damit meine ich folgendes: Nur gewisse Zielphasen in der Vergangenheit sind uns zugänglich, da nur bestimmte Kombinationen aus Transferzeitpunkt, Eintrittswinkel und Geschwindigkeit funktionieren. Sie haben eben von Gefahren gesprochen, und zumindest in dieser Hinsicht muß ich Ihnen zustimmen. Der Flotte steht eine sehr gefährliche Reise bevor: Die geringsten Abweichungen vom berechneten Kurs führen zur Zerstörung durch das starke Gravitationsfeld. Wenn uns während des Anflugs Fehler unterlaufen, werden die Kreuzer zermalmt, anstatt in die Vergangenheit zu gelangen.«

Kirk nickte. Er kannte die Risiken einer derartigen Zeitreise-Methode.

»Wir haben die Berechnungen mehrmals wiederholt, und immer ergaben sich die gleichen Resultate. *Hov tInqu* gestattet es uns, durch die Zeit zu springen und die Vergangenheit kurz vor dem tholianischen Zwischenfall zu erreichen. Wenigstens dabei ist das Glück auf unserer Seite. Aber es gibt nur eine Kombination aus Zeitpunkt, Eintrittswinkel und Geschwindigkeit, die den Transfer zuläßt. Wenige Tage trennen uns von dieser Chance. Um sie zu nutzen, müssen wir — die Flotte, meine ich —, in spätestens zwanzig Stunden aufbrechen.«

KAPITEL 9

Großadmiral Chung war stolz auf seine Gelassenheit, die er mit der unerschütterlichen Ruhe eines Vulkaniers verglich. Doch an diesem Tag verriet sein Gesicht Ärger und Verwirrung, als Spock das Büro betrat.

Der Erste Offizier salutierte und verharrte vor dem Schreibtisch des Admirals. »Nun, Mr. Spock?« fragte Chung ungeduldig. »Was ist los? Sie baten um die Erlaubnis, Ihren Bericht per Subraum-Kommunikation zu übermitteln, anstatt ihn persönlich zu überbringen, und nach einer langen Diskussion erklärten wir uns damit einverstanden. Aber jetzt sind Sie plötzlich hier in San Francisco! Wir haben Ihnen und Captain Kirk schon des öfteren besondere Freiheiten eingeräumt — andere Starfleet-Offiziere genießen nicht annähernd so viele Privilegien.«

Während Chung den Vortrag fortsetzte, rührte sich Spock nicht von der Stelle, und sein Gesicht blieb völlig ausdruckslos. Damit schürte er das Feuer des Ärgers im Admiral. »Sie haben beide eine spezielle Behandlung verdient«, sagte Chung. »Aufgrund Ihrer hervorragenden Leistungen. Aber diesmal, Spock ...« Er unterbrach sich kurz, um nach Luft zu schnappen. Sein Zorn prallte wirkungslos an dem Vulkanier ab, und Chung spürte, wie er immer mehr die Kontrolle über sich verlor. »Diesmal sind Sie zu weit gegangen, Spock! Der Captain eines Raumschiffs verschwindet, doch ich gestatte Ihnen trotzdem, in Starbase Siebzehn zu bleiben. Und dann erscheinen Sie einfach so in San Francisco! Nun?«

»Nun was, Admiral?« fragte der Erste Offizier.

Chung schlug mit der Faust auf den Schreibtisch. »Ich sollte ...! Versuchen Sie bloß nicht ...! SPOCK!«

»Bitte entschuldigen Sie, Admiral, aber ich verstehe nicht, was Sie von mir erwarten. Wenn Sie so freundlich wären, es mir zu erklären ...«

Es dauert nur noch ein Jahr bis zu meiner Pensionierung, dachte Chung.

»Ich möchte wissen, warum Sie hier sind«, brachte er hervor.

»Oh«, erwiderte Spock. »Jetzt verstehe ich. Danke, Admiral.«

Chung holte tief Luft und schloß die Augen. Nach einigen Sekunden hob er die Lider. »Fahren Sie fort, Mr. Spock«, sagte er resigniert.

»Unter normalen Umständen hätte ich Ihnen eine Mitteilung geschickt, um meinen Besuch sowohl anzukündigen als auch zu erklären, aber ich wollte vermeiden, daß die entsprechende Botschaft irgendwelchen Dritten bekannt wird.«

Der Admiral lehnte sich zurück. »Worauf wollen Sie hinaus, Mr. Spock?«

»Sir, ich brauche Ihre Erlaubnis für Experimente mit einigen Geräten, die sich hier im Hauptquartier befinden. Da Starfleet ihre Existenz bisher geheimgehalten hat — ganz zu schweigen von dem Ort ihrer Installation —, hielt ich es für angebracht, die Anfrage persönlich an Sie zu richten. Außerdem: Wenn Sie mir Ihre Genehmigung geben, muß ich die beabsichtigten Experimente selbst durchführen. Deshalb meine Präsenz in San Francisco.«

»*Wenn*«, wiederholte Chung. »Nicht ›falls‹, Mr. Spock?« Er schüttelte den Kopf. »Schon gut. Worum geht's? Welche geheimen Geräte meinen Sie?«

Spock erklärte es ihm.

Der Admiral starrte ihn groß an. »Erlaubnis erteilt«, sagte er schließlich. »Einen Augenblick. Sind Sie ganz sicher? Dumme Frage«, fügte er hinzu. »Vulkanier sind immer sicher.«

»Dieser Einschätzung stimme ich voll und ganz zu, Admiral«, sagte Spock ungerührt.

Chung schnitt eine Grimasse. »Sonst noch etwas?«

»Die Hilfe eines Assistenten wäre wünschenswert. Dadurch käme ich schneller voran.«

»Natürlich.« Chung nickte. »Nun, mal sehen. Ich könnte Admiral Kim anrufen ...«

»Ich dachte dabei an Elliot Tindall«, warf Spock ein.

Kein Wunder, dachte Chung. *Tindall ist ein ausgezeichneter Wissenschaftler.* »Welches Datum haben wir heute?« Er blickte zum Kalender. »Ah, ja. Seit heute morgen müßte er wieder zu Hause sein. Ich setze mich mit ihm in Verbindung.« Er streckte die Hand nach dem Tisch-Kommunikator aus.

»Davon rate ich ab«, sagte Spock rasch. »Kom-Gespräche können nie vollkommen abgeschirmt werden. Ich schlage vor, wir besuchen Mr. Tindall.«

»Hm. Glauben Sie im Ernst, jemand hat das Starfleet-Kommunikationsnetz angezapft, Spock?«

»*Jedes* Kom-Netz kann angezapft werden, Admiral«, erwiderte der Vulkanier.

»Na schön. Ich besorge uns einen Fahrer. Das erlauben Sie doch, oder?« Chungs Sarkasmus war unüberhörbar.

Spock dachte kurz nach. »Ja, Admiral. Ich erhebe keine Einwände.«

»Oh, herzlichen Dank, Mr. Spock«, entgegnete Chung, obgleich er wußte, daß sein Gesprächspartner die Ironie gar nicht zur Kenntnis nahm.

Im Haus der Tindalls fanden immer häufiger verbale Gefechte statt. Normalerweise achteten die beiden Kontrahenten darauf, mit gedämpften Stimmen zu streiten, damit die Nachbarn nichts hörten. Aber heute waren Elliot und Luisa lauter als jemals zuvor. Die Nachbarn standen hinter den Gardinen und lauschten hingerissen, während die beiden Männer auf dem Bürgersteig versuchten, den Zank zu ignorieren.

Luisa öffnete die Tür, und Chung bemerkte sofort ihre geröteten Augen. »Oh, Admiral. Kommen Sie herein. Elliot ist in seinem Arbeitszimmer. Ich hole ihn.«

»Tut mir leid, daß ich Sie störe, obwohl Ihr Urlaub noch nicht zu Ende ist, Luisa«, sagte Chung verlegen. »Aber es geht um eine sehr wichtige Angelegenheit.«

Luisa lächelte schief und gab keine Antwort. Sie führte die beiden Besucher durch einen kurzen Flur ins Wohnzimmer. Polstermöbel, Drucke an den Wänden, blasse Farben — alles entsprach dem neuesten Stil der oberen terranischen Mittelklasse.

»Bitte setzen Sie sich.« Luisa deutete zur Couch, bevor sie den Raum verließ und dabei ein Schluchzen unterdrückte.

Spock und Chung nahmen nebeneinander Platz. Der Vulkanier wirkte so ruhig und gelassen wie immer, doch Chung rutschte nervös hin und her. Sie schwiegen, und der Großadmiral vermied es, Spock anzusehen, richtete seine Aufmerksamkeit statt dessen auf die Drucke an den Wänden.

Nach einer Weile hörten sie schwere Schritte im Flur, und Elliot Tindall kam heran. »Admiral Chung ...«, sagte er, und in seinen Augen blitzte Ärger. »Ich muß erst am nächsten Montag ins Büro zurückkehren. Oder irre ich mich?«

»Nein, Elliot, ganz und gar nicht«, erwiderte Chung mit übertriebener Fröhlichkeit. »Sie haben völlig recht. Aber leider hat sich etwas Dringendes ergeben. Ich möchte Ihnen Mr. Spock vorstellen ...«

Elliots Blick wanderte zu dem Vulkanier, der stumm aufstand. »Zwar sind wir uns noch nie zuvor begegnet, aber ich habe schon viel von Ihnen gehört«, sagte Tindall. »Sie scheinen der berühmteste Vulkanier bei Starfleet zu sein.« Sein Lächeln wies darauf hin, daß die Worte scherzhaft gemeint waren.

Spock glaubte offenbar, die Bemerkung sei ernst gemeint. »In dieser Hinsicht habe ich nur wenig Konkurrenz, Mr. Tindall.«

»Was ich sehr bedauere, Sir«, entgegnete Elliot hastig. »Die wissenschaftliche Sektion könnte das technische Talent der Vulkanier gut gebrauchen. Was mich betrifft ... Ich bewundere insbesondere Mengs Schriften.«

Spock nickte. »Einer unserer besten Wissenschaftsphilosophen. Nun, ich habe auch viel von Ihnen gehört, Mr. Tindall. Zum Beispiel kenne ich Ihren Artikel über den T-Sprung-Effekt und das Transporter-Phasenfeld. Ihre Ausführungen sind sowohl präzise als auch bemerkenswert logisch.«

Chung hörte dem Wortwechsel der beiden Männer interessiert zu. Er klang freundlich, und der Admiral spürte, wie die Anspannung aus ihm wich. »Elliot, Mr. Spock ist zur Erde gekommen, um hier wichtige Experimente durchzuführen. Er möchte, daß Sie ihm dabei assistieren.«

»Eine große Ehre für mich!« entfuhr es Tindall. »Und eine wundervolle Gelegenheit!«

»Ja, ich weiß«, fuhr Chung fort. »Aber es bedeutet auch, daß Sie eine Zeitlang nicht an Ihrem gegenwärtigen Projekt weiterarbeiten können.«

»Kein Problem«, sagte Elliot sofort. »Überhaupt kein Problem. Wenn Mr. Spock meine Hilfe braucht, so darf dem nichts im Weg stehen.«

»Vielleicht möchten Sie zunächst wissen, was es mit den geplanten Experimenten auf sich hat«, meinte Spock.

»Wie auch immer sie beschaffen sind — es ist mir eine Ehre, daran teilzunehmen.«

»Noch heute?« fragte Chung. »Jetzt sofort.«

Elliot zuckte mit den Schultern. »Wenn es so dringend ist, Admiral ... Natürlich.«

»Sagen Sie Luisa einfach, es sei meine Schuld«, fügte Chung in einem jovialen Tonfall hinzu. Unmittelbar darauf gab er sich in Gedanken eine Ohrfeige.

Tindall versteifte sich, und das Lächeln verschwand von seinen Lippen. »Mit dem Problem werde ich fertig, Admiral.«

Chung stand auf. »Nun, dann wäre ja alles geregelt. Ich schlage vor, wir brechen sofort auf. Mr. Spock und ich warten draußen, während Sie ... äh ...«

Elliot nickte. »Es dauert nur einige Minuten.«

Chung und der Vulkanier verließen das Haus und kehrten zum geparkten Gleiter zurück. Als sie im schallisolierten Fond saßen, sagte der Admiral: »Ich verstehe das nicht, Mr. Spock. Die Tindalls schienen immer sehr glücklich zu sein. Warum streiten sie sich plötzlich?« Er seufzte. »Was ist los mit den jungen Leuten? In meiner Jugend war alles anders. Heutzutage fehlt es überall an Engagement und Pflichtgefühl. Manchmal fürchte ich um die Zukunft der Menschheit.«

»Mit diesen Worten bringen Sie die Sorge vieler alter Philosophen zum Ausdruck, Admiral«, erwiderte Spock. »Offenbar neigen Menschen dazu, die eigene Zeit für viel schlechter zu halten als vergangene Epochen. Ich glaube, Ihrer Spezies mangelt es an einer objektiven und emotionsfreien Einstellung der Geschichte gegenüber.«

Chung rechnete mit einem langen Vortrag, aber zum Glück kam Elliot schon bald aus dem Haus und setzte sich zu ihnen in den Gleiter.

Tage intensiver Arbeit folgten.

Spock und Elliot verbrachten viele Stunden im Laboratorium und legten nur kurze Pausen ein. Tindall ignorierte das Bedürfnis nach Nahrung und Schlaf fast ebenso mühelos wie der Vulkanier. Zu Anfang halfen ihnen einige Assistenten, deren Ausdauer jedoch Grenzen gesetzt waren. Letztendlich blieb den beiden Männern nichts anderes übrig, als einen großen Teil der Arbeit allein zu erledigen.

Den geheimen Apparaturen lag eine Theorie zugrunde, die besser verstanden und weiterentwickelt werden mußte, bevor Spock mit der Überprüfung seiner Hypothese beginnen konnte. Darüber hinaus waren umfangreiche Modifikationen notwendig. In beiden Fällen erwies sich Elliots Hilfe als ausschlaggebender Faktor für den Erfolg.

Als sie schließlich die Testphase einleiteten, waren nur Spock und Tindall bei den Experimenten zugegen. Die drei Assistenten schliefen und erholten sich von der Schufterei, die zum Abschluß der Vorbereitungen geführt hatte.

Elliot hielt nicht nur deshalb so lange durch, weil ihn die Tätigkeit selbst faszinierte und er sich über die Gelegenheit freute, mit Spock zusammenzuarbeiten. Hinzu kam, daß er während der letzten beiden Tage darauf verzichten konnte, nach Hause zurückzukehren. Die Beziehung mit Luisa hatte einen Punkt erreicht, der ihn dazu veranlaßte, sich selbst zu mißtrauen, wenn er mit ihr allein war. Ihn entsetzte die Vorstellung, sie in einem Anfall von wildem Zorn zu verletzen oder gar zu töten.

Elliot erinnerte sich an das erste Jahr seiner Ehe mit Luisa. Sie war sehr glücklich gewesen — und er noch glücklicher. Der Grund: das Medikament. Jetzt stand er kurz vor der Erfüllung seiner Pflichten und hätte den Gipfel des persönlichen Glücks erreichen sollen, doch plötzlich ließ ihn die Arznei im Stich.

Die nächste Dosis war längst überfällig, aber er hatte Spock zum Laboratorium begleitet, ohne die Pillen mitzunehmen. Wie konnte er sie holen, ohne zu Hause Luisa zu begegnen — ohne ihre Tränen zu sehen, ohne ihre flehentliche Stimme zu hören, die eine weitere Auseinandersetzung zur Folge hätte? Elliot mußte das Medikament täglich einnehmen, wenn er ausgesprochen negative Folgen vermeiden wollte. Schon zwei Dosen hatte er versäumt. Er hoffte inständig, daß die Restwirkung der Arznei lange genug anhielt, um ihn einige Tage lang vor gefährlichen Konsequenzen zu bewahren.

»Mr. Tindall!« sagte Spock scharf. »Ich habe Sie gebeten, das energetische Niveau zu erhöhen.«

Elliot unterbrach seine Grübeleien und wurde sich wieder der Umgebung bewußt. »Oh, ja, natürlich. Bitte entschuldigen Sie, Mr. Spock. Ich habe mit offenen Augen geträumt.« Er betätigte einen Regler, um mehr Energie in die Testvorrichtung zu leiten.

Der Vulkanier wandte sich wieder dem Monitor zu, ohne einen Kommentar in bezug auf die menschliche Neigung zur Träumerei abzugeben — Vulkanier waren imstande, sich ganz und gar auf eine bestimmte Aufgabe zu konzentrieren und alles andere aus ihrer Wahrnehmung zu verbannen. *Verdammter hochnäsiger Vulkanier,* dachte Elliot, obwohl Spock schwieg. *Am liebsten würde ich ...* Verärgert unterdrückte er diesen Gedanken. *Ich sollte mir an der vulkanischen Disziplin ein Beispiel nehmen, zumindest jetzt.*

»Wie sieht's aus, Mr. Spock?« fragte er und zwang sich, seiner Stimme einen fröhlichen Klang zu geben.

Spock drehte den Kopf und warf ihm einen überraschten Blick zu, betrachtete dann wieder die grafische Anzeige. »Bisher entsprechen die Ergebnisse meinen Erwartungen, Mr. Tindall. Erhöhen Sie das energetische Niveau auch weiterhin, den Testparametern gemäß.«

Ich könnte sein Experiment leicht sabotieren, dachte Elliot. *Vielleicht sollte ich diese Möglichkeit nutzen.* Nein, dann schöpfte der Vulkanier sofort Verdacht.

Der Test dauerte zwei Stunden, und als das Ende in Sicht rückte, fühlte Elliot die Last der Erschöpfung. Er war zwei verschiedenen Arten von Streß ausgesetzt: hier die Anstrengung, dauernd konzentriert zu bleiben, und dort das Bemühen, ein immer unruhiger werdendes Temperament unter Kontrolle zu halten.

Schließlich stand Spock auf. »Sie können die Energiezufuhr jetzt unterbrechen, Mr. Tindall«, sagte er nachdenklich. »Ich glaube, es liegen alle notwendigen Daten vor.«

In Elliot vibrierte es, als er sich ebenfalls erhob. Instinktiv spannte er die Muskeln. »Und nun?« fragte er ruhig.

Spock maß den jungen Wissenschaftler mit einem durchdringenden, analytischen Blick. »Die Ergebnisse des Experiments erfordern meine unverzügliche Rückkehr zur Starbase Siebzehn, und ich bitte Sie, mich zu begleiten. Von Ihrer Arbeit bin ich sehr beeindruckt, und ich glaube, Sie könnten mir auch weiterhin beträchtliche Hilfe leisten. Allerdings muß ich Sie auf mögliche Gefahren hinweisen: Im All hätten Sie es mit einer ganz anderen Situation zu tun als bei Ihrer intellektuellen Tätigkeit hier auf der Erde.«

Elliot entspannte sich. Spock bot ihm eine noch viel bessere Chance, als er gehofft hatte! »Es wäre mir nicht nur eine Ehre, sondern auch ein Vergnügen.«

Der Vulkanier nickte, als hätte er keine andere Antwort erwartet. »Gut. Ich spreche sofort mit Großadmiral Chung darüber.«

»Ich nehme an, wir brechen in einigen Tagen auf, nicht wahr?«

»Nein, Mr. Tindall. Wir machen uns unverzüglich auf den Weg — sobald ein Transportmittel zur Verfügung steht. Starfleet hat meiner Mission die absolut höchste Priorität verliehen.«

Elliot preßte die Lippen zusammen und rang sich ein Lächeln ab, als er erneut den aufmerksamen Blick des Vulkaniers spürte. »Einverstanden, Mr. Spock. Bitte gestatten Sie mir vorher noch einen kurzen Abstecher nach Hause. Anschließend bin ich soweit.«

Vielleicht funktioniert es bereits, auf eine magische Weise, dachte Luisa. Eine Sekunde später empfand sie Verlegenheit angesichts eines so abergläubischen Gedankens. Andererseits: Beim Ehemann ihrer Freundin hatte der Austausch Wunder gewirkt — zuerst verwandelte er sich in einen Tyrannen, doch dann wurde er so sanft und zärtlich wie zu Beginn der Ehe. Wie sehr sich Luisa danach sehnte, jene herrliche Harmonie wiederherzustellen!

Als Elliot für einige Minuten nach Hause zurückkehrte, hatte er es zwar sehr eilig, aber er wirkte dabei wieder wie sein früheres Selbst, und dieser Umstand stimmte Luisa zuversichtlich. Sie wußte natürlich, daß die neuen Pillen — das Arzneifläschchen enthielt nun keine Vitamine mehr — erst dann ihre Wirkung entfalten konnten, wenn Elliot sie schluckte. Aber sie klammerte sich an der Hoffnung fest, damit eine Veränderung herbeizuführen. Sie brauchte den alten Elliot für ihr eigenes Überleben.

Zum Glück sahen die neuen Tabletten, die Luisa von ihrer Freundin erhalten hatte, genauso aus wie die alten. Elliot rief vom Starfleet-Hauptquartier an, bevor er heimkehrte, und das gab ihr Zeit genug, den Austausch vorzunehmen. Seine Eile erwies sich ebenfalls als hilfreich: Er übersah die kleinen roten Kapseln im Abfallkorb des Badezimmers — es war Luisa nicht genug Zeit geblieben, die Pillen ganz verschwinden zu lassen. Wenn er sie entdeckt hätte, wäre es sicher zu einer neuerlichen Auseinandersetzung gekommen.

Die junge Frau fühlte sich verzweifelt genug, um zu einer solchen List zu greifen. Es gab nur eine Alternative — die Trennung von Elliot —, und sie erschien ihr viel zu schrecklich, um darüber nachzudenken.

Hör endlich auf damit, dauernd niedergeschlagen und voller Kummer zu sein, ermahnte sich Luisa. *Wenn Elliot zurückkehrt, ist er wieder der Mann, in den du dich damals verliebt hast.*

KAPITEL 10

Während der Reise zum supermassiven Stern störte Kirk die Klingonin Kalrind immer wieder bei der Arbeit. Er achtete nicht darauf, daß sich in ihrem Gesicht gelegentlich Ärger zeigte — er hatte nach wie vor Fragen, die Antworten verlangten.

»Wie können wir sicher sein, daß euer Plan den tatsächlichen historischen Ereignissen gerecht wird?« erkundigte sich Kirk immer wieder. »Es muß Aufzeichnungen geben — entweder im Imperium oder in der Föderation —, aus denen hervorgeht, auf welche Weise es mir gelang, beim tholianischen Zwischenfall zugegen zu sein. Irgend etwas, das uns einen Hinweis darauf gibt, ob wir die richtige Entscheidung getroffen haben.« *Lieber Himmel,* dachte er, *wenn man versucht, auf die Vergangenheit Einfluß zu nehmen, kann man sich keine Fehler leisten.* »Bestimmt hat Starfleet einen Bericht von mir entgegengenommen.«

»Ja, das sollte man eigentlich meinen«, pflichtete ihm Kalrind bei. »Aber in den Föderationsarchiven sind keine Daten enthalten, die darauf hindeuten, daß du Bericht erstattet hast. Nun, es überrascht mich kaum. Stell dir nur vor, wie es damals auf beiden Seiten zuging: Jubel, Feste, Ausgelassenheit und so weiter ... Die Freude war viel zu groß für irgendwelche Formalitäten.«

Die Klingonin lachte. »Eins habe ich ganz vergessen: Nach der Proklamation des Großen Friedens schied Admiral James T. Kirk aus dem aktiven Starfleet-Dienst aus und wurde zum ersten Föderationsbotschafter im Imperium. Man entsprach damit einer Bitte der Flottenkommandeure. Alle am tholianischen Zwischenfall beteiligten Personen waren von deiner Diplomatie beeindruckt, Jim.«

»Botschafter im Imperium?« wiederholte Kirk verblüfft. »Was für eine seltsame Idee!«

Kalrind schmunzelte neckisch. »Als du die Föderation auf Klinzhai vertreten hast ... Vielleicht hattest du ein Verhältnis mit meiner Ururgroßmutter — ihre Tagebücher enthalten subtile Anspielungen. Vielleicht fließt in meinen Adern auch das Blut von James Kirk.«

Diese Vorstellung beunruhigte Jim mehr, als er Kalrind gegenüber zugeben wollte. Sie lachte, als sie seinen Gesichtsausdruck sah. »Keine Sorge. Ich glaube, wir sind nicht miteinander verwandt. Wie dem auch sei: Wahrscheinlich hast du Erfahrungen mit klingonischen Frauen gesammelt. Wir lieben das Exotische, das andere — und Menschen sind so exotisch und anders, wie es nur möglich ist. Ich schätze, in diesem Zusammenhang unterscheiden sich terranische Frauen kaum von Klingoninnen.«

Kirk öffnete den Mund und klappte ihn wieder zu, ohne etwas zu sagen.

»Ich schlage vor, wir wenden uns nun wichtigeren Dingen zu«, fuhr Kalrind fort. »Ich benötige bestimmte Informationen von dir, Jim. Besser gesagt: *Wir* benötigen sie. Um sicher zu sein, daß uns keine Fehler unterlaufen.«

In einem Punkt waren die Neuen Klingonen ganz anders als die Alten, fand Kirk: Die Alten Klingonen nahmen nie ein Blatt vor den Mund, doch die Neuen drückten sich häufig recht vage aus. In dieser Hinsicht zog Jim die imperialen Krieger aus der Vergangenheit vor. Zuerst hatte ihn die Vorstellung begeistert, in seine Zeit zurückzukehren, doch nun befürchtete er plötzlich, Kalrind zu verlieren. Wenn sie die Geschichte veränderten beziehungsweise gewährleisteten, daß sie den richtigen Verlauf nahm ... Vielleicht mußte er Kalrind ebenso aufgeben wie damals Edith Keeler. Wenn er versuchte, das Gespräch in diese Richtung zu lenken und mögliche Gefahren für ihre Beziehung zu erwähnen, wich die Klingonin immer hinter eine Barriere aus Professionalität zurück: Dann wurde sie zur Historikerin, die in ihm ein lebendes Artefakt aus der Vergangenheit sah. Bei solchen Gelegenheiten ignorierte sie das Band der Liebe zwischen ihnen.

Und wenn sich Kirk ganz offen darüber beklagte, antwortete Kalrind: »Bitte, Jim. Hab etwas Geduld. Dies ist eine bizarre Situation — damit meine ich nicht nur die Mission, sondern auch uns beide. Ich brauche deine berühmte Toleranz.«

»Ich bin dafür berühmt, *tolerant* zu sein?« Kirk schüttelte den Kopf. »Das zwingt mich dazu, die Geschichte aus einem ganz neuen Blickwinkel zu sehen und meine Meinung über bestimmte historische Gestalten zu revidieren.« Er hob die Hand und strich Kalrind übers Haar. »Na schön. Ich werde versuchen, mich in Geduld zu fassen.«

»Mir ist gerade etwas eingefallen ... Was war es noch? Oh, ja. Ich kann nicht richtig denken, wenn du mich berührst!« Die Klingonin rückte beiseite. »Na bitte — sofort funktionieren Gehirn und Gedächtnis wieder. Ach, ihr Menschen ... Nun, ich begleite dich in die Vergangenheit, und das bedeutet: Du kannst gar kein Verhältnis mit meiner Ururgroßmutter anfangen! Ich leiste dir Gesellschaft, wenn du zum Föderationsbotschafter im Imperium wirst.«

Er kehrte in seine eigene Zeit zurück, um ein langes, friedliches und erfülltes Leben mit Kalrind zu führen! Kirk staunte über die Intensität der in ihm brennenden Gefühle. Die Klingonin hatte seine Sehnsucht mit einigen schlichten Worten zum Ausdruck gebracht, ihn damit schlagartig von Besorgnis und Furcht befreit.

»Wir erreichen das Ziel genau zum vorgesehenen Zeitpunkt«, sagte Morith zufrieden.

Vor ihnen, auf dem Wandschirm im Kontrollraum der *Allianz,* zeigte sich ein vertrauter Anblick. Kirk stand auf der Brücke eines Raumschiffs, beobachtete vorbeigleitende Sterne und glaubte fast, wieder zu Hause zu sein. Gleichzeitig wußte er, daß er sich erst nach der Rückkehr in seine Zeit und an Bord eines Föderationsschiffes völlig sicher fühlen würde. Wenn Morith und die anderen klingonischen Wissenschafter recht behielten, dauerte es nicht mehr lange, bis dieser Wunsch in Erfüllung ging.

In der Mitte des Projektionsfelds zeichnete sich eine blaue, matt glühende Kugel ab — der supermassive Stern, Tor zur Vergangenheit.

»Man kann sogar verschiedene Bereiche des Gravitationsfelds sehen«, ließ sich Morith vernehmen. »Das Licht stammt von der annihilierten stellaren Materie des Nachbarsterns. Sie wird von dem superschweren Objekt angezogen; bei einigen Partikeln erfolgt ein temporaler Transfer, doch der größte Teil wird in Energie umgewandelt.«

Das könnte auch mit uns geschehen, dachte Kirk.

Kalrind sprach seinen Gedanken laut aus. »Und wir, Morith? Steht uns vielleicht das gleiche Schicksal bevor?«

Morith ging nicht direkt auf die Frage ein und setzte seine Erklärungen fort. »Nun, der Zeitsprung findet nur unter bestimmten Bedingungen statt. Wie Sie inzwischen wissen, Jim, kommt es dabei auf Zeitpunkt, Eintrittswinkel und Geschwindigkeit an. Bei den meisten Partikeln fehlt die richtige Kombination, und deshalb verwandeln sie sich in Energie. Was den Radius der Annihilation betrifft: Auch er hängt von den bereits genannten Faktoren ab. Aus diesem Grund meinte ich vorhin, wir sähen verschiedene Bereiche des Gravitationsfelds.«

Bereiche, wo wir zu Licht und Hitze werden könnten, wenn wir von einem der kritischen Parameter abweichen, fuhr es Kirk durch den Sinn. *Und wenn sich nicht die gewünschte Kombination einstellt, sondern eine ganz andere? Finden wir uns dann vielleicht im Jahr 1930 wieder?*

Kontrollierbare Zeitreisen boten viele Möglichkeiten, die Vergangenheit zu ändern. *Zu* viele. Deshalb verzichteten zivilisierte Völker darauf — oder verboten es sogar —, die vierte Dimension zu manipulieren. *Aber diesmal ... Gibt es ehrenvollere Absichten?*

Kirk drehte sich langsam um die eigene Achse, ignorierte die anwesenden Klingonen und blickte zu den einzelnen Bildschirmen, die das All zeigten. Blinkende Lichter markierten die Position der anderen Kreuzer einer riesigen Flotte. Die *Allianz* war das Flaggschiff.

Sekunden dehnten sich zu Minuten, Minuten zu Stunden. Auf dem Wandschirm wuchs die blaue Kugel: Sie schwoll immer mehr an, und ihr mattes Glühen metamorphierte zu einem hellen Gleißen.

Kirk und Kalrind verließen die Brücke nicht. Sie standen auf dem Kommando-Podium, sahen den Klingonen bei der Arbeit zu. Die Pulte und Konsolen schien sich in den vergangenen hundert Jahren nicht verändert zu haben, aber Kirk ahnte, daß sich die technischen Innovationen hinter den Verkleidungen verbargen, in Form völlig neuer Schaltkreise. Um nicht dauernd an die Gefahren des bevorstehenden Transfers zu denken, beobachtete Kirk die Brückenoffiziere der *Allianz* und verglich sie mit denen eines anderen Schiffes, das er viel besser kannte und das den stolzen Namen *Enterprise* trug.

Allmählich wuchs die Anspannung im Kontrollraum. Kirk war nicht sehr gut mit der klingonischen Körpersprache vertraut, aber trotzdem glaubte er, deutliche Anzeichen von Nervosität zu erkennen. Kalrind schob sich etwas näher an ihn heran, und manchmal schauderte sie. Nur Morith wirkte auch weiterhin ruhig.

»Sind Sie sicher, daß die Navigationsdaten präzise genug sind?« wandte sich Kirk an den Physiker. Er sprach leise, damit ihn die anderen Klingonen nicht hörten.

Morith lächelte. »Keine Sorge, Jim. Die Geschichte teilt uns mit, daß wir beim tholianischen Zwischenfall zugegen waren. Woraus folgt: Es *kann* gar nichts schiefgehen.«

Kalrind schien daran zu zweifeln, trotz ihrer historischen Studien. Sie lehnte sich an Kirk, und ihre Finger schlossen sich schmerzhaft fest um seinen Arm. Er spürte, wie sie zitterte.

Jim drehte den Kopf und musterte die Frau an seiner Seite besorgt. Blauer Glanz glitt über ihr Gesicht — und über alles andere auf der Brücke. Jemand stöhnte, ein leises Ächzen, das Furcht verriet.

Die superschwere Masse auf dem Wandschirm verdeckte die Sterne. Selbst am Rand des rechteckigen Bildschirms verschwanden ferne Sonnen im Strahlen annihilierter stellarer Materie. Ein gleichmäßiges, beständiges Gleißen ging von der schimmernden Sphäre aus: Sie war keine Kerze in der kosmischen Finsternis, sondern eine monströse Anomalie, die das Licht des Nachbarsterns verschlang.

Das Flaggschiff *Allianz* erbebte; Vibrationen knisterten und knackten in der Außenhülle. Kirk fühlte Übelkeit, gefolgt von Desorientierung. Jähe Schwäche erfaßte ihn, und er wäre zu Boden gesunken, wenn ihn nicht Kalrinds starker Arm gestützt hätte.

Dann verflüchtigte sich das Strahlen und wich der schwarzen Schönheit des Alls.

»Wir haben den Transfer erfolgreich hinter uns gebracht«, sagte Morith. Er beugte sich vor, sah zu einem der Offiziere und fragte etwas auf klingonisch. Der Mann gab eine knappe Antwort.

»Auch dem Rest der Flotte ist der Zeitsprung gelungen«, sagte Morith zu Kirk. Dann seufzte er traurig. »Doch ein Kreuzer ging verloren.«

Jim hörte ihn kaum. *Ich bin daheim.*

Die Stimmung an Bord erlebte einen drastischen Wandel. Vor dem Transfer hatten sich die klingonischen Besatzungsmitglieder wie zum Tode Verurteilte verhalten, aber jetzt herrschte überall Freude: Sie waren auf dem Weg, in die Geschichte einzugehen; sie schickten sich an, das *Roj tIn* zu schaffen.

Kirk und Kalrind bekamen wieder Gelegenheit, mehr Zeit miteinander zu verbringen, was ihnen während der vergangenen Tage nicht möglich gewesen war. Die ständige Präsenz anderer Personen störte Jim. In der Basis hatte er sich daran gewöhnt, daß es Kalrind nie an Zeit mangelte und sie sich stundenlang mit ihm unterhalten konnte. Was bedeutete: Meistens führte er einen Monolog, und die Klingonin hörte ihm zu. Doch hier an Bord des Schiffes neigte sogar die sonst immer ruhige und freundliche Kalrind zu Gereiztheit — gelegentlich gab sie schroffe Antworten. Zwar entschuldigte sie sich sofort dafür, aber Kirk hielt es trotzdem für notwendig, so bald wie möglich mit ihr allein zu sein, damit sie zu ihrem früheren Glück zurückfanden, zu der Mischung aus Kameradschaft und Zärtlichkeit, die ihm so sehr gefiel.

Zum Teil ging ihre Situation auf die allgemeinen Umstände zurück: Aufregung und Anspannung bezüglich des bevorstehenden Transfers, dann der Zeitsprung in die Vergangenheit. Und die *Allianz* schuf weitere Probleme. Sie war recht groß für einen klingonischen Kreuzer, bot jedoch weitaus weniger Platz als die Basis. Wohin man sich auch wandte — überall befanden sich Besatzungsmitglieder. Es schien nur wenige Bereiche zu geben, wo man damit rechnen durfte, niemandem zu begegnen.

»Wir finden einen Ort für uns«, sagte Kirk. »Komm, gehen wir auf Entdeckungsreise.«

Kalrind zögerte und wirkte skeptisch. »Ich weiß nicht, ob das eine gute Idee ist.«

»In der Basis haben dir solche Wanderungen gefallen«, fuhr Kirk fort. »Wir können uns hier ohnehin nicht nützlich machen. Du bist Historikerin und ich ein Raumfahrer, der mit primitiver Technik aufwuchs. Wir wären den anderen Leuten nur im Weg. Komm.« Er griff nach Kalrinds Arm.

»Schon gut!« zischte die Klingonin und stieß Jims Hand beiseite. »Faß mich nicht an. Ich ... Derzeit möchte ich nicht von dir berührt werden.«

Kirk zuckte mit den Schultern, ging durch den nächsten Korridor und wandte das Gesicht ab. Die Frau sollte nicht sehen, wie sehr ihn ihre Reaktion verletzt hatte.

Zuerst blieb sie hinter ihm und wahrte eine gewisse Distanz, doch nach einigen Minuten ließ ihr Ärger nach. Sie schloß zu Jim auf und hakte sich bei ihm ein.

»Entschuldige bitte«, sagte Kalrind.

Schließlich erreichten sie eine kleine Passage, in der sich außer ihnen niemand aufhielt.

Sie sahen sich an und lächelten beide. »Wie heißt der Ausdruck, den du ab und zu benutzt?« Fröhlichkeit ersetzte den Unmut der Klingonin. »Bingo?«

Kirk lachte. »Je, genau. Hab ihn von meiner Großmutter.«

Sie schritten um die Ecke am Ende des Korridors.

Weiter vorn befand sich eine massive Stahltür, bewacht von zwei großen, grimmig wirkenden Soldaten. Sie trugen Phaser — Strahler, die sich nicht von den Waffen aus Kirks Zeit unterschieden. Ihren Gesichtern fehlte die Liebenswürdigkeit der Neuen Klingonen — diese beiden Wächter hätten aus Jims Ära stammen können.

Kalrind drückte Kirks Arm, vermutlich ein stummer Hinweis darauf, daß er sich von den beiden Klingonen fernhalten sollte. Trotzdem trat er an sie heran und sagte jovial: »Hallo und guten Tag, meine Herren! Bitte öffnen Sie die Tür für uns.«

Einer der Wächter knurrte. »Verschwinde, *Terraner!*« fauchte er, und in seinem schlechten Englisch ließ sich ein starker Akzent vernehmen. »Dir hier kein Zugang erlaubt!«

Kirk hob beide Hände, als Zeichen seiner friedlichen Absichten. »Ich finde Ihr Verhalten unangemessen, junger Mann«, entgegnete er betont freundlich. »Ich möchte nur wissen, was ...«

Der Wächter trat vor, hob seine Waffe und richtete sie auf den Captain.

»yImev!« Kalrinds Stimme — und darin erklang eine Autorität, die Jim jetzt zum erstenmal hörte. Der Klingone gehorchte und verharrte.

»Kehren Sie zu Ihrem Posten zurück«, fügte Kalrind auf englisch hinzu. »Wir verlassen diesen Ort.« Sie zog Kirk fort.

Sie brachten erneut die Ecke hinter sich und gingen weiter. »Nun, das kam ziemlich unerwartet«, sagte Kirk leise.

»Ja«, erwiderte Kalrind knapp. Eine Zeitlang setzten sie den Weg schweigend fort. »Vielleicht sollten wir keine weiteren Ausflüge unternehmen oder sie auf bestimmte Sektionen des Schiffes beschränken.«

»Hmm. Ich schlage vor, wir gehen zu Morith.«

Sie fanden den Physiker auf der Brücke.

Als Kirk und Kalrind von der Begegnung mit den beiden Wächtern erzählten, senkte Morith verlegen den Blick. »Die Romulaner, Jim.«

»Was ist mit ihnen?«

»Nun, wir sind jetzt Freunde der Föderation, aber leider hatten wir noch keine Chance, mit den Romulanern Frieden zu schließen. Das gilt auch für Ihr Volk. Deshalb müssen wir einen Teil der alten imperialen Kultur bewahren, um auf der Hut zu sein.«

Kirk hob erstaunt die Brauen. »Fürchten Sie etwa, daß Roms Ihre Schiffe infiltrieren?«

»Sie haben es schon einige Male versucht. Als Klingonen verkleidet.«

»Plastische Chirurgie?«

»Und Drogen, die es ihnen ermöglichen, ihr Verhalten anzupassen.«

Dieser Hinweis stimmte Kirk sehr nachdenklich, doch am nächsten Morgen geschah etwas, das ihn mit ganz neuen Sorgen konfrontierte.

Er erwachte früh. Schläfrig drehte er sich zu Kalrind um und rüttelte sie sanft. Sie rührte sich nicht.

Jim setzte sich auf und schaltete das Licht mit einer verbalen Anweisung ein. Die Klingonin neben ihm lag auf dem Rücken: die Augen geschossen, das Gesicht blaß. Sie zitterte; Schweiß perlte auf ihrer dunklen Stirn.

Sie hat einen Alptraum, dachte Kirk. Er streckte die Hand nach ihrer Schulter aus und rüttelte sie erneut, diesmal etwas stärker. Sie reagierte nicht.

»Kalrind!« Verzweiflung vibrierte in seiner Stimme. *»Kalrind!«*

Mehrmals rief er ihren Namen und schüttelte sie immer heftiger, doch die Augen der Frau blieben geschlossen. Schließlich sprang er aus dem Bett und drückte die Alarmtaste neben der Tür — den gleichen Schalter hatte Kalrind betätigt, um Hilfe für ihn zu holen.

Morith begleitete die kurze Zeit später eintreffende Medo-Gruppe. Er sah auf Kalrind hinab, stieß einen klingonischen Fluch aus, winkte den anderen Männern zu und wandte sich an Kirk.

»Seien Sie unbesorgt, Jim. Sie wird sich erholen.«

Der Captain beobachtete hilflos, wie man Kalrind auf eine Bahre legte und forttrug.

KAPITEL 11

»Ich versichere Ihnen, daß Kalrind bald wieder wohlauf sein wird, Jim«, betonte Morith noch einmal.

»Ich verstehe das nicht! Was ist passiert? Gestern abend war mit ihr alles in bester Ordnung.«

Morith zögerte. »Haben Sie jemals vom *Qong-Hegh* gehört?« fragte er.

Kirk wiederholte das Wort, und seine Zunge rang mit den klingonischen Konsonanten. »Nein.«

Sie befanden sich in dem kleinen Büro des Physikers, das an den Kontrollraum grenzte. Jim saß vor dem Schreibtisch, Morith dahinter.

»Das überrascht mich kaum. Wir sprechen nicht gern darüber. Weil uns diese Sache noch immer ... peinlich ist. Ich schätze, die beste Übersetzung lautet: ›Schlaftod‹. Es handelt sich um eine Erbkrankheit, an der Klingonen schon vor den Anfängen unserer Geschichtsschreibung gelitten haben. Früher führte sie unweigerlich zum Tod.«

Kirk war mit einem Satz auf den Beinen.

Morith hob die Hand, um ihn zu beruhigen. »*Früher,* habe ich gesagt. Heutzutage sind wir imstande, das *Qong-Hegh* mit Arzneien zu behandeln und unter Kontrolle zu halten. Wahrscheinlich ist Ihnen aufgefallen, daß Kalrind jeden Tag Medikamente einnahm, oder?«

Kirk dachte darüber nach. »Ja. Ich habe sie einmal danach gefragt, und sie meinte, es seien Vitamine. Wenn ich mich recht entsinne, erwähnte sie ein ererbtes Stoffwechselproblem.«

Morith lachte. »Nun, da ist Kalrind nicht ganz aufrichtig gewesen. Sie hat kein metabolisches Problem geerbt, sondern eine viel ernstere und gefährlichere Krankheit. Und die Arzneien bestehen nicht aus Vitaminen, sondern aus besonderen Substanzen, die ihr Überleben garantieren.«

»*Warum* hat sie mich angelogen?«

»Wie ich schon sagte: Wir sprechen nicht gern darüber. Weil wir uns schämen. Man hat die Krankheit immer mit den niedrigsten Klassen des Imperiums in Zusammenhang gebracht. Zwar sind wir Neuen Klingonen stolz darauf, die alte soziale Struktur überwunden zu haben, aber viele von uns reagieren noch immer mit Verlegenheit, wenn es Anzeichen dafür gibt, daß unsere Vorfahren zu jenen Schichten gehörten. Das ererbte *Qong-Hegh* gilt als eindeutiger Beweis für eine solche Abstammung.«

Kirk schüttelte den Kopf. »Es ist dumm von Kalrind, sich deshalb zu schämen!«

Ärger glühte in Moriths Pupillen. »Ihnen als Terraner fällt eine solche Bemerkung leicht! Sie sind nicht das Produkt unserer Geschichte, unserer Krieger-Tradition. Sie können unsere Gefühle unmöglich verstehen!«

Kirk musterte den Physiker überrascht.

»Verzeihen Sie, Jim. Der Streß, die Verantwortung für eine so große Flotte zu tragen ... Auf eine derartige Aufgabe bin ich gar nicht vorbereitet.

Nun, wenn damals ein Kind die Symptome des Schlaftodes zeigte, ließ man es einfach sterben. Für gewöhnlich machte sich das *Qong-Hegh* während der Pubertät bemerkbar. Selbst wenn man versucht hätte, den Kranken zu helfen — es gab keine wirkungsvolle Behandlungsmethode. Das änderte sich erst, als wir Neuen Klingonen die Macht im Imperium übernahmen. Wir erzielten große Forschungserfolge in der Chemie und Biologie, was uns in die Lage versetzte, eine Therapie auf medikamentöser Basis zu entwickeln.«

Kirk nickte langsam. »Ich nehme an, zu jenen wissenschaftlichen Erfolgen kam es nur, weil die Neuen Klingonen beschlossen, ihre Forschungen in diese Richtung voranzutreiben.«

»Ja, das stimmt. Wie dem auch sei: Unser gegenwärtiges Problem heißt Kalrind. Die Ärzte teilten mir mit, daß sie normal auf das Medikament reagiert. Sie fürchteten zunächst, daß die Arznei bei ihrer Patientin nicht mehr wirkte — so etwas geschähe zum erstenmal. Glücklicherweise hat sich Kalrinds Zustand bereits normalisiert. Man verabreicht ihr hohe intravenöse Dosen des Präparats, und bei Blutuntersuchungen stellte sich folgendes heraus: Offenbar hat sie seit einigen Tagen versäumt, die Tabletten in regelmäßigen Abständen zu nehmen.« Morith lächelte. »Sie haben Kalrind abgelenkt. Sind Ihnen geringfügige Persönlichkeitsveränderungen aufgefallen?«

»Ja, und sie gewannen eine ziemlich deutliche Ausprägung«, antwortete Kirk. »Kalrind wurde immer gereizter und schroffer.«

»Typische Symptome, wie ich hörte. Nun, Jim, ich möchte, daß Sie von jetzt an die Verantwortung für Kalrinds Gesundheit übernehmen. Wir brauchen die Historikerin.«

»Und ich brauche die Frau namens Kalrind«, sagte Kirk leise. Er spürte eine tiefe Wahrheit in diesen einfachen Worten.

»Ich verstehe«, entgegnete Morith voller Mitgefühl. »Bitte achten Sie darauf, daß sie nie wieder vergißt, die Pillen zu schlucken. Ihr Leben hängt davon ab. Und jetzt ... Wenn Sie möchten, können Sie Kalrind in der Krankenstation besuchen.«

Kirk verließ das Büro des Physikers und begab sich zur medizinischen Sektion der *Allianz*. Er war so sehr in Gedanken versunken, daß er überhaupt nicht auf die Grüße der Klingonen achtete, denen er unterwegs begegnete.

Kalrind saß auf ihrem Bett, und getrockneter Schweiß verklebte ihr dichtes schwarzes Haar. Ihr Gesicht war noch immer sehr blaß. Kirk kannte blasse Klingonen nur als Leichen.

Er ließ sich ganz vorsichtig auf die Bettkante sinken, um Erschütterungen zu vermeiden. »Ich hoffe, man hat dir eine ordentliche Standpauke gehalten.« Hinter seinem scherzhaften Tonfall verbarg sich eine Besorgnis, die alle anderen Gefühle zu lähmen schien.

Kalrind nickte, griff nach Jims Hand und drückte sie. Kirk war daran gewöhnt, die Kraft der Klingonin zu spüren, und ihre Schwäche entsetzte ihn geradezu. »Ich ... ich habe vergessen, die Arznei zu nehmen«, krächzte sie. »Du ... weißt Bescheid?« fragte sie, und Jim hörte so etwas wie Furcht in ihrer heiseren Stimme.

»Ja, Morith hat mir alles erklärt. Die ererbte Krankheit und so weiter. Deshalb brauchst du dich nicht zu schämen.«

Kalrind nickte. »Ich bin froh, daß du die Hintergründe kennst.« Ihre Lider sanken nach unten, bis die Augen nur noch halb geöffnet waren. »Es tut mir leid, Jim. Ich fühle mich so ausgelaugt ...«

Kirk stand ruckartig auf. »Nein, *mir* tut es leid. Ich hätte nicht hierherkommen dürfen und dir statt dessen Ruhe gönnen sollen.« Er beugte sich vor, hauchte der Frau einen Kuß auf die Stirn und verließ das Zimmer. Mit langen, nervösen Schritten eilte er durch den zentralen Korridor dieses Decks. *Wandere im Schiff umher,* riet er sich selbst. *Damit du auf andere Gedanken kommst.* Er durfte nicht grübeln und die Sorge um Kalrind in den Mittelpunkt seiner Aufmerksamkeit rücken.

Kirk traf eine Entscheidung, ließ sich vom nächsten Turbolift zwei Decks nach oben tragen und ging durch jenen Korridor, den er am vergangenen Tag zusammen mit Kalrind besucht hatte. In aller Deutlichkeit erinnerte er sich an die beiden Wächter vor dem Schott.

Er spannte unwillkürlich die Muskeln und rechnete

jeden Augenblick damit, zornige Klingonen zu sehen, die ihn mit Phasern bedrohten. Statt dessen funkelte helles Licht um die Ecke. »Ich wünsche Ihnen einen guten Tag, Captain«, grüßte ihn das Gleißen.

Kirk blieb verblüfft stehen. »Na so was! Noch ein Organianer? Ich dachte, Ihr Volk will so wenig wie möglich mit uns zu tun haben. Und mit ›uns‹ meine ich sowohl das Imperium als auch die Föderation. Als Sie uns und die Klingonen damals zwangen, einen Waffenstillstand zu vereinbaren ... Der Vertrag enthielt auch eine Klausel, die es uns verbot, Ihre Welt zu besuchen. Wenn wir und die Klingonen nicht zu Ihnen kommen dürfen — was veranlaßt Sie dazu, den Kontakt mit uns zu suchen?«

Die schimmernde Lichtkugel verharrte über Jim. »Ich habe es eilig, Captain. Unter anderen Umständen würde ich gern bleiben, um Ihre Fragen zu beantworten.« Die leuchtende Sphäre glitt weiter.

»Warten Sie!« rief Kirk. »Wie heißen Sie?«

»Ich bin Ayleborne. Sie sind mir schon einmal begegnet.«

»Ja. Und bei unserem ersten Treffen haben Sie es ebenfalls abgelehnt, mir Auskunft zu geben.«

»Mir bleibt nur wenig Zeit für dieses Gespräch, Kirk.« Diesmal klang die Stimme des Organianers ungeduldig. »Ich möchte zugegen sein, sobald der sogenannte tholianische Zwischenfall beginnt. Bitte beeilen Sie sich, wenn Sie etwas sagen möchten. Anschließend muß ich fort.«

»Nun ...«, begann Jim. »Vermutlich fiele es Ihnen wesentlich leichter, Frieden zwischen Imperium und Föderation zu stiften, wenn Sie materielle Gestalt annähmen — so wie damals auf Organia. Zu jenem Zeitpunkt hielten wir Sie für Humanoiden. Dadurch wäre die Kommunikation viel einfacher.«

Der Organianer gab keine Antwort. *Vielleicht bin ich auf einem viel zu niedrigen evolutionären Niveau, um die*

Denkweise eines Organianers nachzuvollziehen, fuhr es Kirk verärgert durch den Sinn.

Ayleborne schwebte durch den Korridor und verschwand hinter einer anderen Ecke. Nur einen Sekundenbruchteil später erlosch das helle Licht. Jim eilte dem Organianer nach, doch als er die Ecke ebenfalls hinter sich brachte, war von dem Organianer weit und breit nichts mehr zu sehen. Er schien nie existiert zu haben.

Kirk gab die Wanderung durchs Schiff auf und kehrte zu Moriths Büro zurück.

Der Physiker sah auf, als er hereinkam, und das Gesicht des Klingonen verriet Ärger, den Morith jedoch sofort aus seinen Zügen verbannte. *Er ist beschäftigt und möchte nicht gestört werden,* dachte Jim schuldbewußt. »Ich bin gerade einem Organianer begegnet, den ich auch in der Basis getroffen habe. Kein sehr gesprächiger Typ.«

»Ah, ja, Ayleborne. Er ist eine Art Historiker, soweit ich weiß — obwohl diese Bezeichnung sicher nicht allen Aspekten seiner Tätigkeit gerecht wird. Vielleicht können Klingonen und Menschen die Organianer nie gut genug verstehen, um eine genaue Vorstellung von ihren sozialen Funktionen und Aufgaben zu gewinnen.«

»Was macht er an Bord der *Allianz?*«

»Vielleicht besucht er uns nur. Ich halte es jedoch für wahrscheinlicher, daß er uns beobachtet. Er wies mich darauf hin, daß er Vorbereitungen für die historische Konfrontation zwischen den Flotten der Föderation und des Imperiums trifft. Wir schreiben ein sehr wichtiges Kapitel der Geschichte, Jim! Nun, Ayleborne kam nicht nur als Gelehrter, sondern auch als Repräsentant seines Volkes — um den Beginn des Bündnisses mitzuerleben, das die Organianer damals prophezeiten. Sie erinneren sich daran, nicht wahr?«

Kirk nickte. »So etwas vergißt man nicht. Allerdings scheint er heute von Plauderei noch weniger zu halten als damals.«

»Hm«, murmelte Morith nachdenklich. »Mir gegenüber ist er immer sehr höflich gewesen. Obgleich er mit Informationen nicht gerade sehr großzügig umgeht — in diesem Punkt haben Sie recht. Ich weiß nur eins: Die Organianer baten uns, Ayleborne an Bord zu nehmen. Offenbar kannten sie unsere Pläne bereits, als wir noch darüber diskutierten.«

»Was auf ein erhebliches Sicherheitsproblem hindeutet. Schon aus geringeren Anlässen sind Köpfe gerollt.«

Morith lächelte — doch es war das grimmige Lächeln eines imperialen Kriegers, nicht das sanfte Schmunzeln eines Neuen Klingonen. »Und welchen Kopf würden Sie wählen, Jim?«

Kirk wandte sich ab. »Vielleicht haben sich die Zeiten geändert«, sagte er halblaut, bevor er den Blick wieder auf Morith richtete. »Was ist mit Kalrind?«

»Sie kann bald entlassen werden, meinen die Ärzte. Man hat sie mit dem Medikament vollgepumpt, und inzwischen geht es ihr schon viel besser. Haben Sie ihr keinen Besuch in der Krankenstation abgestattet? Erkundigen Sie sich deshalb nach ihrem Befinden?«

Kirk holte tief Luft und ließ den Atem langsam entweichen. *Für einen theoretischen Physiker ist der Bursche ein ganz schöner Schlawiner.* »Ja, ich war bei ihr. Vor einer Weile. Und nur für ein paar Minuten. Ich wollte nicht zu ihr zurückkehren, bevor ich mehr weiß. Deshalb habe ich … gewartet.«

»Sie vermeiden es, noch einmal die Krankenstation aufzusuchen, weil Sie sich aufgrund von Kalrinds Krankheit schuldig fühlen, stimmt's?«

»Ich schätze, bei Ihrem Studium der Quantenmechanik bekamen Sie auch Einblick in die menschliche Psyche, nicht wahr?«

Morith lachte. »Beobachtung, Jim. Jeder Wissenschaftler muß lernen, richtig zu beobachten. Gehen Sie jetzt zur Krankenstation und besuchen Sie Ihre … Freundin.«

Kirk trat durch die Tür und dachte daran, daß sich Morith noch besser als er darauf verstand, zwei Wörter durch eine bedeutungsvolle Pause zu trennen.

Kurz darauf erreichte er die medizinische Sektion und lächelte erfreut, als er Kalrind sah.

Einem Klingonen wäre sie noch immer bleich und schwach erschienen, aber auf Kirk wirkte sie stark und voller Leben. Er glaubte, nun wieder die alte Kalrind zu sehen. »Du hast dich erholt!« entfuhr es ihm glücklich, und er umarmte die Frau.

»Noch nicht ganz«, erwiderte sie. »Aber jetzt gibt es keinen Zweifel mehr daran, daß ich überleben werde. Was für mich bedeutet: Es wird höchste Zeit, die Krankenstation zu verlassen.« Sie aktivierte den Kommunikator neben der Liege. »Ich will den zuständigen Arzt sprechen!« sagte sie, und wieder staunte Kirk über die Kommandoschärfe in ihrer Stimme.

»Hier ist Dr. Cherek, *joh* Kalrind«, tönte es aus dem Lautsprecher. »Wie kann ich Ihnen zu Diensten sein?«

»Entlassen Sie mich aus diesem stinkenden Loch, das Sie als Patientenzimmer bezeichnen!« Die Klingonin zwinkerte Jim zu.

»Selbstverständlich. Sofort. Sie können gehen, wann es Ihnen beliebt.«

Kalrind sah Kirk an. »Manchmal hat der traditionelle klingonische Gehorsam durchaus einen Nutzen.«

Aber es waren nicht die Traditionen der Alten Klingonen, die es Kalrind ermöglichten, während der nächsten beiden Tage vollständig zu genesen. Als sie das Bett verließ, fiel es ihr noch immer schwer, sich auf den Beinen zu halten. Die Medizin sorgte dafür, daß sie sich besser fühlte, und hinzu kamen zwei andere wichtige Faktoren: ihre klingonische Konstitution und Kirks Gesellschaft. *Ich liebe eine Klingonin,* dachte er — eine Erkenntnis, die ihn noch immer verblüffte. *Sie liebt mich ebenfalls, und meine Präsenz hilft ihr, die Krankheit zu überwinden.*

Leonard McCoy fiel ihm ein. *Wie sehr sich Pille über eine Gelegenheit freuen würde, sich eingehend mit den neuen medizinischen Errungenschaften der Klingonen zu befassen! Es ist wirklich erstaunlich, was sie jetzt mit ihrer eigenen Biochemie anstellen können.*

»Willkommen an Bord der *Enterprise,* Mr. Tindall«, sagte der Vulkanier und trat von der Transferplattform.

»Danke, Mr. Spock«, erwiderte Elliot und griff nach seinem Gepäck. An Bord eines Starfleet-Schiffes zu sein ... Das hatte er nicht zu hoffen gewagt. Er nahm sich vor, seine Möglichkeiten voll auszunutzen, ließ den Blick umherschweifen und prägte sich alle Details genau ein.

»Wenn ich um Ihre Aufmerksamkeit bitten darf, Mr. Tindall ...«, erklang erneut Spocks Stimme. Neben ihm nahm eine junge Frau Haltung an. »Das ist Lieutenant Crandall. Sie zeigt Ihnen Ihr Quartier und hilft Ihnen dabei, die Geräte im Laboratorium zu installieren.«

»Es ist mir ein Vergnügen, Mr. Tindall.« Ginny Crandall streckte die Hand aus. Sie war klein und schlank, hatte kurzes blondes Haar und hellblaue Augen. Elliot schätzte sie auf Ende Zwanzig.

»Lieutenant ...« Er griff nach der Hand und schüttelte sie kurz.

»Kann ich Ihnen etwas abnehmen?« Ginny deutete auf das Gepäck.

»Ja, danke.« Elliot reichte ihr eine Reisetasche. »Ich möchte nur kurz meine Kabine aufsuchen, um mich umzuziehen.« *Und um die Medizin zu nehmen,* fügte er in Gedanken hinzu. »Ich schlage vor, anschließend beginnen wir sofort mit der Arbeit.«

Ginny lächelte. »Jetzt ist mir klar, warum Mr. Spock so großen Wert darauf legte, Sie als seinen Assistenten zu bekommen.« Sie führte Tindall aus dem Transporterraum und zum nächsten Turbolift. »Deck sechs«, wies sie den Computer an. Und zu ihrem Begleiter: »Sie scheinen die Arbeit ebenso ernst zu nehmen wie unser Erster Offizier.«

»Oh, ja«, bestätigte Elliot und erwiderte das Lächeln. »Was ist mit Ihrer Arbeit, Lieutenant? Worin bestehen Ihre Pflichten an Bord?«

»Ich bin für die Waffen- und Verteidigungssysteme zuständig.« Die beiden Türhälften der Transportkapsel glitten auseinander. »Als Senior-Technikerin«, fügte Ginny hinzu und trat in den Korridor.

Elliot folgte ihr — und stöhnte, als ihm stechender Schmerz wie ein Messer durch den Kopf schnitt.

»Mr. Tindall?« Ginny drehte sich um. »Stimmt was nicht?«

»Es ... ist alles in Ordnung mit mir. Vermutlich liegt es an der langen Reise. Hat mich mehr erschöpft, als ich dachte.« Er sprach ruhig, doch das Herz pochte ihm bis zum Hals empor. Bevor er zusammen mit Spock an Bord des terranischen Shuttles ging, hatte er die doppelte Dosis der Arznei genommen. Wenn ihre Wirkung so rasch nachließ, dauerte es nicht mehr lange, bis seine Einsatzfähigkeit unter die kritische Schwelle sank.

»Wenn Sie möchten, suchen wir zuerst die Krankenstation auf«, bot sich Ginny an. »Dort kann man Ihnen sicher etwas gegen die Schmerzen geben.«

»Ich habe bereits darauf hingewiesen, daß mit mir alles in Ordnung ist«, beharrte Elliot. Seine Worte klangen schärfer als beabsichtigt, und Ginny zuckte unwillkürlich zusammen.

»Entschuldigen Sie«, sagte der Wissenschaftler. »Es liegt an den ... Kopfschmerzen. Sie kommen und gehen, aber leider werde ich nicht sehr gut damit fertig.«

»Ich verstehe«, entgegnete die junge Frau. »Wenn ich Ihnen irgendwie helfen kann ...«

Elliot rang sich ein Lächeln ab. »Erzählen Sie mir mehr von Ihrer Arbeit, Lieutenant.«

Die Sorge wich aus Crandalls Zügen. »Nennen Sie mich Ginny.«

KAPITEL 12

Kirk und Kalrind begannen mit neuen Entdeckungsausflügen an Bord der *Allianz* und fanden weitere abgesperrte Bereiche. Schilder kennzeichneten sie:

!! ACHTUNG !!
ZUTRITT NUR FÜR
AUTORISIERTE PERSONEN

Der klingonische Hinweis wurde auf englisch wiederholt. Verwundert kehrte Kirk in den Korridor mit der bewachten Tür zurück. Vor dem Schott standen nun keine bewaffneten Klingonen mehr; statt dessen sah Jim dort eins der zweisprachigen Schilder.

»Interessant«, murmelte der Captain. »Es ist seltsam genug, daß einige Sektionen dieses Schiffes Zugangsbeschränkungen unterliegen, wenn man bedenkt, daß seit hundert Jahren der Große Frieden herrscht. Aber warum auch eine Warnung auf englisch? Immerhin sind wir hier an Bord eines klingonischen Kreuzers.«

Kalrind zuckte mit den Schultern. »Keine Ahnung. Frag Morith.«

Sie fanden den Physiker in der technischen Abteilung, und Kirks Frage schien ihm kaum zu gefallen. »Sie sollten nicht mich um Auskunft bitten, sondern einen Angehörigen des Militärs«, erwiderte er verärgert. Dann seufzte er. »Na schön. Wir verwenden zweisprachige Schilder, weil sich oft auch Föderationsbürger an Bord unserer Schiffe aufhalten. Deshalb ist es erforderlich, solche Hinweise nicht nur auf klingonisch zu geben.«

Kirk sah sich um, beobachtete Techniker, die an summenden Aggregaten arbeiteten. »Und Sie möchten die Passagiere aus der Föderation von bestimmten Orten fernhalten.«

Morith verzog das Gesicht. »Hundert Jahre genügen nicht, um das Universum in allen Einzelheiten zu verändern, Jim. Einige Dinge sind heute noch genauso wie damals — ob uns das gefällt oder nicht. Zum Beispiel gibt es nach wie vor Staatsgeheimnisse, von denen gewöhnliche Bürger — ob Klingonen oder Menschen — nichts erfahren dürfen.«

»Aber die Besatzungsmitglieder aller Schiffe in dieser Flotte stammen aus dem Imperium. Ich bin hier der einzige Föderationsrepräsentant, oder?«

Morith nickte. »Ja, Jim. Ich möchte allerdings betonen, daß es uns nicht an Anfragen mangelte. Soldaten, Wissenschaftler, Diplomaten, Historiker — sie alle wollten sich uns anschließen. Immerhin ist unsere Mission von enormer Bedeutung. Aber sie bringt auch Gefahren mit sich. Wenn etwas schiefgeht, könnte es zu Gefechten zwischen unseren Schiffen und denen der Föderation kommen. Womit ich natürlich die Föderation in dieser Zeit — Ihrer Gegenwart — meine. Wir entschieden uns dagegen, das Leben weiterer Personen aufs Spiel zu setzen. Außerdem ...« Morith straffte stolz die Schultern. »Es ist *unser* Kampf. Die Neuen Klingonen gegen die Alten — Frieden gegen Krieg.«

Als Kirk die technische Abteilung verließ, dachte er über Moriths Ausführungen nach. Kalrind hatte ihm bereits erklärt, warum er in der Basis nur Klingonen begegnet war. Es handelte sich um eine abgelegene Außenstation, in der Routinearbeiten stattfanden — sie lockte keine Forscher aus der Föderation an. Nach dem Zeitsprung hatte man seine Verletzungen dort behandelt, weil bereits der Plan entstand, eine Flotte in die

Vergangenheit zu schicken — und die Basis bot einen guten Ausgangspunkt für jene Reise.

Nun, das alles klang einigermaßen plausibel, aber wenn sich einzig und allein Klingonen an Bord der vielen Raumschiffe befanden, wenn er, Jim, die einzige Ausnahme darstellte ... Es bedeutete, daß die zweisprachigen Schilder ihm galten, oder? Sonderbar: Ein verbaler Hinweis durch Morith oder jemand anders hätte vollkommen genügt.

Ich sehe Gespenster, dachte Kirk. *Wahrscheinlich ist die Erklärung dafür ganz einfach.* Er brauchte nicht lange nachzudenken, bis ihm eine einfiel: Wahrscheinlich lagen die zweisprachigen Schilder irgendwo bereit — für den Fall, daß Föderationsbürger an Bord der *Allianz* kamen —, und deshalb hatte man einige von ihnen an bestimmten Türen angebracht.

Doch die Skepsis verharrte im Captain. *Nein. Moriths Erläuterungen sind* zu *einfach. Er verschweigt mir etwas.* Diese Einschätzung basierte nicht auf Logik, sondern auf Intuition. Spock hätte sie mißbilligt, ganz im Gegensatz zu McCoy, der sicher bereit gewesen wäre, ihr laut zu applaudieren. Zwei Extreme — und beide verkehrt. Der Kommandant eines Raumschiffs durfte sich nicht nur auf seinen Intellekt verlassen; er mußte auch dem Flüstern des Unterbewußtseins lauschen, das die ganze Zeit über Daten verarbeitete und dabei manchmal zu überraschenden Ergebnissen gelangte. Es ging darum, Logik und Gefühl miteinander zu verknüpfen, zu sie einer Einheit zu verschmelzen. Kirk achtete das Prinzip, sowohl Rationalität als auch Emotion zu berücksichtigen, wenn es darum ging, Situationen zu beurteilen; aus dem gleichen Grund holte er nicht nur Spocks Rat ein, sondern auch den McCoys. Er sah sich noch immer in der Rolle des Kommandanten, und deswegen hütete er sich vor dem Fehler, die mahnende Stimme der Intuition einfach zu ignorieren.

Außerdem weckten die Schilder seine Neugier. Wenn

sie *wirklich* nur ihm galten, so schien Morith zu glauben, daß er Befehlen immer gehorchte, ganz gleich, was er von ihnen hielt. *Aber da irrt er sich,* dachte Kirk. *Ich werde herausfinden, was er vor mir verbergen will.*

Kalrind schlief, atmete ruhig und gleichmäßig. Kirk beobachtete sie eine Zeitlang, kroch dann aus dem Bett, zog sich an und schlich zur Tür.

Draußen im Korridor ging er wie immer, ohne zu versuchen, Begegnungen mit Klingonen zu vermeiden. Seiner Ansicht nach gab es nur eine Möglichkeit, das Ziel zu erreichen, ohne unterwegs aufgehalten zu werden: Er mußte einen ganz normalen Eindruck erwecken, damit niemand Verdacht schöpfte. *Leichter gesagt als getan.*

Es war ›Nacht‹ an Bord der *Allianz,* und deshalb sah Jim unterwegs nur wenige Besatzungsmitglieder, die viel zu beschäftigt wirkten, um ihm Beachtung zu schenken — hoffte er.

Schließlich gelangte Kirk zu der vorher ausgewählten Sektion. Seine Entscheidung beruhte auf der Anzahl von warnenden Schildern — vielleicht stand sie in einem direkten Zusammenhang mit der Bedeutung des entsprechenden Bereichs. Er schritt durch den Korridor, in dem er einige Tage zuvor dem Organianer begegnet war — dadurch wurde diese Abteilung des Schiffes noch interessanter.

Nach dem letzten Schild sah sich Jim einer Tür gegenüber, vor der ein großer, uniformierter Klingone Wache stand.

Die Uniform erschien ihm sofort vertraut — dieser Aspekt der klingonischen Gesellschaft hatte sich in hundert Jahren nicht verändert. Morith und die übrigen Neuen Klingonen trugen zivile Kleidung, und deshalb bot diese Gestalt einen noch verblüffenderen Anblick.

Eine Sekunde später wurde Kirks Vermutung bestätigt, daß er es mit einem Alten Klingonen zu tun hatte.

»Mensch!« knurrte der Wächter und starrte ihn finster an. »Du von hier verschwinden!« Drohend kam er näher und zog dabei einen Intervaller aus dem Gürtelhalfter.

Kirk lächelte beschwichtigend und hob die Hände, um zu zeigen, daß er unbewaffnet und mit friedlichen Absichten kam. Der Wächter zögerte verwirrt, und daraufhin trat ihm Jim fest zwischen die Beine.

Der Klingone ächzte, krümmte sich zusammen, und Kirk versetzte ihm einen Handkantenschlag an den Hals, schickte seinen Gegner damit zu Boden. Rasch griff er nach dem Intervaller — der Strahler lag neben der zitternden Hand des Mannes —, justierte ihn auf Betäubung und drückte ab. Der Wächter rührte sich nicht mehr.

Jetzt habe ich genug Zeit, um mich in aller Ruhe umzusehen.

Kirk zog den bewußtlosen Klingonen durch die Tür und ins Zimmer dahinter. Als er dort den Kopf hob, wußte er sofort, wo er sich befand: in einer Feuerleitzentrale.

An Bord von Starfleet-Schiffen wurden die Waffensysteme normalerweise von der Brücke aus kontrolliert, doch in klingonischen Kreuzern gab es noch eine separate Gefechtskammer, deren Systeme unabhängig von der Brücke funktionierten — falls der Kontrollraum während einer Raumschlacht stark beschädigt oder gar völlig zerstört wurde. Kirk hatte mehrmals Gelegenheit erhalten, sich gekaperte imperiale Schiffe anzusehen, und daher war ihm das Konstruktionsmuster ebenso vertraut wie anderen hochrangigen Starfleet-Offizieren — vielleicht kannte er es fast so gut wie die klingonischen Kommandeure. An dem Zweck dieses Raums konnte kein Zweifel bestehen.

Morith hat mir erzählt, daß die Flotte aus alten Schiffen besteht — aus Überbleibseln der kriegerischen Vergangenheit. Kein Wunder also, daß es in diesen Kreuzern Feuerleitzentralen gab. Aber warum hielt man es für nötig, den

Raum zu bewachen? Und warum fehlte Staub auf den Konsolen? Warum leuchteten Kontrollampen und Displays? Mit anderen Worten: Warum deutete alles auf die Einsatzbereitschaft der Gefechtskammer hin?

Der Argwohn in Kirk wuchs. Er trat an ein Pult heran, starrte auf die Tasten neben dem Monitor und betätigte eine. Nach mehreren vergeblichen Versuchen fand er eine Schaltkomponente, mit der sich das Projektionsfeld modifizieren ließ. Erschrocken riß er die Augen auf: Der Bildschirm zeigte ihm einen Hangar, gefüllt mit Kampfgleitern — Klingonen verwendeten sie, um rasche Angriffe gegen planetare Ziele zu führen. *Offensive Waffensysteme — an Bord eines Schiffes, das zu einer Friedensflotte gehört?* Diese Frage mußte zunächst ohne Antwort bleiben, und deshalb wandte sich Kirk anderen Dingen zu.

In der gegenüberliegenden Wand bemerkte er eine zweite Tür. *Das ist sehr ungewöhnlich.* Die Feuerleitzentralen von klingonischen Kreuzern bestanden immer nur aus einem Raum. Jims Blick glitt noch einmal über die Anzeigen der verschiedenen Konsolen, bevor er sich der anderen Tür zuwandte und sie öffnete.

Das Zimmer dahinter war wesentlich kleiner und enthielt nur einen Apparat — eine seltsame Vorrichtung, die Kirk nicht zu identifizieren vermochte. Die Konsole davor wies Dutzende von Schaltern auf, mit klingonischen Symbolen markiert. Zwar konnte Jim gesprochenes Klingonisch verstehen, in Hinsicht auf die Schriftsprache verfügte er jedoch nur über geringe Kenntnisse. Eine Bezeichnung wußte er zu deuten: *HoS* für ›Energie‹.

Er zögerte kurz, gab sich dann einen inneren Ruck und drückte die Taste. Sofort erklang ein leises Summen, und die seltsame Apparatur vibrierte. Lichter huschten über die Konsole und blinkten mehrere Sekunden lang, bevor ein gleichmäßiger Glanz von ihnen ausging.

Und jetzt? Versuchsweise betätigte er einen weiteren Schalter.

Plötzlich gleißte es, und als Kirk aufsah ... Ein Organianer schwebte in dem kleinen Raum, direkt hinter der sonderbaren Maschine.

Der Captain spürte eine jähe Mischung aus tiefer Scham und Verlegenheit, kam sich vor wie ein kleiner Junge, den ein Erwachsener bei etwas ertappt hatte. Gleichzeitig war er dankbar dafür, daß sich die Apparatur zwischen ihm und der glühenden Kugel erhob — obgleich sie sicher keinen ausreichenden Schutz gewährte, wenn der Organianer beschloß, ihn zu bestrafen.

Kirk wartete eine Zeitlang, und als abgesehen von dem Summen alles still blieb, räusperte er sich nervös. »Äh, Sie ...«

»Äh, Sie ...«, sagte das Energiewesen. Seine ruhige, kühle und leidenschaftslose Stimme hallte von den Wänden wider.

»... fragen sich wahrscheinlich ...«

»... fragen sich wahrscheinlich ...« Der Organianer wiederholte Jims Worte sofort. Die Verzögerung betrug nur einen Sekundenbruchteil.

»... was ich hier mache«, beendete Kirk den Satz und lauschte dem Echo. »Donnerwetter!« kommentierte er, und der Organianer sagte laut: »Donnerwetter.«

Der Captain betätigte noch einmal die erste Taste, unterbrach damit die Energiezufuhr. Das Summen verklang, das helle Leuchten verblaßte. Das angebliche Energiewesen verschwand.

»Kirk!«

Zuerst glaubte Jim, der zornige Schrei stamme von dem Organianer, doch dann sah er Morith in der Tür. Der Physiker bebte vor Wut, und hinter ihm standen zwei große, uniformierte Klingonen. »Niemand hat Ihnen erlaubt, dieses Zimmer zu betreten!« fauchte Morith.

»Ayleborne, der angeblich um Erlaubnis bat, an Bord kommen zu dürfen, um den tholianischen Zwischenfall zu beobachten — nur ein Trugbild, eine holographische Projektion.« Kirk war mindestens so verärgert wie Morith, und er ließ es sich anmerken. »Warum ein solches Täuschungsmanöver?«

Morith beherrschte sich mühsam und erwiderte mit erzwungener Ruhe: »Hier können wir nicht darüber reden.« Er nickte den beiden Uniformierten zu — sie starrten Kirk an, wandten sich dann um und bückten sich, um ihren betäubten Kameraden hochzuheben. Als sie den Bewußtlosen zum Korridor trugen, warfen sie Kirk noch einen letzten warnenden Blick zu. *Wenigstens haben sie guten Korpsgeist,* dachte Jim.

»Folgen Sie mir«, sagte Morith. Der Physiker wirkte kaum weniger feindselig als die beiden Alten Klingonen. Wortlos führte er Kirk zu seinem Büro neben der Brücke.

Die Tür schloß sich hinter ihnen, und Morith nahm am Schreibtisch Platz, deutete auf einen Stuhl davor. »Bitte entschuldigen Sie meinen Zorn, Jim«, begann der Wissenschaftler. »Der Bereich, in dem Sie sich befanden, ist sehr ... gefährlich. Wir überwachen ihn ständig. Deshalb wußten wir sofort, daß sich dort jemand aufhielt. Der plötzliche Energieverbrauch gab einen weiteren Hinweis.«

Kirk nickte. »Sicher ist eine Menge Energie notwendig, um das überzeugend wirkende Trugbild eines Organianers zu schaffen.« Er schwieg wieder, musterte Morith und wartete auf eine Erklärung.

Der Klingone hatte Anstand genug, verlegen zu sein. »Ein Trick«, sagte er schließlich. »Und vielleicht ein sehr unkluger.« Er mied Kirks Blick und überlegte einige Sekunden lang. »Zwar wissen wir, welchen Verlauf die Geschichte nahm, aber wir fürchten trotzdem, daß uns die Föderation nicht freundlich empfängt. In Ihrer Zeit neigten Menschen und Klingonen dazu, sofort das Feuer auf feindliche Schiffe zu eröffnen — und wir kommen mit einer riesigen Flotte.«

»Ich habe schon mehrmals darauf hingewiesen, daß Föderationsschiffe nicht sofort die Waffen sprechen lassen. Zuerst versuchen sie, einen Kom-Kontakt herzustellen.«

Morith nickte. »Ja, aber können wir ein so enormes Risiko eingehen? Was geschieht, wenn *diesmal* erst geschossen wird, bevor jemand auf den Gedanken kommt, Fragen zu stellen? Dann müssen wir uns verteidigen, nicht wahr? Nun, ich versuche, einer derartigen Situation vorzubeugen. Ein Organianer, der uns begleitet, sich an Bord des Flaggschiffs befindet ... Ich habe gehofft, damit ein tragisches Mißverständnis zu verhindern.«

»Wollen Sie den galaktischen Frieden mit Lügen und Täuschung erreichen?«

Morith breitete die Arme aus. »Es steht zuviel auf dem Spiel, und deshalb müssen die Risiken so gering wie möglich gehalten werden.« Der Physiker wartete auf eine Antwort, und als Kirk auch weiterhin schwieg, fuhr er fort: »Ich möchte mich noch einmal für meinen Ärger entschuldigen, Jim. Stellen Sie sich vor, wie erschrocken ich war, als ich Sie auf dem Monitor sah. Habe ich Ihnen mitgeteilt, daß wir jenen Bereich ständig überwachen, ebenso wie die anderen Sektionen mit Zugangsbeschränkungen?«

»Sie erwähnten es bereits, ja.«

»Dies ist keine geeignete Basis für unsere Zusammenarbeit, Jim. Wir müssen wissen, ob Sie sich an unsere Sicherheitsvorschriften halten und darauf verzichten werden, abgesperrte Bereiche des Schiffes aufzusuchen. Bitte versprechen Sie es mir.«

Kirk versprach es.

»Gut!« sagte Morith erfreut, stand auf und streckte die Hand aus. »Denken Sie daran: Seit hundert Jahren begegnen sich Menschen und Klingonen mit Vertrauen.«

Kirk schüttelte Moriths Hand, lächelte und verließ das Büro. In Wirklichkeit war er weiter als jemals zuvor davon entfernt, dem Physiker volles Vertrauen zu schenken.

»Ich sehe keinen Sinn darin, verdammt«, wandte sich Kirk später an Kalrind. »Nicht den geringsten! Es sei denn ... Vielleicht hat Morith eigene Pläne. Vielleicht heckt er etwas aus.«

»Ach, Jim ...«

»Ich meine es ernst!« sagte er scharf. »Was ist mit den uniformierten Wächtern? Du hast selbst erlebt, wie sie sich verhalten. Entspricht ihr Gebaren etwa dem der Neuen Klingonen?«

»Nein«, entgegnete Kalrind. »Sie ähneln vielmehr den Alten Klingonen, die ich aus Video- und Holo-Aufzeichnungen kenne. Aber es gibt sie nach wie vor. Mein Volk ist erst seit hundert Jahren an der Macht, und die Alten Klingonen sind keineswegs ausgestorben. Vielleicht träumen sie sogar davon, das Imperium wieder unter ihre Kontrolle zu bringen.«

»Möglicherweise steht Morith mit ihnen in Verbindung und hat einige Krieger an Bord gebracht. Obgleich er behauptete, Klanth und die anderen Überlebenden der *Keule* zu verabscheuen.«

Kalrind riß die Augen auf. »Meine Güte, das wäre ... schrecklich. Subversiv!«

»Und dann der falsche Organianer, der dazu dienen sollte, Mißtrauen auszuräumen. Das läßt sich wohl kaum mit dem Idealismus der Neuen Klingonen vereinbaren, oder?«

Kalrind schüttelte den Kopf und wich Kirks Blick aus.

»Morith betont immer wieder, daß wir alle historischen Details des tholianischen Zwischenfalls respektieren müssen, doch der Trick mit dem ›Organianer‹ bildet einen krassen Gegensatz zu solchen Behauptungen. Er wollte ihn verwenden, um die Föderation von seinen guten Absichten zu überzeugen. Zumindest in diesem Zusammenhang scheint ihm die Geschichte völlig gleichgültig gewesen zu sein.«

»Wenn du es so ausdrückst, klingt alles sehr verdächtig«, murmelte Kalrind widerstrebend. »Was hast du jetzt vor?«

Kirk schnitt eine Grimasse. »Keine Ahnung. Ich weiß nicht einmal, ob es sinnvoll ist, irgend etwas zu unternehmen. Aber eins steht fest: Ich werde Morith im Auge behalten. Und ich glaube ihm kein Wort mehr.«

Kalrind berührte ihn sanft am Arm. »Wenigstens gilt dein Argwohn nicht allen Klingonen. Vielleicht heckt Morith tatsächlich etwas aus, wie du eben gesagt hast. Aber wenn das stimmt ... Ich habe nichts damit zu tun.«

Kirk sah sie an und lächelte. »Oh, ich weiß, daß ich dir vertrauen kann. Es käme mir nie in den Sinn, an deiner Aufrichtigkeit zu zweifeln.« *Aber die Flotte empfängt ihre Befehle von Morith.* Er behielt diesen Gedanken für sich, um Kalrind nicht noch mehr zu beunruhigen.

KAPITEL 13

Fast ständig tönten Durchsagen und Anweisungen auf klingonisch aus den Interkom-Lautsprechern der *Allianz*, doch plötzlich erklangen englische Worte. »Captain Kirk zur Brücke!«

Jim hob verblüfft den Kopf, und für einen Sekundenbruchteil glaubte er, wieder an Bord der *Enterprise* zu sein. Dann schüttelte er den Kopf und eilte zum Kontrollraum.

Morith wartete dort auf ihn und saß im Sessel des Befehlsstands. Kalrind stand neben ihm, hatte sich gerade vorgebeugt und sprach leise mit dem Kommandanten der Flotte. Beide sahen auf, als Kirk hereinkam. »Jim …« Morith deutete zum Wandschirm. »Sehen Sie nur!«

Die Sterne im großen Projektionsfeld bewegten sich nicht, was bedeutete: Die *Allianz* hatte den Warptransfer unterbrochen. Hier und dort blinkten Lichter in der Schwärze, und es wurden immer mehr. Kirk drehte sich zu Morith um und hob fragend die Brauen. Der Gesichtsausdruck des Klingonen verriet Sorge, doch die Falten verschwanden aus seiner Stirn, als er Kirks Blick spürte. »Föderationsschiffe«, sagte er. »Jedes blinkende Licht ist ein Starfleet-Kriegsschiff. Alles geschieht genau so, wie wir es aus der Geschichte kennen: Starfleet schickt Schiffe, um uns aufzuhalten. Allerdings … Ich muß zugeben, daß ich nicht mit einer so großen Flotte gerechnet habe.«

Kirk beobachtete, wie die Streitmacht der Föderation auch weiterhin anschwoll. Tiefe Zufriedenheit erfüllte ihn, und plötzlich wünschte er sich nichts mehr, als wieder auf der Brücke seines Schiffes zu sein. »Wo sind wir?« fragte er und gab sich Mühe, beiläufig zu klingen. Aufregung zitterte in Jim, und es fiel ihm schwer, sich nichts anmerken zu lassen.

»In der Nähe von Tholia, wie es die historischen Aufzeichnungen von uns verlangen.« Verärgert fügte Morith hinzu: »Die Föderationsraumer nähern sich mit aktivierten Deflektoren, Jim!«

»Natürlich. Eine Flotte aus zahlreichen klingonischen Kreuzern hat die Grenze zum stellaren Territorium der Föderation passiert. Starfleet muß von feindlichen Absichten ausgehen — deshalb die energetischen Schilde.«

»Das ist kein guter Beginn für den Großen Frieden«, brummte Morith. »Nun, selbstverständlich habe ich Anweisung gegeben, daß wir ebenfalls die Schutzschirme einschalten — falls Ihre Freunde das Feuer eröffnen, *ohne* vorher zu versuchen, einen Kom-Kontakt herzustellen.«

»Das ist völlig ausgeschlossen«, erwiderte Kirk fest.

Der Klingone richtete einen durchdringenden Blick auf ihn. »Dies ist ein von Gewalt geprägtes Zeitalter. Ich kann es mir nicht leisten, Risiken einzugehen. Immerhin bin ich für diese Flotte verantwortlich — sie hat einen enormen materiellen Wert. Von den Besatzungen der Kreuzer ganz zu schweigen. Es ist eine schwere Bürde, und sie lastet allein auf meinen Schultern. Das verstehen Sie doch, nicht wahr, Jim?«

Kirk rang sich ein Lächeln ab. »Ja.«

Einer der Brückenoffiziere an den Konsolen meldete etwas auf klingonisch.

»Ah!« entfuhr es Morith. »Jemand setzt sich mit uns in Verbindung!« Er fauchte einen Befehl, und das Bild auf dem Wandschirm wechselte, zeigte Großadmiral De La Jolla im Kommandosessel eines Starfleet-Schiffes.

De La Jolla sprang auf. »Jim Kirk! Die Mistkerle haben Sie also *doch* entführt!« Der Admiral war korpulent und kein junger Mann mehr. Er schnaufte vor Empörung, und sein Mehrfachkinn wackelte.

Kirk hob die Hand. »Nein, nein, Sir. Die Situation ist ganz anders beschaffen.« *Warum hat man ausgerechnet diesen Hitzkopf zum Kommandeur der Föderationsflotte ernannt?*

»Wir befreien Sie!« ereiferte sich De La Jolla. »Selbst wenn wir ...!« Sein Gesicht lief rot an, und er sank in den Kommandosessel. Der Admiral hatte sich nur unterbrochen, weil ihm vor Wut die Luft ausgegangen war.

Kirk fragte sich, wie er seinen temperamentvollen Gesprächspartner beruhigen sollte. Bevor ihm etwas einfiel, erholte sich De La Jolla und keuchte einen Befehl. Dann sah er Kirk an und hob den Zeigefinger. »Hören Sie, junger Mann — ich kenne jemanden, der Sie zur Vernunft bringen wird.«

Junger Mann, dachte Kirk. *Vielleicht mag ich den alten Federico deshalb so sehr. Manchmal kann er unerträglich sein, und ich bin mir nie sicher gewesen, ob er seinen hohen Rang verdient. Aber er hat mich immer ›junger Mann‹ genannt.*

Streifenmuster erschienen auf dem Schirm, und als sie fortwichen ... sah Jim Spock im Kontrollraum der *Enterprise,* neben ihm McCoy, die Hände auf den Rükken gelegt.

»Spock! Pille!« Aus einem Reflex heraus trat Kirk einen Schritt vor — als sei er imstande, durch den Wandschirm der *Allianz* an Bord seines Schiffes zurückzukehren.

McCoy starrte ihn mit offenem Mund an und brachte keinen Ton hervor. Spock wölbte eine Braue. »Captain ... Es freut mich, daß Sie wohlauf sind, obwohl ich nicht leugnen kann, davon überrascht zu sein.«

»Spock, um Himmels willen!« platzte es aus McCoy heraus. »Jim! Ich bin platt! Wie hast du ...«

»Später.« Kirk lachte. »Ihr ahnt gar nicht, wie froh ich

bin, euch beide wiederzusehen. Ich habe eine Menge zu berichten.«

»Wir alle haben uns viel zu sagen«, fügte Morith hinzu, und er musterte die beiden Menschen mit analytischem Interesse. »Darf ich eine Konferenz vorschlagen, die in einer Stunde beginnt — nachdem wir Gelegenheit hatten, die Lage zu erörtern?«

»Wie Sie wünschen«, erwiderte Spock. »Erlauben Sie mir jedoch, Captain Kirk einige Fragen zu stellen. Sie betreffen eine Angelegenheit, die nichts mit den Diskussionen Ihrer und unserer Flottenkommandeure zu tun hat.«

»Später«, sagte Morith. »Wir bleiben hier und warten einfach nur ab. In einer Stunde stellen wir eine neuerliche Kom-Verbindung her, um alles zu besprechen. Dann wird sich Captain Kirk mit einer Botschaft an Sie wenden.« Es folgten einige klingonische Worte — das Bild auf dem Wandschirm wechselte einmal mehr, zeigte wieder das All.

Kirk drehte sich zu Morith um, und in seinen Augen blitzte es. »Warum haben Sie sich eingemischt? Wissen Sie eigentlich, wann ich zum letztenmal Gelegenheit hatte, mit meinen Freunden zu reden? Himmel, ich war davon überzeugt, sie nie wiederzusehen! Warum hielten Sie es für erforderlich, den Kontakt zu unterbrechen?«

»Bitte begleiten Sie mich in mein Büro, Jim.« Morith stand auf und erteilte weitere Anweisungen. Ein anderer Klingone trat aufs Podium und nahm im Kommandosessel Platz. Die beiden Männer flüsterten kurz miteinander, und dann verließ Morith den Kontrollraum.

Mehrere Personen hielten sich im Büro neben der Brücke auf, unter ihnen auch Kalrind — von den anderen kannte Kirk kaum jemanden. Sie hörten stumm zu, während Morith sprach.

»Jim ...«, begann er in einem besänftigenden Tonfall. Seine ruhige Stimme appellierte an Rationalität. »Jim, ich kann Ihren Ärger durchaus verstehen. Aber ich habe

Sie aus gutem Grund daran gehindert, schon jetzt die Fragen Ihrer Freunde zu beantworten und von Ihren Erlebnissen zu berichten. Bitte gestatten Sie mir, Ihnen alles zu erklären.«

Kirk verschluckte eine zornige Bemerkung und forderte Morith mit einer stummen Geste auf, seinen Vortrag fortzusetzen.

»Danke, Jim. Mich bedrückt die Vorstellung, daß wir die Vergangenheit — die aktuelle Gegenwart — verändern und dem tholianischen Zwischenfall einen neuen Verlauf geben. Einerseits können wir von folgender Annahme ausgehen: Ganz gleich, wie wir uns während dieser Konfrontation mit der Föderationsflotte verhalten — alles wird genau so geschehen, wie wir es aus der Geschichte kennen. Weil es von den historischen Aufzeichnungen bestätigt wird. Andererseits gibt es viele unbekannte Einzelheiten, denn die Geschichtsschreibung ist *immer* selektiv. Wenn uns bei einem dieser Details ein Fehler unterläuft... Vielleicht schaffen wir dann ein Paralleluniversum, in dem die Zukunft nicht unter dem Zeichen des Großen Friedens steht.«

»Schon seit vielen Jahren befassen sich Fachleute mit diesem Problem«, entgegnete Kirk. Der Ärger brodelte noch immer in ihm. »Bisher hat niemand eine Lösung gefunden.«

»Ja. Aber die Frage bekommt jetzt mehr als nur eine akademische Bedeutung, oder?«

Die ruhige, beschwichtigende Stimme des Klingonen erzielte nicht die beabsichtigte Wirkung. Ganz im Gegenteil: Sie weckte noch mehr Zorn in Kirk. »Und? Welche Lösung ist *Ihnen* eingefallen?«

Morith schüttelte den Kopf. »Ich habe keine. Aber ich bin fest entschlossen, alles zu verhindern, das die Vergangenheit ändern könnte. Der tholianische Zwischenfall *muß* zu den Ergebnissen führen, die wir aus der Zukunft kennen! Wir sind hier, um sicherzustellen, daß die Ära des galaktischen Friedens beginnt, Jim. Deshalb habe ich Sie unterbrochen. Weil ich fürchtete, Sie könnten etwas Falsches sagen.«

»Verdammt!« entfuhr es Kirk. »Wie soll es überhaupt *möglich* sein, daß ich etwas Falsches sage? Ganz gleich, welche Worte ich wähle — es sind automatisch die richtigen. Und wenn nicht ... Wir erfahren es nie. Mit solchen Überlegungen bewegen wir uns im Kreis.« Jim zögerte kurz und musterte den klingonischen Physiker. »Wollen Sie mir vielleicht ein Manuskript für meine Ansprache in die Hand drücken?«

Morith überhörte den Sarkasmus des Captains. »Das haben wir tatsächlich in Erwägung gezogen. Die historischen Aufzeichnungen geben keine Auskunft über den genauen Wortlaut Ihrer Botschaft an die Föderationsflotte; nur der allgemeine Bedeutungsinhalt ist uns bekannt. Wie dem auch sei: Eine vorbereitete Rede klingt nicht ehrlich genug und stimmt Ihre Freunde vielleicht noch mißtrauischer. Sicher fällt es ihnen schon schwer genug, an die friedliche Mission einer so großen klingonischen Flotte zu glauben. Wir könnten Starfleet wohl kaum von unseren wahren Absichten überzeugen, wenn Sie den Eindruck erwecken, unter der Wirkung von Drogen zu stehen oder Zwang ausgesetzt zu sein.«

»Dann ist ja alles klar. Ich schlage vor, wir kehren jetzt zur Brücke zurück und stellen einen neuerlichen Kom-Kontakt her.«

»Allerdings bin ich auch der Ansicht, daß Sie in groben Zügen über den Inhalt Ihrer Botschaft Bescheid wissen sollten«, fuhr Morith fort. »Damit Sie nicht in Versuchung geraten, Dinge zu erwähnen, die den historischen Aufzeichnungen widersprechen. Sie wiesen darauf hin, daß wir kamen, um die Grundlage für einen dauerhaften Frieden zu schaffen, daß wir im wahrsten Sinne des Wortes *neue* Klingonen sind, die nach der Macht im Imperium streben. Von der Zeitreise berichteten Sie erst auf der Erde, und der Grund dafür ist mir inzwischen klargeworden. Wenn Sie jetzt von einem

Sprung aus der Zukunft in diese Zeit berichten, werden die Starfleet-Kommandeure dort draußen nur noch mißtrauischer.«

Kirk zögerte. »Ja, das könnte sein«, gab er widerstrebend zu. »Es war also richtig, die Kom-Verbindung zu unterbrechen. Nun gut. Sonst noch etwas?«

Morith schüttelte den Kopf. »Was den Rest betrifft, müssen wir uns auf Ihre Fähigkeit verlassen, die richtigen Worte zu wählen. Die Geschichte behauptet, daß es Ihnen gelang.«

Kirk schnaubte leise. »Fangen Sie nicht schon wieder damit an.« Er überlegte. »Sie müssen darüber informiert gewesen sein, daß auch mein Schiff zur Starfleet-Flotte gehören würde. Warum erfahre ich erst jetzt davon?«

Morith breitete die Arme aus — eine Geste, die Hilflosigkeit zeigte. »Das gleiche Problem, Jim. Wir wollten, daß Sie mit normaler Spontaneität reagieren, und zwar auf alles.«

Kirk ließ es dabei bewenden, und die Gruppe verließ das Büro, begab sich wieder in den Kontrollraum. *Weiß Morith sonst noch etwas, das er mir verschweigt?* fragte sich Jim. Verschiedene Ereignisse hatten dafür gesorgt, daß er dem klingonischen Physiker immer weniger vertraute, und sein Argwohn verdichtete sich nun.

Die allgemeine Problematik der Zeitreise ließ sich jedoch nicht leugnen. Im Jahr 1930 beschloß Kirk, Edith Keeler sterben zu lassen — ihr Überleben hätte die Vernichtung der irdischen Zivilisation bedeutet.

Aus diesem Grund konnte er Moriths Befürchtungen gut verstehen.

In der Föderationsflotte fand ebenfalls eine Konferenz statt, und zwar an Bord des Flaggschiffs USS *Nonsuch,* das unter dem Befehl von Großadmiral De La Jolla stand. Mehrere Offiziere hatten sich an Bord gebeamt, um an der Besprechung teilzunehmen, unter ihnen auch

Spock und Scott von der *Enterprise.* Die meisten Anwesenden bekleideten einen viel höheren Rang, aber De La Jolla hatte auch den Chefingenieur und Ersten Offizier eingeladen, weil es bei den zu treffenden Entscheidungen direkt um Captain Kirk ging. Der Vorschlag für die Konferenz stammte von Spock, und De La Jolla erhoffte sich nützliche Diskussionsbeiträge von seinen beiden besonderen Gästen, zum Beispiel Hinweise darauf, welchen Eindruck sie während des Kom-Kontakts von Kirk gewonnen hatten.

Der Umstand, daß sich De La Jolla solchen Hoffnungen hingab, zeigte folgendes: Während seiner langen beruflichen Laufbahn schien es ihm gelungen zu sein, sowohl Vulkanier als auch temperamentvolle Schotten zu meiden.

»Nun, Mr. Spock«, sagte der Großadmiral. »Übt man irgendeine Art von Druck auf Jim aus?«

»Leider habe ich nicht genug Daten, um diese Frage zu beantworten, Sir«, erwiderte Spock mit einer Ruhe, die im impulsiven Admiral sofort das Feuer des Zorns entzündete. Scott hatte die ganze Zeit über ein finsteres Gesicht geschnitten, und jetzt konnte er sich nicht länger beherrschen. »Ob man Druck auf den Captain ausübt?« entfuhr es ihm. »*Natürlich* übt man Druck auf ihn aus! Er wird von den verdammten Klingonen gefangengehalten! Wir sollten hier keine Zeit mit *Analysen* vergeuden, sondern überlegen, wie wir ihn *retten* können!«

De La Jolla starrte ihn verblüfft an. Seit Jahren hatte es niemand mehr gewagt, ihn anzuschreien — immerhin stand er an der Spitze der Starfleet-Hierarchie. Es dauerte eine Weile, bis er sich von der Überraschung erholte. »Was erlauben Sie sich, Mr. Scott?«

Der Chefingenieur holte tief Luft, um hingebungsvoll zu fluchen. Spock kannte die menschlichen Interaktionen gut genug, um zu wissen, was sich nun anbahnte. Nur das rasche Eingreifen des Vulkaniers bewahrte Scott vor einem abrupten Ende seiner Karriere. »Mr.

Scott ist verständlicherweise überreizt, Admiral. Immerhin droht nicht nur Captain Kirk Gefahr, sondern der ganzen Föderation. Als er zusammen mit dem Kreuzer *Keule* verschwand, vermuteten wir, er sei von den Klingonen entführt worden. Diese Annahme scheint sich nun zu bestätigen.«

Scott explodierte erneut. »Sie *scheint* sich zu bestätigen?«

»Sie haben richtig gehört«, entgegnete Spock ungerührt. »Jene Stimme, die wir während des kurzen Kom-Kontakts vernahmen ... Vielleicht wurde sie von einem Computer moduliert; vielleicht war sie eine Simulation. Wir müssen mehr herausfinden, bevor wir Schlüsse ziehen und Maßnahmen ergreifen.«

»Sind Sie der Ansicht, daß wir einfach abwarten und Däumchen drehen sollten, Spock?« fragte De La Jolla mit deutlichem Sarkasmus. »Ich meine, wir sollten *irgend etwas* unternehmen.«

»Aye«, brummte Scott. Es überraschte ihn ganz offensichtlich, daß er Anlaß bekam, dem Admiral beizupflichten.

Spock wölbte eine Braue. »Darf ich Sie daran erinnern, daß wir bereits etwas unternommen *haben?* Die Codes und Paßwörter in der ganzen Flotte wurden geändert, weil wir davon ausgehen mußten, daß der Captain in Gefangenschaft geriet. Darüber hinaus gibt es jetzt noch etwas anderes zu tun: Eine Stunde ist vergangen, und es wird Zeit, daß wir uns mit der imperialen Flotte in Verbindung setzen. In diesem Zusammenhang habe ich einige Ratschläge für Sie, Admiral. Meine Empfehlungen betreffen Ihr Gespräch mit dem klingonischen Kommandeur.«

De La Jolla zögerte und versuchte, sein Temperament unter Kontrolle zu halten. »Sie kennen Captain Kirk besser als sonst jemand von uns, und da Sie genau zu wissen glauben, worauf es jetzt ankommt ... Ich ernenne Sie hiermit zum offiziellen Sprecher unserer Flotte.«

Der Admiral lächelte schief. »Ich werde Sie im Auge behalten, Spock. Bin gespannt, wie *Sie* das Problem lösen.«

Auf dem Weg zum Transporterraum der *Nonsuch* murmelte Scott: »Wie konnte jemand mit so wenig Selbstbeherrschung zum Großadmiral werden?«

Spock warf ihm einen kurzen Blick zu, und seine Züge verrieten Erstaunen. Dann kehrte die steinerne Ausdruckslosigkeit in das vulkanische Gesicht zurück. »In dieser Hinsicht sind viele Theorien möglich, Mr. Scott. Aber mir fehlen zuverlässige Daten, und ich lehne Spekulationen ab.«

Der Chefingenieur schnaufte. »Warum haben Sie überhaupt eine Konferenz vorgeschlagen? Es kam nichts dabei heraus.«

»Ganz im Gegenteil, Mr. Scott. Wir haben einen ebenso konkreten wie wichtigen Erfolg erzielt. Meine Absicht bestand nur darin, eine beruhigende Wirkung zu entfalten, doch jetzt bin ich offizieller Sprecher der Flotte. Wenn Admiral De La Jolla die Verhandlungen mit den Klingonen geführt hätte, wäre es kaum möglich gewesen, den Captain zu retten. Jetzt gibt es noch eine Chance für ihn, aus der klingonischen Gefangenschaft zu entkommen.«

Der Schotte nickte anerkennend. »Also verbergen sich doch Schläue und Raffinesse hinter der Maske aus Gelassenheit, wie?«

Spock dachte darüber nach, als sie schweigend durch den Korridor wanderten und schließlich den Transporterraum erreichten. Stumm traten sie dort auf die Transferplattform. Als der Vulkanier das Prickeln der beginnenden Entmaterialisierung spürte, sagte er: »Danke für das Kompliment, Mr. Scott.«

Nach dem Retransfer zur *Enterprise* eilte Scott zum Maschinenraum, und Spock suchte die Brücke auf.

Der Turbolift trug ihn seinem Ziel entgegen, und das Gesicht des Ersten Offiziers war wieder völlig ausdrucksIos. Nichts an ihm deutete auf Furcht hin, die seinem Freund und Vorgesetzten James Kirk galt — eine Besorgnis, die auf Logik basierte und keinen Platz ließ für unbegründeten Optimismus.

Auch Elliot Tindall hatte kaum Anlaß, optimistisch zu sein — er glaubte, in einem Meer aus Hormonen zu ertrinken. Es war keine sorgfältige medizinische Untersuchung notwendig, um ihm die Erkenntnis zu vermitteln, daß die Arznei nicht mehr wirkte. Sein Zustand verschlechterte sich seit dem ersten Tag an Bord der *Enterprise.* Elliot schluckte die Pillen auch weiterhin, doch die Verzweiflung in ihm wuchs: Viel zu deutlich spürte er, daß sie nichts gegen Launenhaftigkeit und Jähzorn ausrichteten.

Leonard McCoy saß in seinem Büro am Schreibtisch und arbeitete sich verdrießlich durch einen Stapel Diagnoseberichte, als der junge Wissenschaftler hereinkam.

»Dr. McCoy?« fragte Elliot heiser.

Der Arzt blickte von dem Monitor auf, der ihm eine elektronische Akte zeigte. »Ich habe Commander Chapel gesagt, daß ich nicht gestört werden möchte«, erwiderte er höflich.

»Ich bin Elliot Tindall«, stellte sich der Besucher vor. »Wir sind uns noch nicht begegnet ...«

»Ich habe schon von Ihnen gehört.« McCoy stand langsam auf und streckte die Hand aus. Er übertrieb nun das Südstaatlergebaren — Anzeichen für seine Verärgerung. Doch Elliot stand ihm jetzt zum erstenmal gegenüber, und daher wußte er diese Hinweise nicht zu deuten.

»Oh, ja.« Tindall ergriff die Hand und schüttelte sie kurz. »Ich bin gekommen, um ... Nun, ich brauche ein Sedativ.«

McCoy bedachte ihn mit einem durchdringenden Blick. »Ein Sedativ?« Überraschung und berufliches Interesse verbannten den Ärger über die Störung aus ihm. »Was für Probleme haben Sie, junger Mann?«

Elliot zögerte. Äußerlich schien er ruhig zu sein, doch dieser Eindruck täuschte: In ihm kochte Zorn. Er verspürte den jähen Wunsch, McCoy umzubringen, die Finger um seinen Hals zu schließen und zuzudrücken, bis das Leben aus ihm wich — um sich anschließend zu nehmen, was er brauchte. Aber es sprachen gleich mehrere Gründe dagegen — zum Beispiel wußte er nicht, wo die benötigten Medikamente lagerten —, und er verstand sie gut genug, um die fast außer Kontrolle geratene Wut zu unterdrücken. »Nervosität. Gereiztheit. Ich bin zum erstenmal an Bord eines Raumschiffs, und wenn ich an die klingonische Flotte dort draußen denke … Ich brauche etwas, um ruhiger zu werden, um mich besser zu beherrschen.«

McCoy schnaubte leise und schien das Interesse zu verlieren. »So geht es nicht nur Ihnen. Zuviel Arbeit und zu wenig Schlaf. Hinzu kommen Mangel an Bewegung und unregelmäßige Mahlzeiten. Ich schätze, Spock verlangt eine Menge von Ihnen, wie? Manchmal vergißt der Vulkanier, daß Menschen nicht dauernd rund um die Uhr schuften können. Ich rede mit ihm und weise darauf hin, daß Sie mehr Freizeit brauchen. Wenn Sie häufiger Gelegenheit zur Entspannung erhalten, bringen sich Körper und Geist selbst in Ordnung.«

Elliot lächelte, nickte — und ballte die Fäuste, was McCoy jedoch nicht sehen konnte. *Von diesem verdammten Idioten bekomme ich nichts,* dachte er.

»Ja, ich verstehe, Doktor«, sagte er, als der Arzt seinen Vortrag beendete. »Sicher haben Sie recht. Ich werde Ihren Rat beherzigen. Herzlichen Dank dafür. Aber sprechen Sie Mr. Spock bitte nicht darauf an — er ist selbst erheblichem Streß ausgesetzt. Ich erörtere diese Angelegenheit mit ihm, wenn ich den Zeitpunkt für geeignet halte.«

»Hoffentlich wird Ihre Geduld nicht auf eine zu harte

Probe gestellt«, brummte McCoy. »Bisher hat sich der zu groß geratene vulkanische Kobold immer hartnäckig geweigert, ganz normale menschliche Schwächen zu berücksichtigen. Doch wenn Sie nicht möchten, daß ich ihm die langen Ohren noch länger ziehe ... In Ordnung, Mr. Tindall, ich respektiere Ihren Wunsch. Gehen Sie jetzt; es wartet noch viel Arbeit auf mich.«

Ganz normale menschliche Schwächen, dachte Elliot bitter und hoffnungslos, als er das Büro des Bordarztes verließ. *Oh, Doktor, Sie haben keine Ahnung, wie fatal solche Schwächen sein können.*

Wie sollte er jetzt zurechtkommen und durchhalten?

Nachdem Elliot gegangen war, rang McCoy mit seinem Gewissen, verlor das mentale Duell und öffnete einen Kom-Kanal zur Brücke.

»Hier Spock.«

Die ruhige Stimme zerrte an McCoys Nerven, gab ihm das sehr unangenehme Gefühl, dem Vulkanier weit unterlegen zu sein. Fast wäre er der Versuchung erlegen, die Verbindung wieder zu unterbrechen. »Hören Sie, Spock, ich weiß nicht, ob es richtig ist, Sie auf diese Sache anzusprechen. Einerseits muß ich dem Vertrauen des Patienten gerecht werden; andererseits bin ich auch seiner Gesundheit verpflichtet.«

»Hallo, Doktor.«

»Äh, ja. Hallo, Spock. Wechseln Sie nicht das Thema.« Mit einigen knappen Worten berichtete McCoy von Elliots Besuch und dem Grund dafür. »Er bat mich, Sie nicht damit zu belästigen, aber ich habe trotzdem beschlossen, mit Ihnen zu reden. Verlangen Sie nicht zuviel von Mr. Tindall, Spock. Er ist kein Vulkanier, nur ein Mensch.«

»Nein, Doktor, ein Vulkanier ist er gewiß nicht«, erwiderte Spock. »Wie beurteilen Sie seine geistige Verfassung?«

»Soll ich eine Diagnose erstellen, auf der Grundlage

langer Beobachtungen sowie sorgfältiger Untersuchungen?« fragte McCoy sarkastisch.

»Ich möchte nur Ihre Meinung hören, Doktor.«

»Nun, er ist sehr nervös«, entgegnete der Arzt widerstrebend. »Es fällt ihm sichtlich schwer, sich zu beherrschen.«

»Warum, Doktor?«

»Keine Ahnung, Spock! Meine ›langen Beobachtungen‹ dauerten nur einige Minuten, und diese Zeit verbrachte er zum größten Teil damit, mir zuzuhören. Ich bin jedoch ziemlich sicher, daß er am Rand eines Nervenzusammenbruchs steht.«

»Was eigentlich Grund genug sein sollte, um ihn krank zu schreiben und mich zu verständigen, nicht wahr, Doktor?«

»Ich *habe* Sie gerade verständigt, verdammt! Nun, mit diesem Fall kann ich mich erst eingehender befassen, wenn die gegenwärtige Krise überwunden ist. Keine Sorge: Ich halte Mr. Tindall nicht für gefährlich. Er scheint mir der typische englische Gentleman zu sein. Wenn er überschnappt, leidet wahrscheinlich nur seine Grammatik.«

»Danke für die Auskunft, Doktor.« Der Vulkanier schloß den Kom-Kanal und runzelte die Stirn.

»Mr. Spock?«

Er drehte sich um und begegnete Ginny Crandalls Blick. Die Züge der jungen Frau offenbarten Besorgnis.

»Ja, Lieutenant?«

»Ist mit Ell... mit Mr. Tindall etwas nicht in Ordnung?« fragte Ginny.

»Er scheint nur überarbeitet zu sein, Lieutenant«, antwortete Spock. »Sicher geht es ihm bald besser.«

»Das hoffe ich«, meinte Crandall.

Spock musterte sie einige Sekunden lang und deutete dann zum Wandschirm. »Bitte achten Sie nun wieder auf die Anzeigen Ihrer Konsole. Wir befinden uns in einer recht heiklen Situation.«

KAPITEL 14

Ich grüße die Vereinte Föderation der Planeten sowie Kommandanten und Besatzungen der Starfleet-Schiffe, die ausgeschickt wurden, um uns zu begrüßen. Ich bin *Joh* Morith, Kommandeur dieser Flotte.«

Kirk lauschte Moriths ersten Worten und versuchte, sich De La Jollas Reaktion vorzustellen. Er hoffte inständig, daß sich der Großadmiral von seinem überschäumenden Temperament nicht dazu hinreißen ließ, das Feuer auf die Klingonen zu eröffnen. Der ältere Mann sollte geradezu unberechenbar gewesen sein, als er noch den Rang eines Captains bekleidete ...

Erleichterung durchströmte ihn, als nicht etwa De La Jollas Gesicht auf dem Wandschirm der *Allianz* erschien, sondern die wesentlich vertrauteren Züge eines Vulkaniers.

Morith beendete seinen Vortrag und gab Kirk ein Zeichen.

»Hallo, Spock«, sagte Jim.

Der Erste Offizier neigte kurz den Kopf. »Captain.«

»Spock, was ich Ihnen jetzt sagen werde, klingt mehr als nur phantastisch, aber es ist sehr wichtig, daß Sie mir glauben. Ich habe alles selbst gesehen und gehört. Diese Leute hier unterscheiden sich von den Klingonen, die wir kennen. Sie nennen sich ›Neue Klingonen‹ ...«

Während der Schilderungen blieb das Gesicht des Vulkaniers völlig unbewegt. Als Kirk schließlich schwieg, sagte Spock nur: »Einen Augenblick, Captain.« Das Bild auf dem Schirm verblaßte.

»Jim!« entfuhr es Morith. »Was hat das zu bedeuten? Müssen wir mit einem Angriff rechnen?«

»Nein. Bleiben Sie ganz ruhig.« Doch auch Kirk fühlte sich von Unsicherheit heimgesucht. Was beabsichtigte Spock?

Ein neues Bild entstand auf dem Wandschirm, zeigte diesmal nicht nur den im Kommandosessel sitzenden Vulkanier sondern auch einen zornig wirkenden Leonard McCoy, der neben dem Befehlsstand wartete. »Nun, Captain«, begann Spock, »vielleicht entsprechen Ihre Ausführungen wirklich den Tatsachen. Aber bevor wir eine solche Möglichkeit berücksichtigen können, müssen wir sicher sein, daß Sie nicht zu solchen Behauptungen gezwungen worden sind. Nach der Stimmanalyse zu urteilen, übt man keinen Druck auf Sie aus. Allerdings: Eine derartige Analyse verifiziert nicht die Verwendung von Drogen. Dr. McCoy verlangt medizinische Daten in Hinsicht auf Ihren gegenwärtigen physischen Zustand, bevor er bereit ist, irgendwelche Entscheidungen zu treffen. Die einfachste Lösung des Problems bestünde darin, Sie hierherzubeamen.«

Bei dieser Vorstellung klopfte Kirks Herz schneller. Wieder an Bord der *Enterprise* zu sein, bei seinen Freunden ... Er sah zu Morith — der Klingone schnitt eine finstere Miene und schüttelte den Kopf.

»Mr. Spock, welche Garantie haben wir, daß Ihre Flotte nicht das Feuer auf uns eröffnet?« fragte Morith. »Unsere neuen Beziehungen können nicht auf der Basis von Mißtrauen beginnen. Bitte *glauben* Sie, was Ihnen Captain Kirk mitgeteilt hat.«

»Zunächst einmal müssen wir herausfinden, ob Captain Kirk selbst daran glaubt«, erwiderte Spock. »Ohne eine Bestätigung Ihrer friedlichen Absichten bleibt uns keine andere Wahl, als an Argwohn festzuhalten.«

»Na schön!« Morith zischte einen Befehl auf klingonisch. »Genügt Ihnen das? Ich habe gerade die Anweisung erteilt, unsere Schilde zu senken.«

Kirk sah Überraschung in den Gesichtern seiner Brückencrew. Spock bildete die einzige Ausnahme und wölbte nur eine Braue.

»Sehr eindrucksvoll — bei unseren Diskussionen werden wir diesen Umstand nicht außer acht lassen«, kommentierte der Vulkanier. Er neigte sich zur Seite und hörte McCoy zu, blickte dann wieder zum Schirm. »Dr. McCoy besteht nach wie vor auf einer medizinischen Untersuchung des Captains.«

»Ich habe noch mehr gesagt, Spock!« brummte Leonard.

Der Erste Offizier unterbrach den Arzt, indem er die Hand hob. »Wir sind jederzeit bereit, Captain Kirk an Bord zu beamen.«

»Sie hören bald von mir.« Morith betätigte eine Taste, und flimmerndes Grau verdrängte Spocks Abbild vom Schirm. »Was halten Sie davon, Jim? Ich habe unsere Flotte schutzlos einem Angriff ausgeliefert, und selbst damit geben sich Ihre Kollegen nicht zufrieden!«

»Sie wissen, worum es Spock und McCoy geht«, entgegnete Kirk. »Ich nehme an, sie möchten mir glauben, aber sie brauchen auch etwas, das ihre Zweifel ausräumt. Außerdem müssen sie sich Starfleet Command gegenüber rechtfertigen, wenn sie beschließen, eine klingonische Flotte zur Erde zu eskortieren.« Kirk lächelte. »Geben Sie ihnen etwas, das sowohl Starfleet Command als auch den Föderationsrat überzeugt.«

»Ich verstehe …« Morith starrte nachdenklich zum leeren Wandschirm. »Ja, Jim, Sie haben recht. Ich hätte gleich daran denken sollen. Das Imperium ist ganz anders als die Föderation — selbst heute noch.« Er überlegte eine Zeitlang. »Trotzdem: Ich weiß nicht, ob ich Ihren Freunden vertrauen kann. Einerseits möchte ich, daß Sie an Bord der *Allianz* bleiben, als Präventivmaßnahme gegen einen Angriff, und andererseits … Nun, vielleicht läßt sich ein Kompromiß schließen.«

Eine Taste klickte, und der große Bildschirm erhellte

sich wieder, zeigte Spock und McCoy, die leise miteinander sprachen. Der Vulkanier hob den Kopf, als ihm Uhura ein Zeichen gab. »Ja, Lord Morith?«

Der Klingone sprach nun nicht mehr mit der betonten Freundlichkeit wie zu Beginn. »Ich bin bereit, Ihnen alle notwendigen Medo-Daten zur Verfügung zu stellen. Unsere Ärzte nehmen die Untersuchung hier vor, und sie sind sicher ebenso tüchtig wie Ihre medizinischen Spezialisten. Mehr kann ich Ihnen nicht anbieten.«

Diesmal unterbrach Spock die Verbindung, nachdem er darauf hingewiesen hatte, sich bald wieder zu melden. Als sich das Bild der *Enterprise*-Brücke verflüchtigte, sah Kirk noch, wie McCoy verärgert gestikulierte. Die Worte des Arztes hörte er nicht.

Lange Minuten verstrichen, ohne daß etwas geschah, und im Kontrollraum der *Allianz* wuchs die Anspannung. Niemand gab einen Ton von sich. Schließlich registrierte das Kom-System des klingonischen Kreuzers neuerliche Signale der *Enterprise.* Das Projektionsfeld zeigte Spock — von Leonard war nichts mehr zu sehen. »Dr. McCoy ist nur dann bereit, auf Ihren Vorschlag einzugehen, wenn er die Untersuchung selbst vornehmen kann. Er hat den Transporterraum aufgesucht und wartete dort mit einem tragbaren Scanner. Der Transfer kann erfolgen, sobald Sie Ihre Erlaubnis dazu erteilen.«

Morith warf Kirk einen finsteren Blick zu. Jim zuckte mit den Schultern und breitete die Arme aus. »Nun gut«, sagte der Klingone. »Beamen Sie den Arzt an Bord, wann es Ihnen beliebt. Aber er soll seine Instrumente bei Ihnen lassen. Wir geben ihm alle Geräte, die er braucht, um eine Diagnose zu erstellen.«

McCoy trat von der Transporterplattform und sah sich skeptisch um. »*So* sieht also ein Kriegsschiff der Neuen Klingonen von innen aus. Ich bin nicht sehr beeindruckt.«

Kirk schüttelte den Kopf und lächelte. »Was ist nötig, um dich zu beeindrucken, Pille?«

»Zum Beispiel die Feststellung, daß du gesund und in jeder Hinsicht normal bist«, erwiderte McCoy offen. »Wie geht es dir, Jim?«

»Nun, wenn man alles bedenkt ... bemerkenswert gut, Doktor.«

»Wenn man alles bedenkt?« McCoy trat näher und musterte Kirk aufmerksam. »Hast du die Brille getragen?«

Jim winkte ungeduldig. »Nein, natürlich nicht. Sie liegt in meiner Kabine an Bord der *Enterprise.* Und spar dir die nächste Frage: Ja, ich habe Kopfschmerzen.«

McCoy schmunzelte. »Gut. Jetzt weiß ich, daß wirklich Jim Kirk vor mir steht und kein getarnter Klingone.«

Der Captain schüttelte erneut den Kopf, und seine Lippen verzogen sich ebenfalls zu einem Lächeln. »Du ahnst gar nicht, wie sehr ich mich freue, dich wiederzusehen, Pille.«

»O doch, ich kann es mir gut vorstellen«, sagte McCoy ernst.

Kirk wandte sich ab, um jene intensiven Gefühle zu verbergen, die Leonards Antwort in ihm geweckt hatte. »Gehen wir jetzt zur Krankenstation. Sie ist kleiner als die Medo-Sektion der *Enterprise,* aber wir müssen uns damit begnügen. Komm, ich zeige dir den Weg.«

McCoy richtete den Scanner auf Kirk und brummte. »Diese Ausrüstung taugt nichts. Primitiv. Läßt keine genaue Diagnose zu. Wie soll man damit feststellen, wie's um einen Patienten steht? Nun, wenigstens gibt es nicht nur klingonische Kennzeichnungen, sondern auch englische. Ein geringer Wert für Elektrolyte — seltsam.« Er schüttelte den Scanner. »Unzuverlässiger Schrott. Diese Anzeigen deuten darauf hin, daß du wieder ein junger Mann bist, Jim. Was ist geschehen? Hast du hier eine Art Jungbrunnen gefunden?«

»Du würdest es mir nicht glauben, Pille«, erwiderte Kirk mit einem Hauch Unbehagen.

»Erzähl's mir trotzdem.«

»Vielleicht später, wenn wir alles hinter uns haben. Nun, zweifelst du noch immer daran, daß ich James Kirk und geistig vollkommen gesund bin?«

»Oh, du *bist* James Kirk«, bestätigte McCoy. »Aber was deine geistige Gesundheit betrifft... Damit stand es nicht immer zum besten. Wie dem auch sei: Ich kann bestätigen, daß du voll und ganz Herr über dich selbst bist.«

»Ausgezeichnet!« Kirk wartete McCoys Erlaubnis nicht ab, sprang von der Diagnoseliege und streifte seinen Pulli über. »Genau darauf kommt es mir an.«

»He, nicht so eilig. Dein klingonischer Freund verbot mir zwar, irgend etwas mitzubringen, aber ich habe trotzdem eine Überraschung für dich.« McCoy hielt plötzlich einen kleinen Injektor in der Hand.

»Was hast du vor?«

»Ich möchte deine Elektrolyte auf Vordermann bringen. Fällt es dir manchmal schwer, einen klaren Gedanken zu fassen?« Leonard bedachte den Captain mit einem durchdringenden Blick. »Leidest du gelegentlich an Konzentrationsschwäche und Benommenheit?«

»Nun, ab und zu. Woher weißt du ...«

»Halt still.« McCoy preßte den Injektor an Kirks Oberarm. Es zischte leise. »Das sollte dir helfen.«

»Es hilft schon«, gestand Jim ein. »Und es tut weht. Was ist mit deinem Behandlungsgeschick passiert, Pille? Wirst du langsam alt?«

»Hmm.« McCoy rieb die Injektionsstelle. »Spürst du was?«

»Brennt wie der Teufel.«

»Ja.« Leonard nickte. »Da fällt mir ein Ausspruch des Landarztes ein, bei dem ich damals in die Lehre ging ...«

»Und der nie existierte«, warf Kirk ein. »Du hast Medizin studiert, wie alle anderen Ärzte. Ich bitte dich, Pille ... Wie lange ist es her, seit es auf der Erde Landärzte gab und jemand eine medizinische ›Lehre‹ absolvieren mußte?«

»Viel zu lange«, brummte McCoy. »Na schön. Du bist soweit in Ordnung. So gesund wie das sprichwörtliche Pferd. Obwohl ich einige Pferde kannte, die ...«

»Du solltest dir genau überlegen, was du sagst. Ich bin noch immer dein Vorgesetzter.«

»Nein. Du bist ein Kriegsgefangener. Und jetzt?«

»Jetzt kehrst du zur *Enterprise* zurück, um Spock und dem Rest der Föderation folgende Botschaft zu bringen: James Kirk ist gesund und voll bei Verstand.«

Leonard nickte langsam. »Das möchtest du?«

Kirk nickte.

»Wie du willst. Was mein ärztliches Honorar betrifft ...«

Kirk ergriff McCoy am Arm und zog ihn mit sanftem Nachdruck zur Tür. »Wie heißt es so schön: Zufriedenheit ist der Arbeit größter Lohn.«

»Du vermutest offenbar, daß ich zufrieden bin ...«

Kalrind wählte genau diesen Augenblick, um die Krankenstation der *Allianz* zu betreten, und sie richtete einen besorgten Blick auf McCoy. »Sie sind der terranische Arzt. Wie geht es Jim?«

Leonard kniff die Augen zusammen, musterte erst die Klingonin und dann Kirk. Schließlich wandte er sich erneut an die Frau. »Hm. Wer sind Sie?«

»Ich heiße Kalrind, Doktor. Und ich bin mit Jim ... befreundet«, fügte sie rasch hinzu.

»J-a-a-a.« McCoy zog das Worte in die Länge. »Es fällt ihm leicht, neue Freunde zu gewinnen. Nun, ich glaube, er ist soweit in Ordnung. Natürlich kann ich erst dann ganz sicher sein, wenn ich die Medo-Daten an Bord der *Enterprise* analysiert habe.« Er wandte sich an Kirk. »Wie ist es damit, Jim: ›Ein Mann von sechzehn Jahren kann als Sechzigjähriger ein Junge sein.‹«

Kirk stöhnte, schnitt eine Grimasse und dirigierte den Arzt erneut in Richtung Tür. »Ich kehre zurück, sobald ich diese Klette unter meinem Sattel losgeworden bin!« rief er einer verwunderten Kalrind zu, bevor er McCoy in den Korridor führte.

Als sie den Transporterraum erreichten, fragte Jim: »Die Vorurteile deiner Ahnen, Pille?«

McCoy ließ sich nicht provozieren. »Mach dir keine Sorgen über den Splitter in meinem Auge. Wenn du Hilfe brauchst ... Nenn einfach meinen Namen.«

Er trat mit dem Datenmodul auf die Transferplattform und winkte dem klingonischen Techniker an der Konsole zu.

»Der Splitter in meinem Auge, Jim«, wiederholte Leonard und verschwand in einer Säule aus funkelnder Energie.

Kirk runzelte verwirrt die Stirn und verließ den Transporterraum.

»Nun, Doktor?«

McCoy sah auf, als er die ruhige und gelassene Stimme hörte. Er hatte Spock über viele Jahre hinweg verspottet, wußte jedoch noch immer nicht, ob ihm tatsächlich Gefühle fehlten. Eins stand fest: Wenn es in dem Vulkanier doch Emotionen gab, so verstand er es gut, sie zu verbergen. »Hier«, antwortete Leonard und deutete zu den Computerausdrucken auf seinem Schreibtisch.

»Papier, Doktor?«

»Fangen Sie nicht *damit* an, Spock! Sie wissen genau, daß ich Dinge vorziehe, die ich zur Hand nehmen kann. Und die es mir gestatten, sie mit schriftlichen Anmerkungen zu versehen.«

»Eine Möglichkeit, von der Sie in diesem Fall ausgiebig Gebrauch gemacht haben. Wie soll ich mit den Ausdrucken verfahren?«

»Lesen Sie, was darauf geschrieben steht, verdammt!

Nehmen Sie Analysen vor. Ziehen Sie Schlußfolgerungen.«

Der Vulkanier hob eine Braue. »Wenn ich mich nicht sehr täusche, fallen medizinische Analysen in Ihren Zuständigkeitsbereich, Doktor. Der Kommandant eines Raumschiffs muß sich um andere Aufgaben kümmern.«

McCoy holte tief Luft. »Mir scheint, Ihre wichtigste Aufgabe besteht derzeit darin, den Kommandeur der klingonischen Flotte anzustarren und zu hoffen, daß er zuerst blinzelt. Na schön. Ich verrate Ihnen, was Sie finden, wenn Sie sich mit diesen Unterlagen befassen: nichts.«

»Danke, Doktor.« Spock schritt zur Tür.

»Warten Sie! Schon gut, schon gut. Ich habe mich absichtlich unklar ausgedrückt. Sind Sie jetzt zufrieden?«

»Versteckt sich ein tieferer Sinn in Ihren Ausführungen, Doktor? Ganz gleich, welchen Eindruck Sie gewonnen haben: Ich bin *nicht nur* damit beschäftigt, den klingonischen Kommandeur anzustarren.«

»Na schön, Spock, ich will ganz offen sein. Auf den ersten Blick betrachtet ist mit den Scanner-Daten alles in bester Ordnung. Sie scheinen Jims Gesundheit zu bestätigen, sowohl in physischer als auch psychischer Hinsicht. Alles deutete darauf hin, daß man ihn zu nichts zwingt.«

»Höre ich trotzdem Skepsis in Ihrer Stimme, Doktor?« fragte der Vulkanier.

»Ja«, brummte McCoy. »Aber mir liegen keine Beweise vor. Ich habe die Untersuchungsdaten gründlich ausgewertet und dabei keine Anomalien entdeckt — alles ist perfekt. *Zu* perfekt, wenn Sie mich fragen. Meine Intuition hat Alarm geschlagen. Himmel, ja, ich weiß, daß Sie nichts davon halten, aber so ist es nun einmal: Die Sache gefällt mir nicht. Je länger ich darüber nachdenke, desto mehr wächst das Unbehagen in mir. Deshalb habe ich Sie gebeten, zu mir zu kommen.«

Spock erachtete von Instrumenten ermittelte Daten

praktisch als sakrosankt. Wenn die entsprechenden Geräte richtig justiert waren und wie vorgesehen funktionierten, so gebot die Logik, ihnen voll und ganz zu vertrauen. Die menschliche Wahrnehmung, so wußte der Vulkanier aus Erfahrung, war weitaus weniger zuverlässig. Das Mißtrauen eines Mannes, der keinen Hehl daraus machte, moderne Technik im großen und ganzen abzulehnen, hatte für Spock einen weitaus geringeren Stellenwert als von Scannern gelieferte Informationen. »Doktor ...«, sagte er langsam, »sind Ihnen irgendwo widersprüchliche Daten aufgefallen? Ihre Intuition genügt mir nicht.«

McCoy sprang auf und bebte vor Zorn. »Hören Sie mir gut zu, Spock. Ich *kenne* Jim Kirk! Ich kenne ihn als Freund und Patienten, seit vielen Jahren. Und daher *weiß* ich, daß ich mich jetzt auf meine Intuition verlassen kann. Irgend etwas geht nicht mit rechten Dingen zu. Sie sind ebenfalls mit Jim befreundet, was bedeutet: Ihre Verantwortung betrifft auch ihn, nicht nur dieses Schiff. Vergessen Sie Ihre Logik und *unternehmen* Sie etwas. Vielleicht ist Jim in großer Gefahr.«

»Das bezweifle ich, Doktor. Die Klingonen hatten Zeit genug, um den Captain zu verletzen oder gar zu töten — wenn das wirklich in ihrer Absicht läge.« Trotzdem dachte Spock über McCoys Hinweise nach. Aufgrund seiner Beobachtungen von James Kirk wußte er, daß die menschliche Intuition keineswegs wertlos war. Außerdem: Trotz ihrer häufigen verbalen Auseinandersetzungen respektierte er McCoys Ansichten und schätzte seine Kompetenz.

Die Resultate der Experimente, die Spock in San Francisco durchgeführt hatte, verliehen McCoys Mißtrauen zusätzliche Signifikanz.

Hinzu kamen Spocks eigene Eindrücke während seiner Gespräche mit Kirk und Morith. Er verabscheute es, auf Intuition angewiesen zu sein, aber diesmal blieb ihm keine Wahl. Seiner Meinung nach ließen die bisherigen Kom-Kontakte sehr zu wünschen übrig. Die Unterredungen mit dem Captain hatten ihn nicht zufriedengestellt, und darüber hinaus glaubte er, daß Morith kein Vertrauen verdiente.

Selbst ohne die Entdeckungen in Starbase Siebzehn und auf der Erde hätte er auf diese Weise empfunden.

McCoy verlagerte das Gewicht nervös vom einen Bein aufs andere. »Ich kann fast hören, wie hinter Ihrer Stirn die Relais klicken, Spock«, sagte er.

»Relais, Doktor?« entgegnete der Vulkanier. »Offenbar haben Sie wieder historische Romane gelesen.« Er erhob sich. »Ich muß den Weg der Logik beschreiten. Beziehungsweise der Vernunft, wenn Ihnen diese Bezeichnung lieber ist. Logik, Vernunft, ›gesunder Menschenverstand‹: Das alles verlangt von mir, Captain Kirk für jemanden zu halten, der körperlich und geistig gesund ist, der eine Situation rational beurteilen kann und von niemandem unter Druck gesetzt wird. Diese Annahme muß ich zur Grundlage meiner Entscheidungen machen. Und nun ... Ich brauche von Ihnen eine offizielle Erklärung, mit der Sie die einwandfreie psychische Verfassung des Captains bestätigen.«

Leonard lächelte und schüttelte wortlos den Kopf.

Spock sah ihn einige Sekunden lang schweigend an. »Na schön, Dr. McCoy. Unter welchen Umständen sind Sie zu einer derartigen Erklärung bereit?«

»Ich wiederhole meine ursprüngliche Bedingung: Geben Sie mir die Möglichkeit, Jim hier zu untersuchen, in meiner Krankenstation, mit meinen Geräten. Ohne daß Klingonen zugegen sind.«

»Damit ist Morith bestimmt nicht einverstanden.«

»Dann lehnen Sie es ab, seine Schiffe passieren zu lassen. Drohen Sie mit Phaserkanonen und Photonentorpedos, falls der klingonische Kommandeur versuchen sollte, weiter ins stellare Territorium der Föderation vorzustoßen.«

Nicht zum erstenmal erstaunte es Spock, wie schnell

Menschen bereit waren, Blut zu vergießen — obgleich sie immer wieder ihren Friedenswillen betonten. Zwar teilte er McCoys Einstellung nicht, aber er sah sich gezwungen, den Forderungen des Arztes nachzugeben. »Ich werde dem klingonischen Kommandeur Ihre Anfrage übermitteln, glaube jedoch kaum, daß er darauf eingeht.«

McCoy lächelte erneut.

»Gibt es sonst noch etwas, Doktor?« fragte Spock.

»Nein. Das heißt ...« Leonard schnippte mit den Fingern. »Tindall. Er hat mich angerufen und noch einmal um ein Sedativ gebeten. Ich dachte, Sie wollten mehr Rücksicht auf ihn nehmen, Spock.«

»In der Tat.« Der Vulkanier schwieg einige Sekunden lang. »Nun, wenn ich nicht sehr irre, hat es überhaupt keinen Sinn, Mr. Tindall mit Sedativen zu behandeln.« Er drehte sich um und verließ die Krankenstation.

McCoy sah ihm nach.

»Meine Güte, was sollte *das* denn bedeuten?«

Elliot lag auf seiner Koje, wälzte sich von einer Seite zur anderen. Inzwischen wußte er, daß ihm die Medikamente des Bordarztes überhaupt nichts genützt hätten. Er erkannte nun das zentrale Problem: Im Lauf der Jahre verlor seine Arznei die Wirkung, und es gab nur einen Ausweg für ihn — er mußte sie durch eine neue und stärkere Version des gleichen Präparats ersetzen. Bestimmt hatte die pharmazeutische Forschung inzwischen erhebliche Fortschritte erzielt. Vielleicht standen inzwischen Mittel zur Verfügung, die Leuten wie ihn endgültig von ihrer inneren Qual befreiten.

Es gab nur einen Ort, wo sich Elliot solche Hilfe erhoffen durfte.

Er holte tief Luft, hielt den Atem an, nahm seine ganze Willenskraft zusammen und versuchte, sich zu beruhigen, mentale Dämme zu errichten vor der Flut aus Wahnsinn und Gewalt, die immer wieder durch ihn gischtete. Schließlich glaubte er, sich gut genug unter Kontrolle zu haben, um aufzubrechen. Elliot verließ die Kabine und ging zum nächsten Turbolift.

Es dauerte sicher nur wenige Minuten, das Ziel zu erreichen, denn immerhin befand es sich im primären Rumpf der *Enterprise.* Es sollte ihm eigentlich möglich sein, sich so lange zu beherrschen.

Die Tür der Transportkapsel öffnete sich, und Ginny Crandall trat in den Korridor.

»Elliot?« fragte sie überrascht. »Ich wollte Sie besuchen, um festzustellen, wie es Ihnen geht ...«

Tindall zuckte zurück, und seine Nerven schienen plötzlich in Flammen zu stehen. Er vernahm ein schrilles Pfeifen, wie von einem Bohrer, dessen Kopf sich mit hoher Geschwindigkeit drehte. Das Bild vor seinen Augen verschwamm, und dadurch verwandelte sich das Gesicht der jungen Frau in einen vagen Schemen.

»Stimmt was nicht?« fragte Ginny besorgt. »Soll ich die Krankenstation verständigen?«

»Das Geräusch ...« Elliot stöhnte. »Wodurch wird es verursacht?«

»Das Geräusch? Oh, mein Kommunikator. Eine Fehlfunktion, zu der es vor einigen Tagen kam. Ich kann das Pfeifen nicht hören — zu hohe Frequenz. Meine Zimmergenossin klagt dauernd darüber, aber sie ist Sezanianerin. Sie sind der erste Mensch, der darauf reagiert.«

Elliot taumelte, und Ginny streckt instinktiv die Hand aus, um ihn zu stützen. Er stieß den Arm beiseite. »Fassen Sie mich nicht an!« schrie er. Die junge Frau wich erschrocken zurück.

Tindall stöhnte, und tief in seinem Innern verfluchte er sich selbst. Erneut verlor er die Kontrolle über sich und sah die Verwirrung in Ginnys Zügen.

Sie trat auf ihn zu. »Elliot ...«, begann sie und zögerte. »Sie brauchen Hilfe.«

»Nein!« heulte er und schob die Frau so abrupt zur

Seite, daß sie das Gleichgewicht verlor und mit dem Kopf an die Wand prallte. Bewußtlos sank sie zu Boden.

Tindall lief los und stürmte durch mehrere Korridore, um dem gräßlichen Pfeifen zu entkommen. Irgendwann verharrte er und keuchte.

Als er wieder zu Atem gekommen war, setzte er den Weg zu seinem Ziel fort.

KAPITEL 15

Kirk befand sich in der Sporthalle des klingonischen Kreuzers *Allianz* und versuchte, sich wieder in Form zu bringen. Kalrind leistete ihm Gesellschaft. Sie umklammerten sich und lachten, als sie miteinander rangen.

»Hören Sie auf mit diesen dummen Spielchen!«

Jim hob den Kopf und sah einen sehr wütenden Morith in der Tür. »Ihre Leute stellen weitere Forderungen, Kirk!«

Morith beruhigte sich genug, um von dem neuen Kom-Kontakt mit der Föderationsflotte zu berichten: Spock bestand darauf, daß Jim an Bord der *Enterprise* gebeamt wurde, wo eine weitere medizinische Untersuchung stattfinden sollte.

»Was kann's schaden?« Kirk bemühte sich, im Tonfall der Vernunft zu sprechen. »Nichts«, beantwortete er seine eigene Frage. »Schon seit einer ganzen Weile warten beide Seiten einfach nur ab. Jemand muß etwas unternehmen, um die gegenwärtige Situation zu verändern. Starfleet erwägt tatsächlich die Möglichkeit, diese große Flotte zur Erde zu eskortieren, zum Herzen der Föderation, aber Sie sollten eine Gegenleistung dafür erbringen. Spock und die anderen wollen nur sicher sein, daß meine Botschaft auch wirklich ernst gemeint war.«

»Und anschließend wird man neue Forderungen stellen!« zischte Morith. »Wann hört das auf, Kirk?« Unbewußt hob er die Hände und ballte sie zu Fäusten. »Wann hört es auf?«

Jim wich zurück und fürchtete plötzlich einen Angriff. Gleichzeitig verblüffte es ihn, ausgerechnet von Morith einen solchen Eindruck zu gewinnen. »Es handelt sich *nicht* um eine Verzögerungstaktik. Da bin ich ganz sicher. Sie bitten uns um Vertrauen, während Sie selbst argwöhnisch bleiben.« Plötzlich fiel ihm etwas ein. »Nun, wenn mich Kalrind zur *Enterprise* begleitet ... Die Begegnung mit einer Neuen Klingonin sollte alle Skeptiker überzeugen, daß Sie es mit dem Frieden ernst meinen! Wir könnten Starfleet zeigen, was es mit den Neuen Klingonen auf sich hat. Vielleicht genügt es, um das Bündnis zwischen Imperium und Föderation schon hier zu besiegeln.«

»Eine gute Idee!« Kalrind strahlte. »Und ich würde mich gern an Bord eines terranischen Raumschiffs umsehen.«

Morith bedachte sie mit einem finsteren Blick. »Kommt nicht in Frage. Ich darf Sie auf keinen Fall einem solchen Risiko aussetzen.«

Kalrind straffte die Gestalt. Von einer Sekunden zur anderen wirkte sie nicht mehr wie eine Gelehrte, sondern wie eine Kriegerin. »Sie haben kein Recht ...«

»Ich bin Ihr Vorgesetzter!« Moriths donnernde Stimme hallte laut von den Wänden wider. »Sie werden meinen Befehlen ebenso gehorchen wie denen des Imperators!«

Kalrind straffte die Gestalt. Von einer Sekunde zur Kopf. Kirk beobachtete die beiden Klingonen. »Sie wissen, daß Kalrind an Bord eines Starfleet-Schiffes nicht in Gefahr wäre«, sagte er.

Morith starrte ihn an und kniff die Augen zusammen. Zorn irrlichterte in seinen dunklen Pupillen. »Die historischen Aufzeichnungen in bezug auf den tholianischen Zwischenfall enthalten keinen Hinweis auf einen solchen Transfer.«

»Interessant. Und unwichtig. Selbst wenn in den Aufzeichnungen nirgends ein Abstecher zur *Enterprise* erwähnt wird ... Es bedeutet wohl kaum, daß er *nicht* stattgefunden hat, oder?«

Morith musterte ihn stumm und mit ausdruckslosem Gesicht. »Die Diskussion ist beendet«, sagte er schließlich, drehte sich um und stapfte fort.

Elliot eilte in den Transporterraum, und der Techniker an den Kontrollen sah verblüfft auf. »Sir?« fragte er unsicher und stellte fest, daß der Neuankömmling keine Uniform trug, sondern zivile Kleidung. »Kann ich Ihnen helfen?«

»Transferieren Sie mich«, knurrte Tindall und spürte irrationalen Haß dem Techniker gegenüber.

»Wohin, Sir?«

»Zum klingonischen Flaggschiff!« fauchte Elliot. »Und zwar sofort!« Er hastete zur Plattform.

»Dazu benötige ich eine Genehmigung von der Brükke, Sir«, erwiderte der junge Mann am Pult. »Sie sind Mr. Spocks neuer Assistent, nicht wahr?«

Elliot nickte wortlos.

»Möchten Sie, daß ich mich mit der Brücke in Verbindung setze und die Erlaubnis für Ihren Transfer einhole, Sir?« fragte der Techniker. Mit der rechten Hand tastete er unter der Konsole und betätigte eine Taste.

Elliot stand jetzt reglos in der Mitte des Raums, direkt vor der Plattform. Er starrte den jungen Mann an, zog die Schultern hoch und näherte sich dem Schaltpult. Ein drohendes Knurren entrang sich seiner Kehle. »Narr! Gehorch mir!«

Zunächst zögerte der Techniker, doch nach einigen Sekunden wirbelte er herum und sprintete zur Tür.

Tindall erreichte sie vor ihm und holte eher unbeholfen zum Schlag aus: die Hand geöffnet, ihre Finger wie Krallen gekrümmt. Sein Gegner wich flink dem Hieb aus.

Elliot bewegte sich langsam und ungelenk. Er versuchte, sich auf den Techniker zu konzentrieren, doch in seinen Gedanken war nur Platz für die Gier nach dem Medikament.

»Bitte zwingen Sie mich nicht, Sie zu verletzen, Sir«, sagte der junge Mann. »Ich gebe der Brücke oder Dr. McCoy Bescheid ...«

Erneut sprang Elliot vor, schneller als beim erstenmal. Der Techniker trat beiseite und schlug zu — seine Faust traf Tindall am Kinn.

Elliot schien kaum etwas davon zu spüren.

Dem jungen Mann gelang es, einem neuerlichen Hieb auszuweichen; er war mit einem Satz hinter Tindall, schlang ihm den Arm um den Hals und blockierte seinen festen Griff, indem er die rechte Hand um den linken Unterarm schloß. Trotzdem gelang es Elliot mit einem jähen Ruck, sich daraus zu befreien, und er sah nun beginnende Furcht in den Augen des Technikers. Der Uniformierte wankte zurück, doch Tindall folgte ihm sofort, packte ihn am Hals und drückte fest zu.

Die Tür des Transporterraums öffnete sich mit einem leisen Zischen, und mehrere Sicherheitswächter kamen herein. Sofort hoben sie ihre schußbereiten Phaser.

»Lassen Sie ihn los, Tindall!« befahl einer von ihnen.

Elliot sah ihn verwirrt an, die Hände noch immer um den Hals des jungen Mannes geschlossen.

»Ich schieße, wenn Sie ihn nicht sofort loslassen!« drohte der Sicherheitswächter.

Elliot kam der Aufforderung nach und ignorierte den Techniker, der besinnungslos zu Boden sank. »Aah«, brachte er heiser hervor und näherte sich den Gestalten vor der Tür.

»Halt! Bleiben Sie stehen, verdammt!«

Elliot ignorierte die Warnung und blieb auch weiterhin in Bewegung. Und dann hechtete er plötzlich nach vorn, ohne sich vorher zu ducken.

Die Sicherheitswächter erhielten gar keine Gelegenheit, auf ihn zu schießen: Tindall war mitten unter ihnen, schlug mit wütender Entschlossenheit um sich. Die

Phaser nützten seinen Gegnern nun nichts mehr, denn sie hätten damit riskiert, sich gegenseitig außer Gefecht zu setzen. Sie trachteten danach, die Hiebe zu meiden und selbst welche auszuteilen; aber selbst wenn sie den Berserker trafen, reagierte dieser überhaupt nicht darauf.

Erneut öffnete sich die Tür, und Spock trat ein. Zwei Sicherheitswächter lagen reglos auf dem Boden, und die anderen beiden hatten ganz offensichtlich keine Chance gegen ihren übergeschnappten Kontrahenten. »Mr. Tindall!« sagte der Vulkanier scharf,

Elliot drehte sich zu ihm um und starrte nur.

»Mr. Tindall!« wiederholte Spock. »Beherrschen Sie sich!«

Elliots Faust sauste dem Gesicht des Ersten Offiziers entgegen. Spocks Kopf kippte zur Seite, und der Schlag verfehlte das Ziel. Einen Sekundenbruchteil später schlossen sich die Finger des Vulkaniers ums Handgelenk des jungen Wissenschaftlers, drückten den Arm nach unten und drehten ihn langsam. Elliot bemühte sich, Widerstand zu leisten, aber gegen die vulkanische Kraft konnte er nichts ausrichten. Als er Spock den Rükken zuwandte, tastete die freie Hand des Ersten Offiziers nach den Nervenpunkten am Nacken.

Tindall verlor sofort das Bewußtsein und erschlaffte. Spock ließ ihn behutsam zu Boden gleiten und sah zu den beiden Sicherheitswächtern. »Bringen Sie diesen Mann in einer Arrestzelle unter. Ich verständige die Krankenstation.«

Nach dem kurzen Kom-Gespräch wanderte sein Blick zu dem Transportertechniker. Der Mann stöhnte leise und hob die Hände zu den blauen Flecken am Hals.

Spock ging neben ihm in die Hocke. »Hören Sie mich?« fragte er ruhig.

»Ja, Sir.« Die Stimme war kaum mehr als ein Flüstern.

»Sprechen Sie sowenig wie möglich«, fuhr Spock fort. »Hilfe ist unterwegs. Ich brauche von Ihnen Antwort auf folgende Frage: Wohin wollte Mr. Tindall gebeamt werden?«

Der Techniker hustete einige Male, räusperte sich und brachte schließlich hervor: »Zum klingonischen Flaggschiff.«

Spock stand wieder auf. Sein Gesicht verharrte in Ausdruckslosigkeit, aber wer ihn so gut kannte wie James Kirk, hätte in den nur scheinbar steinernen Zügen Kummer entdeckt.

Zuerst protestierte McCoy gegen Tindalls Arrest. Er vertrat die Ansicht, daß Elliot als Patient in der Krankenstation behandelt werden sollte, und er suchte Spocks Quartier auf, um ihn davon zu überzeugen. Der Erste Offizier hatte den Fall Tindall eigentlich erst später erörtern wollen, aber nun sah er sich mit der Notwendigkeit konfrontiert, seine Maßnahme zu erläutern.

Zunächst beschrieb er die Szene im Transporterraum.

»Nun ...«, sagte McCoy widerstrebend. »Ein derartiges Verhalten ist tatsächlich verdächtig, zugegeben. Doch inzwischen wissen wir, daß mit dem Mann etwas nicht stimmt, Spock.«

»In der Tat«, erwiderte der Vulkanier. In seiner Stimme erklang leiser Sarkasmus. »Ich möchte Ihnen etwas zeigen, Doktor.« Er wandte sich dem Terminal zu. »Computer.«

»Erwarte Ihre Anweisungen.«

»Öffne die Datei KATASTROPHEN.«

McCoy wölbte wie ein Vulkanier die Brauen, um darauf hinzuweisen, daß Spock einen zu melodramatischen Namen gewählt hatte. Er öffnete den Mund, um einen entsprechenden Kommentar abzugeben — und klappte ihn wieder zu, als die Informationen auf dem Schirm erschienen. Leonard beugte sich verwundert vor, blickte über die Schulter des Ersten Offiziers und las. »Da steht auch Tindalls Name. Und andere, die ich nicht kenne.«

»In der linken Bildschirmhälfte, ja.« Spock nickte. »Und in der rechten?«

»Keine Ahnung, was ... He, das sind Ortsangaben.« McCoy lehnte sich wieder zurück. »Worauf wollen Sie hinaus, Mr. Spock?«

»Fällt Ihnen an den Ortsnamen nichts auf, Doktor?«

Leonard murmelte etwas, so leise, daß seine Bemerkung selbst für die vulkanischen Ohren unhörbar blieb. Anschließend las er erneut. »Devon, Erzengel, New Athens ...« Er blinzelte überrascht. »Größte Katastrophen. Das Devon-Desaster. Die Sache mit dem nuklearen Kraftwerk auf Erzengel. Die Materie-Antimaterie-Explosion auf Centaurus ... Vernichtete Städte, zahllose ausgelöschte Leben. Was auf Centaurus geschah, werde ich mein Leben lang nicht vergessen ...* Na schön. Wie lautet die Erklärung?«

»Ihre Vermutung ist richtig«, begann Spock. »Auf der rechten Seite werden die Namen von Orten verschiedener Föderationswelten genannt, wo schreckliche Katastrophen stattfanden, ob natürlichen Ursprungs oder nicht. Dabei existiert ein gemeinsamer Faktor: die große Anzahl von Opfern. Links sehen Sie die Namen von Personen, die hohe Positionen erreicht haben, entweder in Starfleet oder bei den Föderationsbehörden — sie sind dort geboren, wo es zu den Tragödien kam.«

»Na und?« fragte McCoy verdutzt. »Ein seltsamer Zufall, weiter nichts. Oder die Zerstörung der Heimat verlieh den betreffenden Personen zusätzlichen Ehrgeiz, was sie in die Lage versetzte, auf der Karriereleiter immer höher zu klettern. Aber sonst ...« Der Arzt unterbrach sich kurz. »He, woher haben Sie denn diese Informationen? Persönliche Daten sind doch vertraulich, oder?«

»Während meines Aufenthalts in San Francisco habe

* siehe ›Krise auf Centaurus‹ von Brad Ferguson; Heyne-Buch Nr. 06/4776

ich mir Listen aus dem Personalarchiv der Föderation besorgt«, antwortete Spock.

McCoy grinste. »›Besorgt‹, wie? Meinen Sie damit vielleicht ›stibitzt‹? Ganz einfach für einen Computerexperten wie Sie, nicht wahr?«

»Können wir uns nun wieder den Darstellungen auf dem Bildschirm widmen, Doktor? Vielleicht haben diese Korrelationen enorme Bedeutung.«

»Wie meinen Sie das?«

Spock nannte seine Schlußfolgerungen.

McCoy hörte stumm zu, und die Ungläubigkeit des Arztes verwandelte sich schon bald in große Besorgnis. Nach einer Weile hielt er es einfach nicht mehr aus und unterbrach Spock, indem er zornig aufsprang. »Wieso sitzen Sie hier so ruhig und erzählen *mir* davon? Stellen Sie unverzüglich einen Kom-Kontakt mit Starfleet Command her und erstatten Sie ausführlich Bericht!«

»Wir brauchen mehr als nur Indizien, Doktor. Uns liegt kein unbestreitbarer Beweis für die Richtigkeit meiner Vermutungen vor.«

»Und ich schätze, einen solchen Beweis erhoffen Sie sich von Tindall, stimmt's?«

Spock nickte. »Ja.«

McCoy runzelte die Stirn. »Wußten Sie von Anfang an über Tindall Bescheid, oder ...« Er ließ das Ende des Satzes offen.

»Mr. Tindalls starken Veränderungen unterworfene Verhaltensmuster erschienen mir verdächtig«, erwiderte Spock. »Doch dies hier ...« — er nickte in Richtung Computerschirm —, »... waren nur Spekulationen bis zum Zwischenfall im Transporterraum.«

»Ich verstehe«, sagte McCoy langsam. »Nun, ich schlage vor, wir gehen der Sache sofort auf den Grund. Reden wir mit dem Burschen.« Er stand abrupt auf und eilte mit langen Schritten zur Tür.

»Warten Sie, Doktor. Sie sollten sich von einer Sicherheitsgruppe begleiten lassen.«

»Was? Unsinn, Spock! Ich werde auch allein mit ihm fertig.«

Spock schwieg und bestätigte eine Taste. Das Bild auf dem Schirm wechselte: Die Namen und Ortsangaben verschwanden — das Projektionsfeld gewährte nun einen Blick in Tindalls Arrestzelle.

»Lieber Himmel!« entfuhr es McCoy. Einige Sekunden lang starrte er entsetzt auf den Monitor, und dann nickte er ernst. »Sie haben recht, Spock. Ich brauche tatsächlich einige Leute aus der Sicherheitsabteilung.«

KAPITEL 16

Stunden waren vergangen — lange, endlose Stunden. Der triumphale Friedensflug der klingonischen Flotte zur Erde hatte noch immer nicht begonnen. Die Anspannung im Kontrollraum der *Allianz* nahm ständig zu. »Sie haben sich das alles anders vorgestellt, nicht wahr?« fragte Kirk und sah Morith an. »Was sagen Ihre Geschichtsbücher dazu?«

Der Klingone schnitt eine finstere Miene. »Die historischen Aufzeichnungen beschreiben den tholianischen Zwischenfall nicht in allen Einzelheiten.«

»Auf diese Weise kommen wir nicht weiter«, fügte Jim hinzu. »Ständig treffen mehr Föderationsschiffe ein, und nach wie vor warten beide Seiten ab.« Er trat an Moriths Seite. »Vielleicht könnte ich die Situation ändern, wenn ich dort drüben wäre, an Bord der *Enterprise* ...«

Morith warf ihm einen durchdringenden Blick zu und ging zum Befehlsstand. »Setz ihn nicht zu sehr unter Druck, Jim«, sagte Kalrind leise. »Er ist besorgt. Und es geht dabei um etwas, das er dir bisher verschwiegen hat.«

»Davon scheint es eine Menge zu geben«, murmelte Kirk. »Na schön, ich höre.«

»Einige alte Dokumente weisen auf folgendes hin: In deiner Zeit versuchten die Alten Klingonen, den interstellaren Völkerbund zu unterwandern.«

»Einem jener Agenten bin ich begegnet«, sagte Jim nachdenklich. »Er hieß ... Darvin. Wir nahmen an, daß plastische Chirurgie ihm ein menschliches Erscheinungsbild gab. Aber bis heute wissen wir nicht, wie es ihm gelang, sich auch wie ein Mensch zu *verhalten.* Für Klingonen muß das ein erhebliches Problem sein. Wahrscheinlich liegt es an ihrem kulturellen Hintergrund. Sie wachsen mit Krieg und Aggression auf; von Kindesbeinen an lehrt man sie, Feinde in uns zu sehen, eine Gefahr für ihr Überleben. Wenn so konditionierte Klingonen Menschen begegnen, reagieren sie fast instinktiv mit Feindseligkeit.«

»Ich wünschte, du würdest nicht so sprechen, als sei das noch immer der Fall«, entgegnete Kalrind voller Unbehagen.

»Deine Vergangenheit ist jetzt die Gegenwart, oder? Nun, bitte setz die Erklärungen fort.«

»Wir wissen nicht viel von der Infiltration. Die Alten Klingonen legten so großen Wert auf Geheimhaltung, daß sie ihre eigenen Aufzeichnungen zerstörten — als wir das Imperium unter unsere Kontrolle brachten, vermute ich. Morith meinte, er sei nicht sicher, wer den Befehl über die Föderationsflotte hat.«

»Glaubt er etwa, daß die Starfleet-Schiffe dort draußen ihre Anweisungen von Klingonen erhalten?« Kirk lachte. »Das ist doch absurd!«

Kalrind schüttelte den Kopf. »Nein, Jim. Wir glauben, daß die imperialen Agenten hohe Positionen in der Föderationshierarchie erreicht haben. Verstehst du? Sie hätten natürlich enormes Interesse daran, unsere Mission zu sabotieren. Sie wissen nichts vom Großen Frieden, und ihnen fehlt unsere historische Perspektive, aber aus deinen Schilderungen in Hinsicht auf die Neuen Klingonen können sie den Schluß ziehen: Wenn wir Erfolg haben, verschwindet alles, das ihnen vertraut ist. Nachdem wir im Imperium die Macht errangen, gab es dort kaum mehr Platz für sie.«

»Ich halte es nach wie vor für absurd. Mit Spock habe ich per Subraum-Kom gesprochen, und McCoy stand mir an Bord dieses Schiffes gegenüber — daher *weiß* ich, daß es die Männer sind, an die ich mich erinnere.«

»Natürlich sind sie das«, sagte Kalrind rasch. »Ich wollte nicht andeuten, daß jemand anders in die Rolle deiner Freunde geschlüpft ist. Aber was ihre Vorgesetzten betrifft, kannst du unmöglich sicher sein.«

Kirk lachte leise. »De La Jolla hat sich leider nicht verändert.«

»Ich bitte dich nur, an jene Männer zu appellieren, die du gut kennst, Jim. Versuch irgendwie, das gegenwärtige Patt zu überwinden.«

Kirk musterte die Klingonin eine Zeitlang und nickte dann. »Na schön. Reden wir mit Morith.«

Inzwischen war die Szene vertraut: Morith saß im Kommandosessel; Kirk und Kalrind standen zu beiden Seiten des Befehlsstands.

»Hallo, Spock.«

Die große Gestalt auf dem Wandschirm nickte ernst. »Captain ...«

»Es scheint ein Vertrauensproblem zu geben, nicht wahr?« Kirk legte die Hände auf den Rücken und schritt langsam von Morith fort, bis er ein ganzes Stück abseits auf dem Podium stand. Spocks Blick folgte ihm.

»In der Tat«, bestätigte der Vulkanier.

»Wie können wir es lösen?« fragte Kirk rhetorisch. »Ist McCoy bei Ihnen?«

»Ja, Captain.« Das Bild auf dem Schirm wuchs in die Breite und zeigte auch den Bordarzt der *Enterprise.*

»Pille ...« Kirk sah den Arzt an. »Vielleicht kenne ich eine Lösung. Erinnerst du dich an unser letztes Gespräch?«

Die Klingonen im Kontrollraum der *Allianz* hörten Jim aufmerksam zu, und Kalrind lauschte mit besonderem Interesse. Sie verließ ihren Platz neben Moriths Sessel, trat an den Menschen heran und sah mit gerunzelter Stirn zu ihm auf.

Kirk lächelte und legte ihr den Arm um die Schulter. Dann wandte er sich wieder dem Projektionsfeld zu und teilte McCoy mit: »Pille, ich habe *zwei* Splitter im Auge.«

Die Klingonen wechselten verwirrte Blicke, und in Leonards Gesicht zeigte sich Mißbilligung. »Ja, das sehe ich, Jim.«

Spock beugte sich vor und flüsterte eine Anweisung ins Interkom des Kommandosessels. Niemand auf der Brücke des klingonischen Flaggschiffs konnte seine Worte hören.

Kurz darauf erklang ein dumpfes Summen im Kontrollraum der *Allianz*. Morith sah sich verwundert um und hielt nach der Ursache des Geräuschs Ausschau. »Was ist das?«

Einer der Brückenoffiziere an den Konsolen rief plötzlich: »Föderationstransporter!« Er stand ruckartig auf, deutete zu Kirk und Kalrind. Glitzerndes Licht umhüllte sie.

Morith schrie, sprang nach vorn und ... taumelte durch Leere. Er stieß an das Geländer der Kommandoplattform, hielt sich dort fest. Kirk und seine Begleiterin waren bereits entmaterialisiert.

Kalrind blickte sich erschrocken um. »Wo sind wir, Jim?« Sie versteifte sich. »Man hat uns transferiert, nicht wahr?«

Kirk nickte und trat von der Plattform. »Willkommen an Bord meines Lieblingsschiffes.« Er winkte dem Transportertechniker zu, der von einem Ohr bis zum anderen grinste.

»Willkommen zu Hause, Sir«, krächzte der Mann.

»Mit Ihrem Hals scheint etwas nicht in Ordnung zu sein, Lieutenant.«

»Es ist eine lange Geschichte, Sir.«

Kirk nickte erneut. »Und ich möchte Sie von Ihnen hören, wenn wir alles hinter uns haben und Zeit dafür erübrigen können.« Er lächelte und drehte sich zur

Plattform um. Kalrind stand noch immer auf dem Transferfeld, wirkte vollkommen verdutzt und desorientiert. »Jim …«, begann sie und unterbrach sich sofort wieder.

Die Tür öffnete sich. Spock und McCoy kamen herein, gefolgt von einigen Sicherheitswächtern.

»Captain …«, sagte Spock ruhig. »Freut mich, Sie wiederzusehen.«

McCoy räusperte sich demonstrativ und schob den Vulkanier beiseite. »Jim!« rief er, und sein Enthusiasmus bildete einen auffallenden Kontrast zum Ernst des Vulkaniers. Er griff nach Kirks Hand und drückte sie.

Der Captain schmunzelte. »*Plus ça change.* Pille, der Splitter oder Balken im Auge … Es ist alles recht vage. Vielleicht hätte ich es nicht verstanden.«

»Ich kenne dich viel zu gut«, erwiderte McCoy triumphierend. »Meine Güte, du bist eine lebende Zitatensammlung.«

»Captain …«, warf Spock ein. »Darf ich Ihre Aufmerksamkeit für wichtigere Dinge beanspruchen?«

»Ja, Mr. Spock.« Kirk versuchte, das Lächeln von seinen Lippen zu verbannen und ebenso ernst zu sein wie der Vulkanier.

»Hiermit gebe ich Ihnen das Kommando über die USS *Enterprise* zurück, Sir.«

Daraufhin verschwanden die letzten Reste des Schmunzelns. Kirk seufzte und spürte, wie eine Anspannung von ihm wich, die er bisher nicht bewußt zur Kenntnis genommen hatte. Er ließ seinen Blick durch den Transporterraum schweifen und sah mehr als nur Konsolen und Wände. »Ja«, sagte er. »Ja.« Er schüttelte sich, kehrte ins Hier und Heute zurück. »Ich brauche Informationen, Mr. Spock. Wir treffen uns im Konferenzzimmer. Hier entlang, Kalrind.« Captain James T. Kirk straffte die Schultern und schritt in den Korridor.

Kirk, Spock, McCoy und Kalrind saßen am Tisch des Konferenzzimmers — die drei Starfleet-Offiziere am einen Ende, die Klingonin am anderen. Spock berichtete von den Ereignissen seit dem Verschwinden des Captains. Er schilderte die Umstände, unter denen auch die *Enterprise* in den Sturm geriet, erwähnte die Beschädigungen der Bordsysteme und erzählte von Uhura.

»Commander Uhura wurde durch einen elektrischen Schlag bewußtlos, ausgelöst von einem enorm starken Signal, das Ihr Transponder sendete, Captain — jenes kleine Gerät, das Sie zur *Keule* mitnahmen. Nun, diese Entdeckung weckte Argwohn in mir. Zuerst vermutete ich den Einsatz eines Transporters, was jedoch aus mehreren Gründen nicht in Frage kam. Anschließend ging ich von der Vermutung aus, daß der Transponder in den Wirkungsbereich einer klingonischen Tarnvorrichtung geriet, die auf einem bemerkenswert hohen energetischen Niveau arbeitete.«

»Seltsam«, kommentierte Kirk. »Was unternahmen Sie daraufhin?«

Spock sah kurz zu Kalrind, die auch weiterhin schwieg. »Ich begann mit Experimenten und verwendete dabei die von uns erbeutete romulanische Tarnvorrichtung«, fuhr er fort. »Ich habe mehr Energie in sie geleitet und anschließend einen Transponder ihrem Wirkungsfeld ausgesetzt. Die erwarteten Ergebnisse blieben nicht aus: Das Gerät emittierte ein erstaunlich starkes Signal, das nur den Bruchteil einer Sekunde dauerte, und dann brannte es durch.«

Kirk drehte stumm den Kopf und musterte Kalrind. Nach einer Weile wandte er sich wieder dem Ersten Offizier zu. »Interessant, Mr. Spock. Sogar faszinierend.«

»Und sehr nützlich, Captain. Aufgrund meiner Nachforschungen sind wir nun imstande, die Verwendung einer Tarnvorrichtung aus größerer Entfernung festzustellen. Allerdings nur dann, wenn ihr energetisches Potential wesentlich erhöht wurde.«

Kirk nickte langsam. »Mit anderen Worten: Wenn das Kraftfeld von einem Schiff erzeugt wird, um ein anderes zu tarnen.«

»Ja, Captain. Oder wenn mehrere Schiffe ihre Tarnvorrichtungen zum gleichen Zeitpunkt aktivieren.«

»Hm. Ich verstehe. Bitte fahren Sie fort.«

»Vor einigen Tagen erschien eine riesige Flotte wie aus dem Nichts im Imperium und näherte sich der Föderationsgrenze. Starbase Siebzehn ortete sie — von dort aus werden die nächsten imperialen Sektoren ständig überwacht. Alle Föderationsschiffe in diesem Quadranten erhielten den Befehl, der Flotte entgegenzufliegen und sie abzufangen, bevor sie tiefer in unser stellares Territorium vordringt. Die *Enterprise* befand sich noch immer im Dock der Starbase, wo man die letzten Instandsetzungsarbeiten vornahm. Auch wir erhielten eine Einsatzorder. Und wir entdeckten deutliche Hinweise auf die Verwendung zahlreicher Tarnvorrichtungen, als die klingonischen Kreuzer erschienen.«

Kirk schloß die Augen und seufzte schwer. Nach einigen Sekunden hob er die Lider und richtete einen traurigen Blick auf Kalrind. »Weißt du, ich habe damit gerechnet — und gleichzeitig gehofft, daß ich mich irre. Ich *wollte* glauben, daß Moriths Behauptungen der Wahrheit entsprechen.«

»Er *hat* die Wahrheit gesagt, Jim!« beharrte die Klingonin. »Und ich ebenfalls. Ich verstehe nicht, was die Ausführungen des Vulkaniers bedeuten. Wir haben dich nie belogen!«

Kirk schüttelte den Kopf und stand auf. »Mr. Spock, eine Sicherheitsgruppe soll sofort hierherkommen. Ich möchte, daß Kalrind vorerst unter Arrest gestellt wird.«

»Nein, Jim!« Auch Kalrind erhob sich nun, griff nach Kirks Arm und veranlaßte ihn dazu, ihrem Blick zu begegnen. »Du kannst mich unmöglich für eine Lügnerin halten ...«

»Tut mir leid.« Der Captain löste die Finger von seinem Arm. »Es tut mir wirklich leid.«

Schweigend standen sie sich gegenüber. Dann glitt die Tür auf, und zwei Sicherheitswächter traten ein.

»Meine Herren ...« Kirk drehte sich um, kehrte Kalrind den Rücken zu. »Sie haben Ihre Anweisungen bereits erhalten.«

Er wartete, bis die beiden Wächter und Kalrind das Zimmer verlassen hatten, ließ sich dann wieder in den Sessel sinken. »Sie klingt ehrlich und aufrichtig«, kam es kummervoll von seinen Lippen.

Spock und McCoy wechselten einen erstaunten Blick.

KAPITEL 17

Das Klopfen zerrte Jim aus einem tiefen Schlaf, der keine Ruhe brachte und den er sich eigentlich gar nicht leisten konnte. Sowohl die klingonischen Kreuzer als auch die Starfleet-Schiffe hatten nun wieder ihre Deflektoren aktiviert, und Kirk war zum Kommandeur der Föderationsflotte ernannt worden — die Situation erlaubte es nicht, auch nur eine Minute zu vergeuden. Als sich der Captain auf die Koje gelegt hatte, wollte er nur ein wenig entspannen, den dumpfen Schmerz aus Muskeln, Knochen und dem Herzen verbannen. Doch der eigene Körper verriet ihn.

»Herein.«

Kirk stand mühsam auf und wankte benommen zum Schreibtisch. Das Schott glitt mit einem leisen Zischen beiseite, und McCoy trat durch die Tür, lehnte sich an die Wand und beobachtete, wie Jim durchs Zimmer torkelte. »Du siehst aus, als sollte ich dir schleunigst einen Platz in der Intensivstation reservieren.«

»Bist du gekommen, um dafür zu sorgen, daß ich mich noch mieser fühle, Pille?«

McCoy stieß sich von der Wand ab und streckte die Hand aus. »Die Sicherheitsabteilung hat das hier bei deiner Freundin gefunden und beschlagnahmt.«

Kirk sah ein Fläschchen mit roten Pillen.

»Medizin. Darüber weiß ich Bescheid. Kalrind leidet an einer Erbkrankheit und braucht pro Tag eine Dosis der Arznei. Gib sie ihr zurück.«

»Eine Dosis pro Tag, wie?« McCoy betrachtete die

kleine Flasche. »Ja. Paßt ins Bild. Spock hat dir von Elliot Tindall erzählt, nicht wahr?«

Kirk stützte die Ellenbogen auf den Tisch und das Kinn auf die Hände. »Pille ... Wovon redest du eigentlich?«

»Komm, Jim«, erwiderte McCoy sanft. »Begleite mich bei einem kleinen Ausflug.«

»Für so etwas habe ich keine Zeit.«

Leonard schüttelte den Kopf. »Ich meine es ernst, Jim.«

Kirk sah auf, überrascht vom veränderten Klang der Stimme. »Na schön«, entgegnete er nach einigen Sekunden. »Aber zuerst brauche ich eine kalte Dusche, um richtig wach zu werden.«

McCoy lächelte schief. »Das ist nicht nötig. Was ich dir gleich zeigen werde, vertreibt deine Müdigkeit — garantiert.«

Auf dem Weg zur Sicherheitsabteilung berichtete McCoy von Elliot Tindall. Er unterbrach seine Schilderungen, als er bei Tindalls Verhalten im Transporterraum, bei seinem Angriff auf die Sicherheitswächter und Spock angelangt war.

»Aber was hatte er vor?« fragte Kirk. »Wohin wollte er sich transferieren?«

»Wohin? Zum Flaggschiff der klingonischen Flotte. Weil er ein Klingone ist.«

Kirk blieb verblüfft stehen, ging dann langsam weiter. »Es steckt noch mehr dahinter, oder?«

»Es gelang Spock, Dutzende von Klingonen zu identifizieren, die ebenso wie Tindall getarnt waren und Schlüsselstellungen bei Starfleet oder den verschiedenen Föderationsbehörden einnahmen. Angeblich erblickten sie das Licht der Welt an Orten, die später durch Katastrophen zerstört wurden — es gab also niemanden, der sie aus ihrer Kindheit kannte. Natürlich benutzten die Agenten echte Namen, und sie konnten ihre Herkunft mit Kopien von Geburtsurkunden aus zentralen Archiven ›beweisen‹. Aber keiner von ihnen hatte überlebende Verwandte oder Jugendfreunde.«

»Sie hat mich darauf hingewiesen.«

»Wer?«

»Kalrind.«

Diesmal verharrte McCoy, um sich dann wieder in Bewegung zu setzen. »*Tatsächlich?*«

Kirk nickte. »Ja. Sie erwähnte einen Plan der Alten Klingonen, Starfleet zu unterwandern. Einzelheiten kennt sie nicht. Ich habe dir ja gesagt, daß sich diese Klingonen von denen unterscheiden, die uns bisher so viele Probleme bereiteten.«

»Faszinierend«, kommentierte McCoy. »Nun, wir sind da — Tindalls Zelle.«

Nach McCoys Beschreibungen hatte Kirk einen weltmännischen, kultivierten und würdevollen Europäer erwartet. Statt dessen sah er ein ... Geschöpf mit blitzenden Augen und fratzenhaftem Gesicht.

Tindall saß auf dem Boden, den Rücken an die hintere Wand der Arrestzelle gelehnt. Seine Kleidung war halb zerfetzt und schmutzig. Kirk und McCoy standen im Korridor und beobachteten den Gefangenen. Tindalls Blick wanderte unstet durchs Zimmer, und seiner Miene fehlte jedes Anzeichen von Intelligenz. »In der Krankenstation habe ich keine Freiwilligen gefunden, die bereit sind, diesen Raum zu betreten und sich um ihn zu kümmern«, sagte Leonard. »Ich lehne es ab, jemandem einen entsprechenden Befehl zu geben. In der Sicherheitsabteilung gibt es ähnliche Probleme.«

Tindall hörte die Stimme des Arztes und hob langsam den Kopf. Er sah zu den beiden Männern, stand auf und schwankte, stützte sich mit der einen Hand an der Seitenwand ab. Plötzlich stieß er einen heiseren Schrei aus und stürmte zur Tür.

Das Kraftfeld im Zugang glühte, als Elliot dagegenprallte, schleuderte ihn quer durch die Zelle. Tindall fiel zu Boden, rollte sich zusammen, zitterte und stöhnte.

»Lieber Himmel, Pille, was ist los mit ihm?«

»Vitamine.«

»Wie bitte?«

»Hab ein wenig Geduld, Jim. Hast du dich nicht gefragt, auf welche Weise wir Tindall als Klingonen entlarven konnten?«

Kirk vollführte eine unbestimmte Geste. »Blutuntersuchungen. Genanalysen. Und so weiter.«

»Nun, das stimmt im großen und ganzen. Aber die Unterschiede zwischen Klingonen und Menschen sind weitaus subtiler, als viele Leute glauben. Selbst unter normalen Umständen betreffen sie in erster Linie die Biochemie. Ich meine, es gibt keine so auffälligen Merkmale wie das zweite Herz bei Vulkaniern. Die äußerlichen Aspekte — zum Beispiel grobere Gesichtsknochen — lassen sich mit Hilfe plastischer Chirurgie anpassen, und in dieser Hinsicht scheint die imperiale Medizin ein ganzes Stück vorangekommen zu sein. Die Biochemie hingegen verursacht wesentlich komplexere Probleme, aber den Klingonen ist es gelungen, auch in diesem Zusammenhang wichtige Forschungserfolge zu erzielen: Ihnen stehen jetzt Drogen zur Verfügung, die über solche Unterschiede hinwegtäuschen. Außerdem haben sie Präparate entwickelt, die es ihnen erleichtern, ihre Stimmungen zu kontrollieren und sich in menschlicher Gesellschaft unseren Normen gemäß zu verhalten.«

»Aber Tindall hat im Transporterraum Sicherheitswächter und auch Spock angegriffen.« Kirks Blick kehrte zu der Gestalt zurück, die in der Zelle lag und leise wimmerte.

»Auch Lieutenant Crandall erlebte seine wiedererwachte Aggressivität am eigenen Leib«, fügte McCoy hinzu. »Der Grund: Elliot nahm das Medikament nicht regelmäßig, und dadurch ließ die Wirkung nach.«

»Ein sonderbarer Fehler für einen ansonsten außerordentlich erfolgreichen Geheimagenten!«

Für gewöhnlich war McCoy immer zum Scherzen

aufgelegt, aber diesmal blieb er ernst. »Der arme Kerl ist verheiratet. Mit einer Terranerin. Nun, vielleicht sollte ich ›die arme Frau‹ sagen. Sie scheinen sich wirklich geliebt zu haben. Wie dem auch sei: Tindall behauptete, er brauche das Medikament für seine Gesundheit, und die Ehefrau ersetzte den Inhalt des Fläschchens mit Pillen, die genauso aussahen — Vitamine.«

Kirk hatte das Gefühl, als schnüre ihm irgend etwas den Hals zu. »Wie *sahen* die Pillen aus?«

McCoy hob wortlos das von Kalrind stammende Fläschchen.

Jim zwang sich, ruhig zu sprechen. »Tindall mußte eine Zeitlang ohne sein Medikament auskommen — und daraufhin verwandelte er sich in *das* dort?«

McCoy nickte. »Nach einer von Gewalt geprägten Phase, der ein Koma folgte. Als er daraus erwachte, war er kaum mehr als ein Schatten seiner selbst. Aber derartige Konsequenzen müssen sich nicht *unbedingt* einstellen. Elliot arbeitete seit langer Zeit als klingonischer Agent in der Föderation, und das bedeutet: Über Jahre hinweg stand er unter der Wirkung des Medikaments. Das scheint ein wichtiger Faktor zu sein. Klingonen, die das Präparat nur für kurze Zeit nehmen, haben keine nachteiligen Folgen zu befürchten.«

»Analysiere die Substanz.«

»Das ist gar nicht nötig«, entgegnete McCoy. »Ich kann mir denken, was es damit auf sich hat.«

»Ich habe um eine Analyse gebeten, Pille«, sagte Kirk scharf. »Nicht um Spekulationen.«

McCoy nickte erneut und schwieg.

»Ich bin auf der Brücke. Gib mir bitte so schnell wie möglich Bescheid.« Der Captain wandte sich zum Gehen.

»Warte, Jim. Kalrinds Arrestzelle befindet sich ganz in der Nähe. Wahrscheinlich ist die junge Dame ziemlich durcheinander. Ein kurzes Gespräch würde ihr sicher helfen.«

Kirk schüttelte langsam den Kopf. »Nein.«

»Tindall ist nicht der einzige Fall. Mr. Spock hat gründliche Arbeit geleistet — wir stöbern die Burschen überall in Starfleet und den Behörden der Föderation auf: klingonische Agenten, die schon seit Jahren Informationen sammeln und Drogen schlucken, damit sie sich wie wir verhalten können. Du ahnst gar nicht, was auf der Erde und den anderen wichtigen Welten los ist. Überall finden Fahndungen und dergleichen statt. Eine ziemlich aufregende Sache.«

»Sonst noch etwas?«

»Ja. Ich möchte dich in der Krankenstation untersuchen, Jim. Und zwar sofort.« Als er typischen Starrsinn in Kirks Zügen bemerkte, fügte er hinzu: »Wenn du ablehnst, wäre ich gezwungen, mich auf die Befugnisse meines Rangs zu berufen. Als Erster Medo-Offizier des Raumschiffs USS *Enterprise* bin ich autorisiert ...«

»Schon gut!« Es fiel Kirk sehr schwer, sich zu beherrschen. Er wußte, daß McCoy recht hatte — tief in sich spürte er bereits den Beginn eines neuen Schwächeanfalls, der unangenehme Erinnerungen an die klingonische Basis in ihm weckte. »Ich komme später zu dir und ...« Er seufzte. »Nein. Wir bringen es jetzt gleich hinter uns.«

»Kein Zweifel?«

»Kein Zweifel.«

»Du hast ganz bestimmt keine alten Verletzungen gefunden, die mit Hilfe moderner medizinischer Technik behandelt wurden?«

»Jim, in deinem Innern sieht's *wüst* aus. Man braucht keine jahrelange Erfahrung, um das zu erkennen. Die Scanner und Sensoren gaben sofort Alarm, als ich sie auf dich richtete. Um es wissenschaftlich auszudrücken: In dir ist alles verdreht und verknotet. Ich biete dir nicht einmal einen Drink an, um den Schock zu lindern — weil ich befürchte, daß die Flüssigkeit aus Löchern in deiner Brust tropft. Na schön ...« McCoy hob die Hand. »Ich übertreibe ein wenig, ja. Dein derzeitiger Zustand ist durchaus verständlich, wenn man bedenkt, was du an Bord der *Keule* erlebt hast. Irgend jemand hat dich grob zusammengeflickt, vermutlich ein Möchtegernarzt, der seine Instrumente mit den Zehen hielt. Anschließend hat man dich mit Drogen vollgepumpt, damit du keinen Schmerz spürst und dich für fit hältst.«

»Ich verstehe das nicht, Pille. Ich habe mich gut gefühlt. Vollkommen erholt.«

»Die klingonischen Fortschritte auf dem Gebiet der Biochemie, Jim: Wahrscheinlich haben sie die besten schmerzstillenden Mittel und Aufputscher im bekannten Universum. Aber damit heilt man niemanden.«

Leonard blätterte in den Unterlagen auf seinem Schreibtisch: Dutzende von Blättern mit Analyseergebnissen. »Das ist noch nicht alles, Jim. Es gibt Hinweise darauf, daß du mehrmals operiert worden bist, und zwar von ausgesprochen inkompetenten Chirurgen. Vermutlich wurden die neuerlichen Eingriffe notwendig, um die bei den vorherigen Operationen angerichteten Schäden zu reparieren. Ich nehme an, es kam auch zu inneren Blutungen. Nun, einige deiner Wunden sind geheilt — aber nicht gut genug. Außerdem: Die Drogen vermittelten dir den Eindruck, wieder voller Kraft zu stecken, und sie verleiteten dich zu einem entsprechenden Verhalten — was zu einer weiteren Verschlechterung deiner allgemeinen Verfassung führte. Letztendlich hättest du dich selbst umgebracht; vielleicht wärst du gerade lange genug am Leben geblieben, um deinen Zweck für die Klingonen zu erfüllen.

Jemand hat dir sehr wirkungsvolle Substanzen verabreicht, Jim«, fuhr Leonard fort. »Und zwar in einer solchen Menge, daß Blut und Gewebe noch immer einen Rest davon enthalten. Früher oder später kippst du einfach um. Ich halte es für besser, dich jetzt gleich hier in der Krankenstation unterzubringen und mit einer *richti-*

gen Behandlung zu beginnen. Danach brauchst du mindestens eine Woche Ruhe.«

Kirk schwang die Beine über den Rand der Diagnoseliege und stand auf. »Tut mir leid, Pille. Ich werde noch für einige Stunden gebraucht. Die Wirkung der klingonischen Drogen hält sicher lange genug an, um es mir zu erlauben, für eine gewisse Zeit auf den Beinen zu bleiben. Keine Widerrede.«

McCoy wollte trotzdem protestieren, überlegte es sich jedoch anders, als er Kirks grimmigen Gesichtsausdruck bemerkte.

»Ich kehre jetzt zur Brücke zurück«, sagte der Captain. »Bitte analysiere die Pillen so schnell wie möglich. Ich muß wissen, was sie enthalten.«

KAPITEL 18

Die Brückenoffiziere lächelten erfreut, als Kirk den Kontrollraum betrat, doch er achtete nicht darauf. Der Steuermann de Broek nahm wieder an seiner Konsole Platz. Kirk ließ sich in den Kommandosessel sinken, und einige Sekunden lang blickte er wortlos zum Wandschirm, beobachtete ferne, gleichmäßig leuchtende Sterne. Angespannte Stille herrschte; die Anwesenden ahnten, was der Captain empfand.

Uhura beendete das Schweigen. »Captain? Seit Ihrem Transfer hierher hat Morith mehrmals um ein Gespräch mit Ihnen gebeten.«

»Nun ...« Kirk holte tief Luft. »Ganz offensichtlich hat er erraten, wohin wir verschwunden sind.« Er sah Uhura an und rang sich ein Lächeln ab. »Es freut mich, daß Sie gesund und munter sind, Commander.«

Uhura lächelte ebenfalls. »Und *mich* freut es, daß Sie wieder im Kommandosessel der *Enterprise* sitzen, Captain. Möchten Sie, daß ich eine Kom-Verbindung mit Morith herstelle?«

»Nein, er soll ruhig noch etwas schmoren. Zuerst brauche ich eine Auskunft von Dr. McCoy ...« Das Interkom in der Armlehne des Sessels summte, und die Stimme des Bordarztes erklang. »Ich habe die Analyse durchgeführt, Jim.«

»Gute Arbeit, Pille. Worauf wartest du noch?«

Leonard brummte etwas Unverständliches, bevor er antwortete: »Meine ›Spekulationen‹ stimmen mit dem Ergebnis überein. In dem Fläschchen deiner Freundin befand sich das gleiche Präparat, das auch Tindall nahm. Es unterdrückt negative Empfindungen, und wahrscheinlich beeinträchtigt es auch das Erinnerungsvermögen.«

»Gedächtnislücken?«

»Ja. Wer mit dem Mittel behandelt wird, vergißt seine Vergangenheit oder einen Teil davon. Die auf der Erde tätigen Agenten waren mit falschen Erinnerungen ausgestattet. Das wahre klingonische Ich erwacht erst, wenn die Betreffenden über einen längeren Zeitraum hinweg keine Gelegenheit bekamen, ihre ›Arznei‹ zu nehmen — so wie bei Elliot.«

»Sie geben nie auf, nicht wahr?« murmelte Kirk. »Dauernd suchen die Klingonen bei uns nach einem schwachen Punkt.« Er blinzelte mehrmals und fühlte die besorgten Blicke der Brückenoffiziere auf sich ruhen. Er trachtete danach, sie mit einem Lächeln zu beruhigen, doch es fiel ihm alles andere als leicht. »Es ist alles in Ordnung mit mir, meine Damen und Herren. Bitte kümmern Sie sich wieder um Ihre Arbeit.« Die Männer und Frauen wandten sich rasch ihren Pulten zu. Kirk tastete nach einem Kippschalter in der Armlehne, verfehlte ihn. Er versuchte es erneut, und auch diesmal berührte sein Zeigefinger nur leere Luft.

Kirk ließ die Hand langsam aufs Polster neben dem integrierten Kontrollmodul sinken und führte einen stummen Kampf gegen die Unruhe in seinem Innern. Der ganze Arm zitterte. Einige Sekunden lang saß er reglos und wartete, bis er glaubte, sich wieder in der Gewalt zu haben. Zum dritten Mal griff er nach dem Schalter, und es klickte leise. »Pille?«

»Habe mich schon gefragt, was los ist, Jim. Alles in Ordnung?«

»Mehr oder weniger«, erwiderte Kirk. »Vielleicht kann uns Kalrind helfen — ob freiwillig oder gegen ihren Willen. Ich bin entschlossen, die Wahrheit herauszufinden. Es war immer wieder die Rede von Neuen

Klingonen, und Kalrind behauptete, selbst eine zu sein. Die Frage lautet: Stimmt das? Oder geht ihr sanfteres Gebaren auf die Droge zurück?«

»Jim ...«, begann McCoy unsicher. »Brauchst du wirklich eine Antwort?«

Kirk dachte nach und spürte einmal mehr die Aufmerksamkeit der Brückenoffiziere.

»Solange es eine Chance gibt, Doktor ... Ja, ich möchte eine Antwort.«

»Wie du willst«, brummte Leonard. Es klang fast verärgert.

»Morith behauptete, Kalrind müßte ihre Medizin jeden Tag nehmen, um nicht der ›Erbkrankheit‹ zum Opfer zu fallen. Inzwischen ist es schon eine ganze Weile her, seit sie ihre letzte Dosis bekam. Wieviel Zeit blieb den inzwischen gefaßten Spionen, bevor sie das Mittel brauchten?«

»Offenbar hing es davon ab, wie lange sie schon darauf angewiesen waren. Elliot Tindall ... Nun, seinen wahren Namen kenne ich nicht, und deshalb nenne ich ihn auch weiterhin so. Elliot kam einige Tage lang ohne die Substanz aus. Er glaubte zwar, seine Pillen zu nehmen, aber in Wirklichkeit handelte es sich um harmlose Vitamine. Die Droge begleitete ihn schon seit vielen Jahren, und deshalb hatte sich in seinem Körpergewebe genug davon angesammelt.

Auch zwischen den Folgen des Entzugs und der Einnahmedauer scheint ein direkter Zusammenhang zu bestehen. Elliot neigte zu gedankenlosem Jähzorn einerseits und zu tiefen Depressionen andererseits. Wenn das Mittel nur während eines vergleichsweise kurzen Zeitraums seine Wirkung entfaltet ... dann erwachen ganz normale Klingonen, die nur noch zorniger sind als sonst. Gewissermaßen Superklingonen, Jim. Vielleicht lassen diese emotionalen Reaktionen schließlich nach — wir können es nur nach einer längeren Beobachtungsphase feststellen.

Zum Schluß: Die *echte* Droge verlor ihren Effekt auf Elliot, noch bevor er die Erde verließ. Seine Frau teilte uns mit, daß er immer launischer wurde. Er sprach sogar davon, sich von ihr zu trennen. Es brach Luisa — so heißt sie — das Herz. Die Hintergründe sind ihr noch nicht bekannt.«

»Wir beobachten Kalrind und warten ab, was geschieht.«

McCoy schwieg kurz. »Das könnte gefährlich sein, Jim. Bei Elliot kam es stundenlang immer wieder zu Tobsuchtsanfällen, bevor er sich beruhigte. Und du weißt ja, in welchem Zustand er sich jetzt befindet.«

»Meine Entscheidung steht fest. Selbstverständlich bekommt sie von uns alles, was sie braucht — bis auf ihre Medizin. Kirk Ende.«

Er atmete tief durch. »Und nun, Commander Uhura — öffnen Sie einen Kom-Kanal zur *Allianz*.«

»Jim«, sagte Morith in einem besonders freundlichen und betörenden Tonfall. »Ich bedauere sehr, daß Sie es mir gegenüber für notwendig halten, Tricks anzuwenden.«

»Mein Schiff brauchte mich, und umgekehrt verhielt es sich ebenso. Das habe ich Ihnen bereits erklärt, Morith. Wahrscheinlich könnten Sie meine Gefühle besser verstehen, wenn Sie zum Militär gehörten und kein ziviler Wissenschaftler wären.« Die Ironie war noch deutlicher als beabsichtigt.

»Wir hätten bestimmt eine Möglichkeit gefunden, etwas zu arrangieren. Irgendwann.«

Kirk lächelte dünn. »Irgendwann. Ja. Vielleicht in hundert Jahren? Sie hätten damit rechnen müssen, daß ich versuche, zur *Enterprise* zu gelangen. Aber davon stand nichts in Ihren Geschichtsbüchern, oder?«

Ein Schatten fiel auf Moriths Gesicht. »Ich mache mir große Sorgen um die Zukunft, Jim. Wir haben mehrmals darüber gesprochen, erinnern Sie sich? Die gegenwärtige Situation gefährdet den Großen Frieden, und wir müssen uns fragen: Welche Konsequenzen hat unser Verhalten? Die triumphale Reise zur Erde, Jim — ist sie nicht eine herrliche Vorstellung?«

Kirk nickte. »Ja, das ist sie tatsächlich. Eins nach dem anderen, Morith. Zuerst muß ich auf das Ergebnis eines Experiments warten.«

Der Klingone wirkte verwirrt. »Ich fürchte, das verstehe ich nicht. Wir können es uns nicht leisten, noch länger zu warten — wir dürfen keine Zeit mehr verlieren. Diese Mission ist zu wichtig! Wenn Sie bereit sind, Kalrind zurückzubeamen ... Ich spreche mit ihr über die Bedeutung der aktuellen Lage, und anschließend kann sie Ihnen alles erläutern.«

»Tut mir leid. Kalrind nimmt an dem Experiment teil. Vierundzwanzig Stunden sollten genügen, um Aufschluß zu bekommen. Dann hören Sie wieder von mir.«

»Bitte senken Sie die Schilde, Kirk!« Morith sprach nun lauter. »Als eine Geste des guten Willens!«

Jim gab Uhura ein Zeichen, die daraufhin den Kom-Kanal schloß. Das Abbild eines sehr überraschten Morith verblaßte auf dem Wandschirm.

Der Captain stand auf und hielt sich am Sessel fest, als ihn jäher Schwindel erfaßte. »Mr. de Broek, Sie haben das Kommando.«

Am Turbolift drehte sich Kirk noch einmal um und sah zu seiner Brückencrew. »Ich bin stolz auf Sie alle.« Dann betrat er die Transportkapsel, und hinter ihm schloß sich die Tür. »Krankenstation«, sagte er, und seine Phantasie gaukelte ihm McCoys Antwort vor: »Wird auch Zeit!«

Sechs Stunden vergingen in einer sonderbaren Mischung aus Anspannung, Langeweile, Sorge und Erschöpfung. Die Monitore präsentierten ein unverändertes Bild: Kalrind lag noch immer auf dem Boden ihrer Arrestzelle und atmete nur flach. Sie schien zu schlafen, aber dieser Eindruck täuschte, wie die von den Überwachungssensoren ermittelten Daten bewiesen.

McCoy betrachtete die Anzeigen der Lebensindikatoren, und nach vier Stunden sagte er plötzlich: »Sie stirbt, Jim! Ich muß zu ihr!«

»Nein, Pille.«

Leonard sah ihn an, preßte die Lippen zusammen und konzentrierte sich wieder auf die Schirme.

Kurze Zeit später registrierten die Indikatoren stärkere Biosignale, und das Koma ging in Schlaf über. Kalrind erwachte, nachdem sie sechs Stunden lang reglos auf dem Boden gelegen hatte.

Mit einem Satz war sie auf den Beinen, ohne irgendeine Ähnlichkeit mit der schwachen Kalrind, die Kirk nach ihrem ersten Koma in der Krankenstation des Kreuzers *Allianz* besucht hatte. Sie schien eine ganz andere Frau zu sein. Als sie die Augen öffnete, sprang sie gleichzeitig auf und duckte sich — um zur Verteidigung oder für einen Angriff bereit zu sein. Ihr Gesicht offenbarte jenen mühsam unterdrückten Zorn, der typische Klingonen charakterisierte.

Kirk erhob sich. »Ich gehe zu ihr.« Er warf McCoy einen finsteren Blick zu, kam damit dem Protest des Arztes zuvor.

Als der Captain den Raum verlassen hatte, aktivierte Leonard das Interkom. »Brücke! Mr. Spock!«

»Er ist im Maschinenraum, Doktor.«

McCoy fluchte und versuchte es erneut. »Maschinenraum! Ich muß mit Spock reden!«

»Worum geht's, Dr. McCoy?« fragte der Vulkanier. Seine Stimme klang so ruhig und gelassen wie immer.

Leonard erklärte die Situation. »Auf mich hört er nicht, aber *Ihnen* kann er kaum vorwerfen, Rationalität zu vergessen und Gefühle in den Vordergrund zu stellen. Außerdem wird vielleicht Ihre physische Kraft nötig. Meine Güte, Jim ist dem Tode näher als dem Leben!«

»Logische Hinweise, Doktor. Ich bin unterwegs. Spock Ende.«

Diesmal verzichtete McCoy auf einen Kommentar — um den Vulkanier nicht aufzuhalten. Besorgt sah er zum Hauptschirm und fürchtete eine ganz bestimmte Szene: Kirk, der Kalrinds Zelle betrat. Die Klingonin wanderte durchs Zimmer, krümmte und streckte dabei die Finger. Stellte sie sich vor, die Hände um einen menschlichen Hals zu schließen?

Kirk eilte durch einen leeren Korridor, und unter normalen Umständen hätte er die Arrestzelle vor Spock erreicht. Doch die letzte Kraft in ihm verflüchtigte sich, und er taumelte an die Wand, sank zu Boden. Sofort versuchte er, wieder aufzustehen — er wollte vermeiden, daß ihn ein Besatzungsmitglied auf diese Weise sah —, doch es gelang ihm nicht.

Etwa eine Minute lang blieb er einfach liegen und schnappte nach Luft. Schließlich stemmte er sich vorsichtig hoch und verharrte für mehrere Sekunden auf Händen und Knien, bevor er erneut die Muskeln spannte. Schließlich stand er, sah helles Funkeln und dunkle Flecken vor den Augen. *Reine Willenskraft,* fuhr es ihm durch den Sinn, als er durch den Gang wankte.

Spock wartete vor Kalrinds Zelle. »Beabsichtigen Sie, die Gefangene zu verhören, Captain? Eine gute Idee.«

»Nein, ich möchte mit ihr sprechen. Bitte treten Sie beiseite.«

»Sie können das Gespräch auch von hier aus führen, Captain. Das Kraftfeld hält keine Schallwellen zurück.«

»McCoy hat Sie benachrichtigt, nicht wahr, Spock? Inzwischen sollte Ihnen klar sein, daß auch eine Glucke zu Leonards Vorfahren gehört.«

Der Vulkanier hob beide Brauen. »Das halte ich für sehr unwahrscheinlich. Und ich muß gestehen, daß ich seine Besorgnis in diesem besonderen Fall teile. Ihr Aufenthalt in der Zelle würde Sie erheblicher Gefahr aussetzen.«

»Spock!« Kirk sah nach rechts und links, um sich zu vergewissern, daß keine Crewmitglieder in der Nähe waren. »Spock, diese Klingonin und ich ... Wir standen uns sehr nahe. Sie ist keine Kriegerin, sondern eine Gelehrte, von der ich bestimmt nichts zu befürchten habe.«

Der Vulkanier verzichtete auf eine Antwort, wich zur Seite und blickte in die Zelle. Kirk trat vor und blieb neben Spock stehen.

Die Frau marschierte unruhig und mit katzenhafter Eleganz umher. Sie wirkte nicht nur stark, sondern auch sehr wachsam und gefährlich.

»Vielleicht werden die Wissenschaftler im Imperium anders ausgebildet als bei uns«, meinte der Erste Offizier.

Dies war nicht mehr die Frau, die Kirk kannte. Ihre Kraft erinnerte den Captain viel zu deutlich an seinen jüngsten Schwächeanfall, und er begriff, daß Spock recht hatte. Verblüfft beobachtete er die metamorphierte Kalrind. »Sie scheint unsere Präsenz nicht zu bemerken.«

»In der Tat, Captain. Von ihrer Seite ist das Kraftfeld undurchsichtig.«

»Ändern Sie die Justierung.«

Spock zögerte, bevor er eine Taste der nahen Schaltfläche drückte. Kalrind kehrte ihnen den Rücken zu und reagierte erst, als Jim ihren Namen nannte.

Sie wirbelte um die eigene Achse, senkte den Kopf und nahm eine defensive Haltung an. Ein leises Knurren entrang sich ihrer Kehle, als sie sich langsam näherte und die Hände ausstreckte. Vorsichtig berührte sie den energetischen Schild, ignorierte die knisternden Entladungen und suchte nach einer Lücke im Energievorhang.

»Kalrind! Du kannst die Zelle nicht verlassen. Bitte hör auf, bevor du dich verletzt.«

»Ich finde einen Weg nach draußen!« fauchte die Frau mit klingonischer Wildheit. »Und dann bringe ich dich um!«

Kirk sah zu Spock. »Falls Sie mich brauchen ...«, sagte der Vulkanier. »Ich bin am Ende des Korridors.«

Der Captain lächelte. »Danke.« Als der Erste Offizier gegangen war, wandte er sich an Kalrind. »Du hast dich verändert.«

Sie lachte bitter. »Du Narr! Jetzt bin ich wie früher und keine verweichlichte ›Neue Klingonin‹ mehr. Ich habe mich selbst verabscheut.«

»Tatsächlich? Ich hatte den Eindruck, daß du sehr glücklich warst.«

»Die Droge!« zischte Kalrind. »Einem Krieger zu befehlen, sich auf diese Weise zu demütigen ... Wenn ich zur *Allianz* zurückkehre, töte ich auch Morith.«

»Du scheinst ziemlich viel Blut vergießen zu wollen«, erwiderte Kirk sanft. »Wenn man bedenkt, daß du Historikerin bist ...«

»Ich bin Kriegerin!« rief Kalrind. »Man gab mir falsche Erinnerungen und falsche Gefühle. Oh, ich habe mich freiwillig gemeldet, und bestimmt wird Morith versuchen, sich damit herauszureden. Aber niemand wies mich darauf hin, in was für eine Art von Frau ich mich verwandeln würde. Ich bin zu einem sentimentalen Idioten geworden, so wie ihr Menschen.«

»Dein Verhalten ist dir sicher bewußt gewesen, Kalrind. Aber ich habe keinen inneren Widerstand in dir gespürt.«

»Ich hatte keine Kontrolle über mich! Ich war in meinem eigenen Kopf gefangen! Man erfand eine neue Person, die ein ganz anderes Leben führte, und ich saß hinter einer undurchdringlichen Barriere fest. Nur manchmal entdeckte ich ein kleines Loch darin. Doch das alles ist jetzt vorbei. Ich bin wieder ich selbst, und ich werde die Verantwortlichen töten.«

»Auch mich? Ich bin an dem Täuschungsmanöver

nicht beteiligt gewesen. Und du hast mich geliebt. Damit meine ich nicht die künstlich geschaffene *Persona,* sondern die wahre Kalrind, den Kern deines Ichs.«

»Ich soll einen Menschen geliebt haben?« kreischte die Klingonin. »Entsetzlich! Ihr Terraner seid kaum mehr als Tiere. Wir Klingonen sind euch weit überlegen, ebenso wie allen anderen Völkern. Euer Schicksal besteht darin, von uns unterjocht und ausgerottet zu werden.« Kalrinds Stimme wurde immer schriller. »Wir sind die natürlichen Herrscher der Galaxis! Wir besiegen euch — euch alle. Und dann säen wir den Tod auf den Welten der Föderation! Wir bringen euch um! Ich bringe *dich* um!«

Kirk wich bestürzt zurück. Irgend etwas in ihm wollte der schrecklichen Stimme entkommen, vor den gräßlichen Worten fliehen.

Jekyll und Hyde, dachte er. Aber in diesem Fall mußte das Gute um die Vorherrschaft kämpfen, und wenn es den Sieg errang, so fühlte sich das Böse unterdrückt und gefangen.

Plötzlich keuchte Jim und fiel der Länge nach zu Boden. Als die Schwärze der Bewußtlosigkeit heranwogte, hörte er eilige Schritte. *Dies kann unmöglich mit mir geschehen,* dachte er. Und: *Na klar. Es ist alles nur psychosomatisch.* Er lachte kurz, und dann verloren sich seine Gedanken in Finsternis.

KAPITEL 19

McCoy prüfte noch einmal die Anzeigen der Lebensindikatoren. »Manchmal ist erstaunlich viel nötig, um gewisse Leute zu veranlassen, den Arzt aufzusuchen«, sagte er zu seinem Assistenten. »Fertig, Dr. Blankhuis?«

Ein kurzes Nicken. »Ja, Doktor.«

McCoy pfiff leise vor sich hin, als er einen Injektor lud und damit auf den Oberarm des Patienten zielte. Eine Hand zuckte hoch und schloß sich um Leonards Unterarm.

»Was hast du vor, Pille?« Kirk schob die kleine Platte mit den Instrumenten beiseite und setzte sich auf.

McCoy stöhnte. »Es war zu schön, um wahr zu sein. Jim, du bist in der Sicherheitsabteilung zusammengebrochen, und Spock trug dich hierher. Du stirbst. Nun, natürlich kannst du dich für den Tod entscheiden, aber als Arzt und dein Freund wäre mir die Chance lieber, dir das Leben zu retten.«

Kirk strich sich mit der Hand über die Stirn. »Leider fehlt mir die Kraft, dir zu widersprechen. Wieviel Zeit bleibt mir noch?«

»Hältst du mich für einen Vulkanier? Wie viele Stellen hinter dem Komma soll ich dir nennen? Niemand kann eine solche Frage beantworten, Jim! Ich weiß nur eins: Es geht dir verdammt schlecht, und dein Zustand verschlimmert sich. Ich gebe dir höchstens einige Tage. Oder vielleicht nur wenige Stunden.«

»Na schön. Die klingonischen Drogen lassen mich im

Stich, Pille. Ich brauche etwas von dir, das eine ähnliche Wirkung entfaltet.«

»Was?« entfuhr es McCoy fassungslos. »Bist du übergeschnappt? Ich würde nie …«

»Du weißt, daß jetzt alles von mir abhängt, Pille.«

Leonard schnaufte. »Jim Kirk, der Unentbehrliche!« *Aber er hat recht.* »Dr. Blankhuis, Sie sind Zeuge: Ich gehe nur deshalb auf die Forderungen des Captains ein, weil mich die besonderen Umstände dazu zwingen.«

Der andere Arzt nickte ernst. »Ja, Doktor. Und das gilt auch für mich.«

McCoy warf seinem Assistenten einen finsteren Blick zu, bevor er die Ladekapsel des Injektors wechselte. Kirk wartete, bis ihm Leonard das Gerät an den Arm preßte und er ein leises Zischen vernahm. »Wenn ich sterbe und du vor ein Kriegsgericht gestellt wirst, Pille … Dann nützt dir Dr. Blankhuis' Aussage nicht viel.«

»Ja, ich weiß. Man wird mich in irgendeine Gefängniszelle stecken und den Schlüssel wegwerfen.«

Kirk sprang von der Liege und lachte. »Gute Arbeit, Pille — wie immer. Ich fühle mich großartig.«

»Ja. Und du fühlst dich auch weiterhin großartig — bis du tot umfällst.«

»Und niemand wird mich vermissen. Wenn ich auf der Brücke bin, versuchen die Offiziere dauernd, nicht in meine Richtung zu sehen — ein ungeschriebenes Gesetz des Alls. Wahrscheinlich fällt ihnen gar nicht auf, daß ich fehle.«

»Jim, diese Angelegenheit ist zu ernst, um Witze darüber zu reißen. Du bringst dich um — im wahrsten Sinne des Wortes.«

»Salutamus«, sagte Kirk und verließ die Krankenstation. McCoy sah ihm nach und schüttelte verzweifelt den Kopf.

Auf dem Weg zur Brücke verflüchtigte sich die seltsame Heiterkeit des Captains, doch das Gefühl von neuer Kraft verharrte in ihm. Leonard McCoy hatte natürlich recht — das wußte Kirk. Andererseits: Er sah sich mit einer Aufgabe konfrontiert, die wichtiger war als sein Überleben. Der Kommandant eines Starfleet-Raumschiffs mußte ständig damit rechnen, vor eine solche Wahl gestellt zu werden. Jim hatte diese Erkenntnis akzeptiert, noch bevor er seine Ausbildung an der Akademie beendete.

Ihm blieben sechzehn Stunden, bis Morith eine Nachricht von ihm erwartete. Und je mehr Zeit verstrich ... Bestimmt wurde der klingonische ›Physiker‹ mißtrauisch und dachte daran, was mit Kalrind geschehen mochte.

Im Kontrollraum der *Enterprise* fragte Kirk sofort nach dem Status der Deflektoren. »Volle Energiestärke, Sir«, antwortete Crandall.

Kirk hörte Trauer in ihrer Stimme und musterte die junge Frau. Ja, natürlich — sie hatte versucht, sich mit Tindall anzufreunden. Er ahnte, was sie nun empfand. »Danke, Lieutenant Crandall«, erwiderte er. »Was ist mit den anderen Schiffen unserer Flotte?«

»Die *Mary Rose* hat ihre Schilde gesenkt, Sir«, antwortete Sulu.

»Sie soll die Schutzschirme sofort reaktivieren!« sagte Kirk scharf. »Halt, warten Sie, Mr. Sulu. Uhura, bitte übermitteln Sie dem Captain der *Mary Rose* meine dringende Bitte, das maximale energetische Potential ihrer Deflektoren zu nutzen.«

»Ja, Sir.«

»Mr. Spock ...« Kirk brauchte sich nicht umzudrehen, um festzustellen, ob der Erste Offizier an der wissenschaftlichen Station stand. Er hatte seine Präsenz ebenso gespürt wie die Uhuras, als er aus dem Turbolift kam — ein Instinkt, auf den er sich absolut verlassen konnte. Normalerweise verschwendete Jim keinen Gedanken daran, aber jetzt dachte er erstaunt darüber nach und begriff, wie sehr die Brücke Teil von ihm selbst war — und er Teil von ihr. Einmal hatte er sie verloren und sich mit einem Schreibtischjob begnügen müssen ... *Ungewöhnliche Umstände führten mich hierher zurück, an Bord dieses Schiffes, das ich so sehr liebe.* Die Vorstellung, es noch einmal zu verlieren, erschien ihm unerträglich. Lieber starb er hier und jetzt. Der Tod im Kommandosessel der *Enterprise* war besser als ein langweiliges, monotones Leben in irgendeinem Büro des Starfleet-Hauptquartiers von San Francisco. *Früher oder später bekäme ich dort ein Magengeschwür, und dann brächte mir ein Glas Milch den Tod.*

Kirk sah auf und begegnete dem Blick des Vulkaniers. »Ja, Mr. Spock?«

»Sie haben um meine Aufmerksamkeit gebeten, Captain.«

»Oh, ja. Entschuldigung. Wenn man berücksichtigt, was wir in der Sicherheitsabteilung gesehen haben ... Vielleicht hat unsere Gefangene jetzt eine geringere Kontrolle über ihre Zunge.«

»Eine interessante Spekulation, Captain. Und ein logischer Schluß. Dr. McCoy teilte mir folgendes mit: Die klingonische Droge bewirkt unter anderem eine geringere Aktivität der Regulationssysteme, die bestimmte physische und mentale Aktivitäten steuern. Nun, wir haben gesehen, daß jene Regulatoren für eine gewisse Zeit noch stärker betroffen sind, wenn die Wirkung des Präparats nachläßt.«

»Ich glaube, wir sollten es mit einem Verhör versuchen.«

»Eine gute Idee. Möchten Sie, daß ich der Sicherheitsabteilung eine entsprechende Anweisung gebe?«

Kirk schüttelte den Kopf. »Nein, Spock. Bitte reden *Sie* mit der Gefangenen. Vielleicht sorgt die Fassade der vulkanischen Unerschütterlichkeit dafür, daß Kalrind auch den Rest von Kontrolle über sich verliert.«

»Das wäre möglich, Captain. Ich möchte jedoch darauf hinweisen, daß ich den Ausdruck ›Fassade‹ in diesem Zusammenhang für unangemessen halte.«

Kirk lächelte. »Ich entschuldige mich noch einmal, Spock. Erstatten Sie mir in zwei Stunden oder so Bericht.«

»In hundertzwanzig Standard-Minuten, Sir?«

»Ja, Mr. Spock.« Kirk seufzte. »In exakt hundertzwanzig Minuten — das sind zwei Stunden.« Manchmal verstand er, warum McCoys Geduldsfaden so oft riß, wenn er es mit dem Vulkanier zu tun hatte. *Ich brauche gar nicht nach San Francisco zurückzukehren, um mir ein Magengeschwür zu holen.*

Eine Meldung Uhuras bestätigte diese Vermutung. »Sir, die Kommandantin der *Mary Rose* möchte wissen, Zitat Anfang, ›mit welchem Recht er sich in Dinge einmischt, für die ich zuständig bin‹, Zitat Ende.«

Kirk stöhnte leise. »Beziehen Sie sich auf die Allgemeine Order 30 — sie betrifft den Alarmzustand bei Situationen, die zu einem Gefecht führen könnten. Wenn die Dame nichts davon weiß, hat sie wohl kaum das Kommando über ein Raumschiff verdient. Diese Bemerkung ist ein persönlicher Kommentar, den Sie der Mitteilung bitte *nicht* hinzufügen.«

Jim glaubte bereits zu spüren, wie das Magengeschwür in ihm wuchs.

»Ihre Mutmaßungen in Hinsicht auf den Nutzen eines Verhörs waren durchaus gerechtfertigt, Captain«, sagte Spock.

»Gut. Nun, meine Herren, ich möchte Ihnen etwas erklären.« Kirk ließ den Blick durchs Konferenzzimmer schweifen. Am Tisch saßen Spock, McCoy, Sulu und Scott — die wichtigsten Offiziere der *Enterprise.* Sie fungierten auch als Berater, und Jim konnte sich immer auf ihre Hilfe verlassen. Deshalb hielt er es für angemessen, ihnen von Dingen zu berichten, die er bisher für sich behalten hatte.

Zuerst erwähnte er das Verhör und die Gründe dafür. Nach diesen ersten Schilderungen zögerte er, gab sich einen inneren Ruck und erzählte von seinen Erlebnissen während der vergangenen Wochen, auch von den beiden Zeitsprüngen, erst in die Zukunft und dann in die Vergangenheit.

»Sir ...«, sagte Sulu besorgt. »Auch wir sind schon einmal durch die Zeit gereist, aber bisher deutete nichts darauf hin, daß die Klingonen ebenfalls dazu imstande sind. Wenn sie entsprechende Methoden entwickelt haben, könnten wir in große Schwierigkeiten geraten!«

»Ja, Mr. Sulu. Bitte gedulden Sie sich. Ich bin noch nicht ganz fertig. Nun, Widersprüche fielen mir auf: Waffen an Bord von Schiffen, die angeblich dem Frieden dienen sollten; Neue Klingonen, die sich unter bestimmten Umständen genauso verhielten wie Alte Klingonen. Ich habe zwei und zwei zusammengezählt, und das Ergebnis lautete dreieinhalb. Man sagte mir, im Imperium gäbe es nach wie vor Alte Klingonen, die versuchten, wieder an die Macht zu gelangen. Ich vermutete, daß Morith mit ihnen unter einer Decke steckte und einige an Bord des Flaggschiffs gebracht hatte — vielleicht wollten sie den tholianischen Zwischenfall nutzen, um das Imperium erneut unter ihre Kontrolle zu bringen. Um diesen Plan zu vereiteln, kehrte ich zur *Enterprise* zurück, zusammen mit einer Neuen Klingonin, der ich noch immer vertraute.« Ein dünnes Lächeln umspielte Jims Lippen, und er seufzte. »Nun, Spock, ich glaube, jetzt sind Sie an der Reihe.«

»Danke, Sir. Ich habe die Klingonin namens Kalrind verhört — sie befindet sich derzeit in einer Arrestzelle der Sicherheitsabteilung. Captain Kirk ging von der Annahme aus, daß ein Entzug der Droge, die negative Empfindungen unterdrückt und Verhaltensanpassungen ermöglicht, psychologische Barrieren reduziert. Es genügte, der Gefangenen Fragen zu stellen und ihren Zorn zu ignorieren — auf diese Weise bekam ich einige interessante Informationen.«

McCoy lachte leise. »Auf mich haben Sie die gleiche

Wirkung, Spock — auch ohne irgendwelche Drogen.« Er sah Kirks Gesichtsausdruck und fügte hinzu: »Entschuldige, Jim. Bitte fahren Sie fort, Spock.«

»Ich habe die beim Verhör ermittelten Daten sowohl mit den Hinweisen des Captains kombiniert als auch mit den Resultaten meiner Nachforschungen in bezug auf das Verschwinden der *Keule.* Es fand überhaupt keine Zeitreise statt. Der Captain blieb im Jetzt, aber man überzeugte ihn davon, hundert Jahre in der Zukunft zu sein. Klingonische Drogen täuschten ihn über die Symptome der inneren Verletzungen hinweg, die er an Bord des Kreuzers *Keule* erlitt, und vielleicht verabreichte man ihm auch andere Mittel, die Leichtgläubigkeit induzierten und verhinderten, daß Skepsis in ihm erwachte. Immerhin ist Captain Kirk normalerweise alles andere als leichtgläubig.«

Mit der letzten Bemerkung wollte Spock nur eine Tatsache feststellen, und die Reaktion seiner Zuhörer erstaunte ihn: Die Offiziere schmunzelten; Scott hob die Hand und hüstelte. In Kirks Stirn bildeten sich dünne Falten.

»Ich schöpfte Verdacht, als Commander Uhura unmittelbar vor dem Verschwinden der *Keule* bewußtlos wurde«, sagte Spock. »Sie erlitt einen elektrischen Schlag, und dafür gab es zunächst keine erkennbare Ursache. Ich experimentierte mit der romulanischen Tarnvorrichtung im Starfleet-Hauptquartier von San Francisco, und jene Versuche führten zu folgendem Ergebnis: Der elektrische Schlag wurde von einem enorm starken Signal verursacht, das Uhura empfing; es ging von einem Transponder aus, der sich im Wirkungsbereich eines hochenergetischen Tarnfelds befand. Daraufhin stand für mich fest, daß Captain Kirks Verschwinden auf bewußte Absicht zurückging, auf einen Plan.

Was mit der *Keule* geschah, ist kein Zufall. Und der Sturm, in den das Schiff geriet, stellte kein natürliches Phänomen dar. Er wurde von den Klingonen geschaffen. Sie bewiesen ihre Rücksichtslosigkeit selbst dem eigenen Volk gegenüber, indem sie ganz offensichtlich bereit waren, die Besatzung eines Schlachtkreuzers zu opfern.«

»Ein weiterer Punkt, der mich mit Sorge erfüllt«, warf Sulu ein. »Wenn die Klingonen in der Lage sind, einen solchen Sturm zu erzeugen und damit auf Raumschiffe zu ›zielen‹ — es wäre eine ziemlich gefährliche Waffe.«

»Ich bezweifle, ob wir in dieser Hinsicht etwas zu befürchten haben, Mr. Sulu«, erwiderte Spock. »Der Energieaufwand muß außerordentlich hoch sein. Kalrind sprach von einem besonderen Schiff, das praktisch nur aus einem gewaltigen Materie-Antimaterie-Wandler besteht — um genug Energie für den Sturm zu erzeugen. Zwar hätte ich großes Interesse an der Theorie, die dem Sturmgenerator zugrunde liegt, aber ich bezweifle, ob es für die Klingonen vorteilhaft wäre, mehrere Schiffe dieser Art zu konstruieren. Wie dem auch sei: Ihre Sorge ist berechtigt, Mr. Sulu. Wir sollten Starfleet Command einen ausführlichen Bericht schicken, damit sich technische Experten mit dieser Sache befassen.

Übrigens haben die Klingonen den Sturm während des Zwischenfalls mit der *Keule* nicht als Waffe verwendet. Der Angriff auf die *Enterprise* war nur ein Ablenkungsmanöver und sollte uns davon überzeugen, daß wir es tatsächlich mit einem natürlichen Phänomen zu tun hatten. In Wirklichkeit ging es von Anfang an um die Entführung eines hochrangigen Starfleet-Offiziers, und die speziellen Umstände sollten gewährleisten, daß später ein Zeitsprung plausibel erschien. Die Klingonen rechneten nicht mit dem besonderen Transponder, der es uns ermöglichte, trotz starker Interferenzen den Transporter zu benutzen. Vermutlich sah der ursprüngliche Plan vor, den Sturm ›abzuschalten‹, nachdem er die *Keule* in ein Wrack verwandelt hatte — um anschließend auf ein Föderationsschiff und das Eintreffen einer Rettungsgruppe zu warten. Dann sollte der Sturm ›reaktiviert‹ werden, zusammen mit der Tarnvorrichtung — um den Anschein zu erwecken, daß die *Keule* einfach verschwand.«

Spock legte eine kurze Pause ein. »Bestimmt haben die Klingonen nicht erwartet, daß ihre Falle bei einem so wichtigen Starfleet-Offizier wie Captain Kirk zuschnappte. Immerhin geschieht es nur sehr selten, daß sich der Kommandant eines Raumschiffs solchen Gefahren aussetzt.«

»Tadel zur Kenntnis genommen, Mr. Spock«, sagte Kirk mit einem Anflug von Ärger. »Bitte nennen Sie uns die übrigen relevanten Fakten.«

»Der Captain hat vom Flug durch das Gravitationsfeld des sogenannten ›supermassiven Objekts‹ erzählt. Allerdings hatte er keine Gelegenheit, den betreffenden Stern direkt zu beobachten oder einen Blick auf die Sensoranzeigen zu werfen. Er sah nur das, was ihm der Wandschirm im Kontrollraum der *Allianz* zeigte. Sicher handelte es sich dabei um eine Computergrafik — die Elaborationskapazität der klingonischen Rechner genügt, um eine überzeugende Darstellung zu schaffen. Was die Komplexität des dafür notwendigen Programms betrifft: Ein fünfjähriges vulkanisches Kind könnte die Anweisungen innerhalb einer halben Stunde programmieren.«

McCoy schnaufte und flüsterte dem Chefingenieur Scott etwas zu, der daraufhin kicherte. Spock ignorierte die beiden Männer.

»Als der ›Zeitsprung‹ erfolgte, spürte der Captain die gleiche Übelkeit wie beim Verschwinden der *Keule,* und für uns hatte es den Eindruck, daß die Flotte von einem Augenblick zum anderen erschien. Dafür gibt es eine einfache Erklärung: Zahlreiche hochenergetische Tarnvorrichtungen wurden gleichzeitig desaktiviert.«

Kirk war fast enttäuscht, als er diese Worte vernahm, als der Vulkanier den Schleier des Rätselhaften von seinen Erlebnissen riß. »Die Klingonen haben mir Aufzeichnungen von Geschehnissen auf der *Enterprise*-Brücke gezeigt — wie erklären Sie sich *das,* Spock? Ich habe gesehen und gehört, wie Sie mit McCoy sprachen. In der Krankenstation. Sie erörterten jene Botschaft, mit der ich mich von der *Allianz* aus an die Föderationsflotte wandte. Die Diskussion betraf insbesondere meinen geistigen Zustand. Morith behauptete, die Szenen stammten aus den Föderationsarchiven.«

»Wir haben tatsächlich über deine geistige Verfassung gesprochen, Jim«, entgegnete McCoy. »Aber nicht in der Krankenstation.«

»Dr. McCoy hat recht, Captain. Allein dieser Umstand legt die Vermutung nahe, daß Sie keine authentischen Aufzeichnungen aus der angeblichen Vergangenheit sahen. Fielen Ihnen irgendwelche Einzelheiten auf, die jeden Zweifel am Kontext ausräumen?«

Kirk überlegte. »Ich bin mir nicht sicher«, sagte er.

»Anspielungen und behutsame Suggestion können das Bewußtsein veranlassen, Informationslücken mit bestimmten Daten zu füllen. Man könnte diese Methode auch als eine Art ›sanfte Gehirnwäsche‹ bezeichnen.«

McCoy beugte sich vor. »Um ein Beispiel zu nennen, Jim: Zauberkünstler lenken das Publikum mit überflüssigen Bewegungen von ihren Tricks ab — und dadurch sieht der Zuschauer nur das, was er sehen soll. Du hast es Spocks Argwohn zu verdanken, daß ich dir an Bord des klingonischen Flaggschiffs einen winzigen Transponder injizierte.«

»Tat verdammt weh. Genausogut hättest du ihn mir in die Hand drücken können.«

Leonard schüttelte den Kopf. »Nein. Spock befürchtete, daß dir die Klingonen jenen Transponder abgenommen hatten, der dich zur *Keule* begleitete. Wir mußten also davon ausgehen, daß sie über diese neuen Geräte Bescheid wußten. Um jedes Risiko zu meiden, konstruierte Scotty eine miniaturisierte Version.«

»Das ist auch der Grund, warum wir überhaupt beschlossen, einen Transponder zu benutzen«, fuhr Spock fort. »Wir wußten, daß Sie sich an Bord des Flaggschiffs aufhielten, Captain, und es wäre uns durchaus möglich gewesen, Sie mit einer Sensorsondierung zu lokalisieren. Doch die Klingonen hätten unsere Absichten sofort erahnt und vielleicht beschlossen, Sie zu töten — um nicht zuzulassen, daß Sie hierher zurückkehren und uns wichtige Informationen zur Verfügung stellen. Nun, Ihr Tod hätte uns natürlich noch mißtrauischer gestimmt, aber allein mit den Sensordaten wäre es nicht möglich gewesen, irgend etwas zu beweisen.«

McCoy lächelte boshaft. »Außerdem wußte ich, daß die Injektion des Mini-Transponders schmerzhaft sein würde. Deshalb habe ich sie befürwortet.«

Kirk schüttelte den Kopf. »Irgendwann zahle ich es dir heim, Pille«, drohte er scherzhaft. »Was ist mit den Aufzeichnungen, die mir Bilder aus der *Enterprise* zeigten, Spock?«

»Wahrscheinlich stammen sie von Elliot Tindall oder einem anderen klingonischen Agenten, der einen so hohen Rang einnahm, daß er zum zentralen Starfleet-Archiv in San Francisco Zugang hatte.«

»Ist Ihnen eigentlich klar, was das bedeutet? Die Klingonen müssen eine riesige Bibliothek angelegt haben. Sie konnten nicht im voraus wissen, welches Föderationsschiff das Wrack der *Keule* untersuchen und welcher Starfleet-Offizier in ihre Gefangenschaft geraten würde.«

»Ja«, bestätigte Spock. »Ganz offensichtlich erforderte die Durchführung des Plans sehr gründliche und sorgfältige Vorbereitungen, die einen großen Teil des militärischen und geheimdienstlichen Potentials der Klingonen beansprucht haben. Darüber hinaus muß den Verantwortlichen bekannt gewesen sein, daß wir nach dem Verschwinden eines hochrangigen Offiziers alle Codes modifizieren. Anders ausgedrückt: Der Zwischenfall mit dem Kreuzer *Keule* stellte ein großes Opfer dar. Die unter großen Mühen in Erfahrung gebrachten Paßwörter und so weiter wurden dadurch praktisch wertlos. Die Aktion Zeitfalle kommt einer gewaltigen Fehlinvestition des Imperiums gleich.«

»Ein ungeheurer Aufwand«, pflichtete Scott dem Vulkanier bei. »Und was erhofften sich die Klingonen davon?«

Kirk wandte sich dem Chefingenieur zu. »Denken Sie daran, Scotty: Die Flotte sollte zur Erde fliegen — so verlangte es die ›historische Mission‹. Ich vermute, dort hätte ein Angriff begonnen, mit dem Ziel, den Sitz der Föderationsregierung und das Starfleet-Hauptquartier zu zerstören — ich habe Kampfgleiter in einem Hangar der *Allianz* gesehen. Vielleicht war auch ein Landeunternehmen geplant, um den Föderationspräsidenten und andere wichtige Personen gefangenzunehmen.«

Scott schüttelte den Kopf. »Das ergibt keinen Sinn, Captain. Unsere Schiffe hätten sofort das Feuer eröffnet. Einige der klingonischen Schlachtkreuzer wären vielleicht entkommen, aber nicht sehr viele. Und die auf der Erde angerichteten Verheerungen ... Was nützen sie dem Imperium?«

»Ich fürchte, die Verwüstungen auf der Erde hätten ein weitaus größeres Ausmaß angenommen, als Sie glauben, Scotty«, erwiderte Kirk nachdenklich. »Stellen Sie sich einige Schiffe vor, deren Besatzungen mit Kamikaze-Einsätzen beauftragt sind und über die richtige Ausrüstung verfügen — sie könnten ganze Kontinente in Schutt und Asche legen, bevor die irdischen Verteidigungssysteme reagieren. Wir sind einfach nicht darauf vorbereitet, eine riesige Flotte abzuwehren, die bis zu einer unserer Zentralwelten vorstößt. Bei den defensiven Szenarios geht Starfleet davon aus, daß ein Feind aufgehalten wird, *bevor* er die Nervenzentren der Föderation erreicht.«

»In der Tat«, sagte Spock. »Und die Erde ist die wichtigste der wichtigen Welten. Dort tagt der Föderationsrat; dort befindet sich das Hauptquartier der Flotte. Vielleicht glauben die Klingonen, mit einem erfolgreichen Angriff auf Terra das Ende des interstellaren Völkerbunds einzuleiten.«

»Dann haben sie keine Ahnung von unserer Denkweise«, brummte McCoy. »Möglicherweise wäre so etwas beim Imperium der Fall. Die Vernichtung von Klinzhai könnte das Ende der imperialen Macht bedeuten. Vielleicht glaubten sie deshalb, uns auf diese Weise einen fatalen Schlag versetzen zu können.«

»Ich fürchte, die Klingonen verstehen *nie*, wie jemand denkt, der in Freiheit aufgewachsen ist, Pille«, meinte Kirk. »Seltsam. Ihre Spione lebten jahrelang in unserer Mitte, und mit Hilfe von Drogen gelang es ihnen, sich wie Menschen zu verhalten. Trotzdem fehlt ihnen jedes Verständnis für unser *Wesen*. Mit ihrem heimtückischen Plan hätten sie bestimmt nicht die beabsichtigte Wirkung erzielt, aber ... Nun, eine globale Katastrophe auf der Erde kann nicht ohne negative Folgen für die Föderation bleiben. Der interstellare Völkerbund wäre zumindest geschwächt gewesen.«

Kirk sah die Anwesenden der Reihe nach an. »Ich glaube, damit können wir diese Besprechung beenden, meine Herren. Jetzt ist nur noch ein letztes Gespräch mit Morith nötig.«

»Und anschließend eine Operation«, sagte McCoy mit Nachdruck.

KAPITEL 20

»Sie sind früh dran, Jim!« freute sich Morith. Sein Gesicht füllte den ganzen Wandschirm. »Das bedeutet sicher, daß alle Probleme gelöst sind und der Flug zur Erde beginnen kann.«

Kirk hielt sich nicht mit falscher Jovialität auf. »Ziehen Sie sich mit Ihrer Flotte sofort über die Grenze ins stellare Territorium des Imperiums zurück. Andernfalls eröffnen wir das Feuer auf Sie.«

»Jim! Ich bin schockiert! Sie verhalten sich so, als hätte sich überhaupt nichts verändert. Der Große Frieden beginnt. Wir sind Neue Klingonen und ...«

»Morith!« sagte Kirk scharf. »Wir wissen, wer den Sturm im All geschaffen hat. Wir wissen von Ihren Agenten in der Föderation und den Drogen, die es ihnen erlauben, sich wie Menschen zu verhalten. Wir wissen auch, daß kein Zeitsprung stattgefunden hat und die Neuen Klingonen nur in Ihren Lügen existieren.«

In Moriths Gesicht arbeitete es einige Sekunden lang. Das Lächeln wich von seinen Lippen, und die Freundlichkeit in den Zügen verflüchtigte sich. Etwas Finsteres und Zorniges ersetzte sie. Schließlich gab der ›Physiker‹ den inneren Kampf auf und entspannte sich. »Es gibt *tatsächlich* Neue Klingonen, Jim. Komisch, nicht wahr? Aber es waren nie sehr viele, und wir jagen sie erbarmungslos. Bald haben wir auch die letzten von ihnen gefunden und eliminiert. Dann trifft die Bezeichnung ›Neue Klingonen‹ nur noch auf jene von uns zu, die das Präparat nehmen, um die Verhaltensweise von Menschen nachzuahmen!« Er lachte und schüttelte den

Kopf. »Noch weiß ich diese Ironie zu schätzen, aber morgen oder spätestens übermorgen denke ich bestimmt anders darüber.«

Kirk beugte sich vor. »Morith! Nehmen Sie das Mittel auch weiterhin! Sie können an der neuen Identität festhalten!«

»Es existiert gar keine neue Identität in dem Sinne, Jim. Meine Persönlichkeit wurde nicht so stark und umfassend verändert wie die Kalrinds. Man gab mir nur einige Aspekte eines Neuen Klingonen, so daß ich meine Rolle überzeugend spielen konnte.«

»Ich *war* von Ihrer Aufrichtigkeit überzeugt. Das bedeutet doch etwas, oder? Es bedeutet, daß ein Teil von Ihnen imstande ist, mit Menschen Freundschaft zu schließen. Vielleicht kommt es doch noch zum Großen Frieden.«

Morith lächelte. »Und dann basiert er auf Ihren Bedingungen und nicht unseren, oder? Wie dem auch sei: Haben Sie mir eben nicht zugehört? Die letzten wahren Neuen Klingonen werden gejagt und getötet. Warum sollte ich mich auf die Seite der Verlierer stellen?« Er lachte erneut. »Sie haben uns eine Menge gekostet, James Kirk. Und damit meine ich auch mich. Ich mußte meine Karriere aufgeben. Das werde ich nicht vergessen.«

»Mein Ultimatum gilt auch weiterhin.«

Morith hob die Hand. »Schon gut. Ich gebe die notwendigen Befehle — Ihre Flotte ist jetzt größer als unsere. Aber ich ziehe mich erst über die Grenze zurück, wenn Sie Captain Kalrind freigelassen haben.«

»Einverstanden. Weisen Sie Ihren Transporterraum an, Vorbereitungen für den Transfer zu treffen. Uhura, schließen Sie den Kom-Kanal.« Kirk betätigte eine Taste. »Transporterraum. Richten Sie den Transferfokus auf die *Allianz.* In einigen Minuten wird eine Person zum Flaggschiff der Klingonen gebeamt.« Ein anderer Schalter. »Sicherheitsabteilung, hier spricht Kirk. Bringen Sie die Gefangene zum Transporterraum. Bewachen Sie die Klingonin dort, bis ich eintreffe.«

›Captain‹ Kalrind, wie? Soviel zur sanften Gelehrten. Nur besonders rücksichtslosen und kaltblütigen Klingoninnen gelang es, in den Rang eines Raumschiff-Kommandanten aufzusteigen. Wer im Imperium den Befehl über einen Schlachtkreuzer bekam, hatte bewiesen, daß er Gegner das Fürchten lehren konnte.

»Ja, Sir. Und Mr. Tindall, Sir? Er ist ebenfalls Klingone, nicht wahr?«

»Mr. Tindall fliegt mit uns zur Erde. Kirk Ende.« *Nach Hause,* dachte er. Das war Spocks Idee. Im Imperium hatte Tindall keinen Nutzen mehr und mußte damit rechnen, einfach umgebracht zu werden. Vielleicht konnten ihm Psychologen auf der Erde helfen. Vielleicht bekam Luisa ihren Ehemann zurück.

Kirk stand auf. »Sie haben das Kommando, Mr. Spock.«

Kirk und Kalrind sahen sich an. Nach einigen Sekunden wandte sich der Captain an den Transportertechniker. »Ich bediene die Kontrollen selbst. Sie können gehen.«

Der Mann verließ das Zimmer, und daraufhin sagte Kirk zum Leiter der Sicherheitsgruppe: »Danke, Corporal. Ich brauche Sie nicht mehr.« Er deutete zur Tür.

»Die Gefangene hat zwei meiner besten Leute außer Gefecht gesetzt, Captain!« protestierte der hünenhafte Mann. »Ich darf Sie nicht mit ihr allein lassen!«

Kirk lächelte. »Zur Kenntnis genommen, Corporal. Die Gefangene ist ein klingonischer Captain. Sie werden vor ihr salutieren und dann zur Sicherheitsabteilung zurückkehren.«

Der Mann preßte die Lippen zusammen, nahm vor Kalrind Haltung an, nickte Kirk zu und schritt zur Tür. Die beiden anderen Uniformierten folgten ihm hastig.

Wenige Sekunden später waren Kirk und die Frau allein.

»Kalrind …«, begann Jim. »Eine Zeitlang bist du *tatsächlich* eine Neue Klingonin gewesen. Was wir beide erlebten, beweist folgendes: Zwischen unseren Völkern ist nicht nur Freundschaft möglich, sondern noch mehr. Leute wie wir — hochrangige Offiziere — können dafür sorgen, daß sich die organianische Prophezeiung erfüllt.«

»Kein wahrer Klingone möchte so sein wie die *Persona,* die eine Zeitlang mein Denken und Empfinden dominierte. Sie verstehen uns nicht, Kirk. Schwäche widert uns an. Wir sind in erster Linie Krieger, die das Schwache auslöschen. Sie sind schwach, Kirk. Sie erfüllen mich mit Abscheu.«

Jim stellte fest, daß Kalrind ihn nun wieder siezte. Und sie sprach nicht mehr mit der schrillen, von Hysterie geprägten Stimme wie in der Arrestzelle. Die jähzornige Phase nach dem Entzug der Droge war vorbei, und die Klingonin erweckte den Eindruck, sich vollkommen unter Kontrolle zu haben. Das machte alles nur noch schlimmer für Kirk: Sie offenbarte ihm nun ihre wahren Empfindungen.

Trotzdem versuchte er es noch einmal. »Wir könnten eine Galaxis ohne Krieg schaffen. Frieden, Wohlstand, Zusammenarbeit — du hast dich darüber gefreut.«

»Nicht *ich* habe mich darüber gefreut, sondern die falsche Persönlichkeit in mir.« Kalrind trat auf die Transferplattform. »Beamen Sie mich zur *Allianz.* Jetzt sofort!«

Kirk ging zur Konsole, starrte auf die Kontrollen hinab und sah nur verschwommene Konturen. Er schüttelte den Kopf, runzelte die Stirn und schloß die Augen, versuchte auf diese Weise, sich von der Benommenheit zu befreien. »Meine Gefühle für dich haben sich nicht geändert. Ich sehe in dir noch immer die gleiche Frau wie vorher.«

Kalrind stand reglos auf der Plattform, ihr Gesicht steinern und ausdruckslos. Stumm wartete sie darauf, daß der Captain den Transfer einleitete.

»Na schön.« Kirk streckte die Hand nach den beiden Schaltern aus, die den Transporter aktivierten.

Erneut wogte Nebel heran und verzerrte die Umrisse der Umgebung. Die beiden Schieberegler zitterten, und der Rest des Pults verwandelte sich in eine wirre Masse aus hin und her schwirrenden Punkten. Kirk schwankte, verlor das Gleichgewicht und fiel.

»Jim!« Kalrind sprang von der Plattform, eilte zum Interkom an der Wand und schaltete es ein. »Krankenstation! Notfall im Transporterraum!«

Dann lief sie zu Kirk, der bewegungslos auf dem Boden lag und kaum mehr atmete. Sein Gesicht war kalkweiß. Eine Zeitlang starrte die Klingonin hilflos auf ihn hinab. Schließlich kniete sie neben dem Bewußtlosen, schob die Arme unter seine Schultern, hob ihn vorsichtig an und stützte den Kopf.

Als Kalrind das Geräusch eiliger Schritte hörte, ließ sie Kirk langsam aufs Deck sinken. Dann lief sie zur Konsole, betätigte die beiden Schieberegler und sprang auf die Transferplattform.

Es summte, und die Klingonin trat noch einmal einen Schritt vor, als wollte sie zu Jim zurückkehren. Aber nach einem kurzen Zögern wich sie wieder zurück und hielt dabei den Blick auf Kirk gerichtet. Als die Tür aufglitt und McCoy hereinstürmte, dichtauf gefolgt von seinem Assistenten Blankhuis, verschwand die Klingonin in einer Säule aus schimmernder Energie.

»Diesmal war die Sache wirklich knapp, Jim. Ohne mein chirurgisches Genie hätte Starfleet einen Captain weniger, und die allgemeine Routine an Bord müßte für eine Trauerfeier unterbrochen werden.«

»Ich bin immer wieder erstaunt von Ihrem psychologischen Geschick im Umgang mit den Patienten, Doktor.«

Kirk lächelte, als er den Wortwechsel zwischen McCoy und Spock hörte, die rechts und links neben seinem Bett in der Krankenstation standen. »Wenn ihr mich aufmuntern wollt ...«, flüsterte er. »Es gelingt euch fast.«

»Nun, vielleicht hilft dies«, begann Leonard. »Als du im Transporterraum umgekippt bist ... Soweit ich das feststellen konnte, löste Kalrind den Alarm aus. Und das ist noch nicht alles. Als sie sich in ihrer Zelle befand, hysterisch schrie und dir den Tod in Aussicht stellte ... Die Anzeigen der Biosensoren deuteten darauf hin, daß sie log. Oh, sie *war* fuchsteufelswild, aber ihr Zorn wuchs aus dem Entsetzen den eigenen Gefühlen gegenüber. Sie fühlte sich zu dir hingezogen, und diese Emotionen jagten ihr einen gehörigen Schrecken ein.«

»Danke, Pille«, brachte Kirk hervor. *In der klingonischen Basis und an Bord des Flaggschiffs* Allianz *hat sie mich geliebt. Da bin ich ganz sicher. Vielleicht gingen ihre Empfindungen zunächst auf die Wirkung der Droge zurück, aber später waren sie echt.*

Meine Alpträume ... Erinnerungen an Operationsmesser und Injektionen, die mir Kraft gaben, Genesung vortäuschten und meine Skepsis betäubten. Aber Kalrind ... Sie bat mich um ›historische Daten‹, bei denen es sich in Wirklichkeit um aktuelle Informationen handelte. Man hätte mich mit Drogen zwingen können, Auskunft zu geben. Daraus läßt sich der Schluß ziehen, daß Kalrind nicht wußte, was mit mir geschah. Sie war ebenso eine Marionette wie ich.

Kirk tröstete sich mit diesem Gedanken, schloß die Augen und schlief ein.

Elliot Tindall ruhte auf der Diagnoseliege neben Kirks Bett. Er lag wieder im Koma, aber diesmal ging es nicht auf Entzugserscheinungen zurück. Der junge Wissenschaftler hatte diesen Zustand selbst herbeigeführt, um der Realität zu entkommen.

Tindalls Selbst war nur noch ein blasser Funken, ein winziges Licht in einem Mahlstrom aus Haß und Wut. Spock blickte auf die zusammengerollte Gestalt hinab, streckte die Hände aus und berührte bestimmte Kontaktpunkte in Elliots Gesicht, führte auf diese Weise eine Mentalverschmelzung herbei. Das Ich des Vulkaniers glitt vorsichtig über die andere Bewußtseinssphäre hinweg, wie ein Raumschiff im Orbit eines Sterns, der sich in eine Nova zu verwandeln drohte — bereit dazu, beim ersten Anzeichen der Explosion zu fliehen.

»Tindall«, hauchten Spocks Gedanken. »Elliot Tindall.« Zuerst projizierte er die psychischen Signale mit großer Behutsamkeit, doch als eine Antwort des trüben roten Kerns ausblieb, wiederholte er lauter: *»Elliot Tindall!«*

Ein geistiger Schrei erklang. »ICH BIN NICHT ELLIOT TINDALL, SONDERN KOL!«

Spock zuckte unwillkürlich zusammen, zog sich jedoch nicht zurück und wahrte den Kontakt. Er versuchte, das mentale Kreischen einfach zu ignorieren. »Ich fürchte, Kol hat keine Zukunft mehr.«

Diesmal ertönte eine ruhigere ›Stimme‹, in der Verzweiflung vibrierte. »Das gilt auch für Elliot Tindall. Ganz gleich, wer ich bin — es gibt keine Zukunft für mich.«

»Kol ist in Ungnade gefallen«, fuhr Spock fort. »Aber in der menschlichen Gesellschaft existieren nicht so strenge Regeln der Ehre.«

»Ich bin Kol, und Kol hat seine Ehre verloren«, erwiderte der Klingone. »Die Regeln der terranischen Gesellschaft spielen keine Rolle für mich.«

»Tindalls Arbeit, seine Frau ...«, dachte Spock und übermittelte Bilder, die Elliots Laboratorium in San Francisco und Luisa zeigten.

Tindall stöhnte und bewegte sich. Er stieß Spocks Hand beiseite und sprach laut. »Tindall ...« Ein heiseres Krächzen. »Er hat mich befleckt, mein wahres Selbst verunreinigt. Aber ich bin noch immer Kol, und deshalb kommt die Ehre an erster Stelle.« Er setzte sich auf, zitterte und lehnte den Rücken an die Wand.

»Die Ehre eines Kriegers«, entgegnete Spock und hielt Ironie aus seinen Worten fern. Menschen, Klingonen, Romulaner … Sie bescherten sich großes Leid, weil sie nicht den Pfad beschritten, den die Vulkanier vor langer Zeit gewählt hatten. »Eine Ehre, die von Ihnen verlangt, Elliots und Luisas Leben zu zerstören, obgleich sich dadurch nicht der geringste Vorteil fürs Imperium ergibt.«

»Ich genüge den Erfordernissen der Ehre, indem ich mich auslösche«, sagte Tindall. »Dadurch rette ich auch das Ansehen meiner Familie.«

Spock wandte verlegen den Blick ab — die letzten Worte erinnerten ihn viel zu deutlich an eine Schwäche, der auch Vulkanier erlagen. Aber Tindall log. Als er die Hand des Ersten Offiziers beiseite stieß, unterbrach er damit den mentalen Kontakt, doch vorher sah Spock die Hoffnungen in ihm. »Sie wissen, daß Sie ebensowenig Kol sind wie Tindall«, betonte er sanft. »Sie sind Kol *gewesen* — jenen Teil Ihres Selbst verloren Sie vor vielen Jahren. Hinzu kommt: Sie waren lange genug Tindall, um weder nur Klingone oder nur Mensch zu sein. Eigentlich hassen Sie die menschlichen Aspekte Ihres Selbst gar nicht. Beide Wesenshälften zerren an Ihnen.«

Der Mann seufzte. »Ja. Und deshalb kann ich nicht heimkehren.«

»Heimkehren wohin?« fragte Spock. *Das Imperium ist ebenso Ihre Heimat wie die Föderation, mein Freund. Sie müssen sich entscheiden.*

Elliot schwieg.

»Tindall war kein Eindringling, der aus dem Nichts kam, Ihr Bewußtsein angriff und es über Jahre hinweg beherrschte. Er stellte vielmehr eine *Persona* dar, die von klingonischen Psychologen geschaffen und mit Hilfe von Drogen stabilisiert wurde. Gleichzeitig enthielt sie Elemente Ihres Ichs. In gewisser Weise *sind* Sie Tindall. Und auch Kol. Elliot, wir selbst können bestimmen, welcher Teil von uns dominieren soll. Im Imperium gibt es tatsächlich keinen Platz mehr für Sie, aber die Menschen würden Sie weder zurückweisen noch für ehrlos erachten. Für Menschen zählt nur, *wer* Sie sind, nicht *was* Sie sind. Beginnen Sie mit einem neuen Leben. *Wählen* Sie Ihre Zukunft.«

Tindall schüttelte den Kopf. »Ohne das klingonische Präparat wären Jähzorn und Gewalt meine ständigen Begleiter.«

Es zuckte kurz in Spocks Mundwinkeln — nach vulkanischen Maßstäben fast ein offenes Lächeln. »Derzeit kommen Sie recht gut ohne die Droge aus.«

Elliot sah überrascht zu ihm auf. Er zögerte einige Sekunden lang und wirkte sehr nachdenklich. »Ich habe Vulkanier immer für Schwächlinge gehalten — ein einst mächtiges Kriegervolk, das sich heute demütig menschlicher Herrschaft beugt. Es steckt mehr dahinter, nicht wahr?«

Spock nickte. »Ja. Sogar *viel* mehr.«

Als Kirk erneut erwachte, war er allein. *Habe ich Kalrind wirklich für immer verloren?* Und wenn er sie jemals wiedersah — gelang es ihm dann, die Frau in ihr zu finden, die er geliebt hatte? *Sie hat es praktisch zugegeben: Jene Frau wurde nicht allein von der Droge geschaffen, sondern schlief die ganze Zeit über tief in ihr.* »Dr. Jekyll und Mr. Hyde«, murmelte er. »In diesem Fall müßte es heißen: Mr. Hyde und Dr. Jekyll.«

Das Bild der Zukunft, von den angeblichen ›Neuen Klingonen‹ präsentiert ... Es war wunderschön und verlockend. Kirk hoffte inständig, daß es sich noch zu seinen Lebzeiten in konkrete Wirklichkeit verwandelte.

Jekyll und Hyde — Hyde und Jekyll. Wer stellte die wahre klingonische Persönlichkeit dar? Vielleicht beide? Wenn das stimmte: Gab es, abgesehen von der Droge, noch weitere Möglichkeiten, um zu bestimmen, welche Selbsthälfte sich der anderen gegenüber durchsetzte? Konnte die Föderation — beziehungsweise ein Captain namens James Kirk — einen Beitrag dazu leisten, daß sich tatsächlich Neue Klingonen entwickelten und das Imperium unter ihre Kontrolle brachten?

Es war nicht ausgeschlossen. Kirk lächelte, und neue Zuversicht durchströmte ihn.

Vielleicht blieb jene Zukunft nicht nur eine Fiktion. Vielleicht kam es früher oder später zum Großen Frieden, der schließlich zu einer politischen Einheit von Föderation und Imperium führte. Und wenn es bis dahin nicht *zu* lange dauerte ... Vielleicht schickte man James T. Kirk als ersten Föderationsbotschafter nach Klinzhai.

Und vielleicht wartete Kalrind dort auf ihn.

STAR TREK™

in der Reihe
HEYNE SCIENCE FICTION & FANTASY

Vonda N. McIntyre, Star Trek II: Der Zorn des Khan · 06/3971
Vonda N. McIntyre, Der Entropie-Effekt · 06/3988
Robert E. Vardeman, Das Klingonen-Gambit · 06/4035
Lee Correy, Hort des Lebens · 06/4083
Vonda N. McIntyre, Star Trek III: Auf der Suche nach Mr. Spock · 06/4181
S. M. Murdock, Das Netz der Romulaner · 06/4209
Sonni Cooper, Schwarzes Feuer · 06/4270
Robert E. Vardeman, Meuterei auf der Enterprise · 06/4285
Howard Weinstein, Die Macht der Krone · 06/4342
Sondra Marshak & Myrna Culbreath, Das Prometheus-Projekt · 06/4379
Sondra Marshak & Myrna Culbreath, Tödliches Dreieck · 06/4411
A. C. Crispin, Sohn der Vergangenheit · 06/4431
Diane Duane, Der verwundete Himmel · 06/4458
David Dvorkin, Die Trellisane-Konfrontation · 06/4474
Vonda N. McIntyre, Star Trek IV: Zurück in die Gegenwart · 06/4486
Greg Bear, Corona · 06/4499
John M. Ford, Der letzte Schachzug · 06/4528
Diane Duane, Der Feind — mein Verbündeter · 06/4535
Melinda Snodgrass, Die Tränen der Sänger · 06/4551
Jean Lorrah, Mord an der Vulkan Akademie · 06/4568
Janet Kagan, Uhuras Lied · 06/4605
Laurence Yep, Herr der Schatten · 06/4627
Barbara Hambly, Ishmael · 06/4662
J. M. Dillard, Star Trek V: Am Rande des Universums · 06/4682
Della van Hise, Zeit zu töten · 06/4698
Margaret Wander Bonanno, Geiseln für den Frieden · 06/4724
Majliss Larson, Das Faustpfand der Klingonen · 06/4741
J. M. Dillard, Bewußtseinsschatten · 06/4762
Brad Ferguson, Krise auf Centaurus · 06/4776
Diane Carey, Das Schlachtschiff · 06/4804
J. M. Dillard, Dämonen · 06/4819
Diane Duane, Spocks Welt · 06/4830
Diane Carey, Der Verräter · 06/4848
Gene DeWeese, Zwischen den Fronten · 06/4862
J. M. Dillard, Die verlorenen Jahre · 06/4869
Howard Weinstein, Akkalla · 06/4879
Carmen Carter, McCoys Träume · 06/4898
Diane Duane & Peter Norwood, Die Romulaner · 06/4907
John M. Ford, Was kostet dieser Planet? · 06/4922
J. M. Dillard, Blutdurst · 06/4929
Gene Roddenberry, Star Trek (I): Der Film · 06/4942
J. M. Dillard, Star Trek VI: Das unentdeckte Land · 06/4943

STAR TREK™

in der Reihe
HEYNE SCIENCE FICTION & FANTASY

Jean Lorrah, Die UMUK-Seuche · 06/4949
A. C. Crispin, Zeit für gestern · 06/4969 (in Vorb.)
David Dvorkin, Die Zeitfalle · 06/4996 (in Vorb.)
Barbara Paul, Das Drei-Minuten-Universum · 06/5005 (in Vorb.)
Judith & Garfield Reeves-Stevens, Das Zentralgehirn · 06/5015 (in Vorb.)
Gene DeWeese, Nexus · 06/5019 (in Vorb.)

STAR TREK: DIE NÄCHSTE GENERATION:

David Gerrold, Mission Farpoint · 06/4589
Gene DeWeese, Die Friedenswächter · 06/4646
Carmen Carter, Die Kinder von Hamlin · 06/4685
Jean Lorrah, Überlebende · 06/4705
Peter David, Planet der Waffen · 06/4733
Diane Carey, Gespensterschiff · 06/4757
Howard Weinstein, Macht Hunger · 06/4771
John Vornholt, Masken · 06/4787
David & Daniel Dvorkin, Die Ehre des Captain · 06/4793
Michael Jan Friedman, Ein Ruf in die Dunkelheit · 06/4814
Peter David, Eine Hölle namens Paradies · 06/4837
Jean Lorrah, Metamorphose · 06/4856
Keith Sharee, Gullivers Flüchtlinge · 06/4889
Carmen Carter u. a., Planet des Untergangs · 06/4899
A. C. Crispin, Die Augen der Betrachter · 06/4914
Howard Weinstein, Im Exil · 06/4937
Michael Jan Friedman, Das verschwundene Juwel · 06/4958
John Vornholt, Kontamination · 06/4986
Mel Gilden, Baldwins Erinnerungen · 06/5024 (in Vorb.)
Peter David, Vendetta · 06/5057 (in Vorb.)

STAR TREK: DIE ANFÄNGE:

Vonda N. McIntyre, Die erste Mission · 06/4619
Margaret Wander Bonanno, Fremde vom Himmel · 06/4669
Diane Carey, Die letzte Grenze · 06/4714

DAS STAR TREK-HANDBUCH:

überarbeitete und aktualisierte Neuausgabe!
von *Ralph Sander* · 06/4900

Diese Liste ist eine Bibliographie erschienener Titel
KEIN VERZEICHNIS LIEFERBARER BÜCHER!